JAKOB AUGSTEIN
Strömung

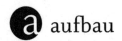 aufbau

JAKOB AUGSTEIN
Strömung

ROMAN

MIX
Papier aus verantwor-
tungsvollen Quellen
FSC® C083411

ISBN 978-3-351-03949-3

Aufbau ist eine Marke der Aufbau Verlage GmbH & Co. KG

1. Auflage 2022
© Aufbau Verlage GmbH & Co. KG, Berlin 2022
© Jakob Augstein, 2022
Einbandgestaltung zero-media.net, München
Satz Greiner & Reichel, Köln
Druck und Binden CPI books GmbH, Leck, Germany
Printed in Germany

www.aufbau-verlage.de

I was home.
What happened?
What the hell happened?

Steve McQueen als Jake Holman
in *The Sand Pebbles*, 1966

Prolog

Im Jahr 2016 kam der Frühling nur langsam über das südliche Jütland und weckte die Halbinsel Angeln ohne Hast aus ihrem Winterschlaf. Bis in den April hinein blieben Schlehen und Herlitze ohne Blüten, und die Hecken standen kahl in der Landschaft und boten dem Wind keinen Widerstand. Die Felder lagen noch lange in der Nässe des Winters, und man konnte sich denken, dass der Raps erst im Mai blühen würde und der Weißdorn nicht vor dem frühen Sommer. So kühl war es.

In anderen Jahren war Franz Xaver Misslinger der Entwicklung der Natur mit einiger Aufmerksamkeit gefolgt. Aber in den ersten Monaten des Jahres 2016 verbrachte er nur wenig Zeit daheim im alten Dreiseithof in der kleinen, zehn Kilometer südlich von Flensburg gelegenen Ortschaft Freienwill. Und auch wenn einmal an einem Wochenende seine Anwesenheit in der Berliner Parteizentrale nicht erforderlich war und auch sonst ihn nichts daran hinderte, nach Hause zu kommen: der Besuch eines Landesverbandes im Westen, ein Abendessen mit Vertretern des Mittelstandes im Festsaal des gründlich renovierten Rathauses einer mittleren Stadt in Schwaben, eine Premiere an der Münchner Oper – seine Verpflichtungen waren ja vielfältig –, dann hatte er dennoch keine Augen dafür, ob draußen noch der Winter herrschte oder schon der Frühling anbrach, weil er mit Wichtigerem beschäftigt war. Mit seiner Zukunft. Um Ostern herum, sagte er zu Selma, er sei früher bekanntlich der Shootingstar der deutschen Politik gewesen – das sagte Misslinger tatsächlich so zu seiner Frau: »Ich war mal der Shootingstar der deutschen Politik!« – aber seitdem sei viel Zeit vergangen, und wenn in diesem Herbst der Vorstand seiner Partei neu gewählt werde, dann solle sich zeigen, was aus ihm noch werden könne: Parteivorsitzender, Außenminister, Vizekanzler. Jetzt erst einmal der Parteivorsitz, das sei fällig, drunter mache er es nicht mehr, sagte Misslinger. Leute wie er würden in Spitzenpositionen heute dringender gebraucht denn je.

Im April wollte Selma wissen, warum er zum zweiten Mal den Termin für die Paartherapie, die ihr, wie sie sagte, sehr wichtig sei, versäumt hatte. Da bat er sie um Entschuldigung.

Im Juni, als der Weißdorn endlich doch zu blühen begann, fuhr Misslinger zu einer Parteiveranstaltung nach Köln, von der er sich Rückendeckung für seine Pläne versprach, und erklärte Selma, dass Nordrhein-Westfalen ja den wichtigsten Landesverband stelle, er sich hier mithin wirklich ins Zeug legen müsse. Im gleichen Monat enttäuschte er einen weiteren Versuch seiner Frau, ihre Ehe zu retten. Mitten in der Flensburger Altstadt wartete Selma an einem hellen Frühsommertag in der Nähe der Praxis des Therapeuten an jenem sechseckigen Brunnen, an dem sie sich früher oft getroffen hatten. Das war ihre Idee. Sie lief viele Mal um den Brunnen herum, aber Misslinger kam nicht. Sie setzte sich auf die Stufen des Brunnens, aber er war auf seinem Telefon nicht zu erreichen. Sie fuhr nach Hause und fand ihn in seinem Arbeitszimmer, in dem sein Vater, der Zahnarzt gewesen war, früher die Patienten behandelt hatte. Er nannte das Zimmer darum den »Schmerzensraum«.

Sie öffnete die Tür, traurig und ohne anzuklopfen. Misslinger schreckte von seinen Unterlagen auf und sah seine Frau überrascht an, weil er die Verabredung vergessen hatte. Er begann gleich zu reden, ja, es tue ihm leid, aber er habe ihr, wie sie sich gewiss erinnere, schon zu Ostern gesagt, dieses werde das Jahr der Entscheidung, und zwar nicht nur für ihn, sondern überhaupt, und darum könne er sich – das sagte er mit einem gewissen Vorwurf in der Stimme – keine Ablenkung erlauben. Er sei an einem entscheidenden Punkt seiner Karriere angekommen, ebenso wie der gesamte Westen, für den zu sprechen er sich durchaus berufen fühle, an einem entscheidenden Punkt, nur damit das klar sei: Er spreche von der gesamten westlichen Wertegemeinschaft, von der NATO, von der Europäischen Union. Ob sie ihm eigentlich zuhöre, wollte er noch wissen. Krisen seien jedoch, das habe er immer gesagt und das gelte auch jetzt, dornige Chancen, und er für seinen Teil sei bereit, diese dornige Chance zu ergreifen, auch wenn das bedeutete, dass er am Ende mit Blut an den Händen dastünde. Als sie ihn entgeistert ansah, fügte er hinzu, das meine er natürlich nicht so, wie es jetzt geklungen habe.

»Wir waren mal ein Team, Misslinger. Aber das hat dir nichts bedeutet. Jetzt bist Du ein Junkie und man wird Dich zu gar nichts mehr wählen«, sagte Selma, drehte sich um und trat durch die Küchentür in den Hof. Die Linde trug das erste zarte Grün. Das Dach des Haupthauses war seit dem vergangenen Jahr wieder mit Reet gedeckt, wie es sich in dieser Gegend gehörte, die Nebengebäude hatte schon Misslingers Vater ausbauen lassen. Selma ging nach hinten in den Garten. Die Esche auf der Wiese war noch schwarz und kahl. Aber die Weißdornhecke blühte wie ein großer Brautstrauß, als wollte sich das grüne Land mit dem blauen Himmel vermählen.

Sie wusste, dass Misslinger früher beinahe sehnsüchtig auf die Blüten des Weißdorns gewartet hatte. Um den Himmelsteich herum waren die Sträucher zu einer dichten Hecke zusammengewachsen, und er hatte ihr erzählt, wie er im Sommer als Kind oft im Netz des Sonnenlichts gesessen hatte, das sich über die Wiese breitete, eingehüllt in den Dunst der dornigen Äste, die in einem wilden Tanz in den Himmel fuhren.

Da setze sich Selma in den summenden Duft und weinte.

Im September wob der späte Sommer goldenes Licht wie feine Fäden von Honig in die Bäume, aber da sprachen Misslinger und Selma kaum noch miteinander. Und als er an den Rhein reiste, weil dort immer noch das geheime Zentrum der Macht lag, warnte sie ihn nicht mehr, wie sie es früher getan hatte, denn sie sah ihn jetzt schon mit anderen Augen.

Im Oktober verkündete Misslinger überraschend, eine Reise nach New York anzutreten, und fragte seine Tochter Luise, ob sie Lust habe, ihn zu begleiten. Er wolle, erklärte er Mutter und Tochter, kurz vor einem für ihn – und den freien Westen – entscheidenden Moment, zu den Quellen seines Glaubens zurückkehren, um Kraft zu schöpfen, ja, es handele sich eigentlich um eine Pilgerreise und Luise sei herzlich eingeladen, daran teilzunehmen.

Als die Bäume beinahe wieder kahl und die Felder schon leer waren, beschloss Selma, den alten Dreiseithof in Freienwill zu verlassen. Sie mietete im Obergeschoss eines roten Backsteinbaus in Glücksburg eine Wohnung mit Blick auf das Wasser und nahm sich vor, den Namen ihres neuen Wohnortes zum Programm ihrer zweiten Lebenshälfte zu machen.

Er hat mich nicht mehr gebraucht, dachte Selma: Ich will aber gebraucht werden. Und sie schloss die Tür auf ruhige Art und Weise hinter sich.

Es war zu dieser Zeit, dass sich auf der Welt ein neues Phänomen ausbreitete: Horrorclowns. In der Stadt Green Bay im Bundesstaat Wisconsin fing es an. Ein Mann, der einen langen Kittel trug und wie ein Clown geschminkt war, lief mit vier schwarzen Luftballons in der Hand durch die Straßen. Sonst tat er nichts. Aber er machte den Menschen Angst. Die sozialen Netzwerke verbreiteten die Nachricht, und eine Unruhe bemächtigte sich der Öffentlichkeit.

In den folgenden Monaten wurden weitere Vorfälle gemeldet. Von Amerika breitete sich das Phänomen über die ganze Welt aus. Schwere und Umfang der Zwischenfälle nahmen zu. Zunächst standen die Clowns nur an Straßenkreuzungen und hoben die Hände. Dann sprangen sie nachts hinter Hausecken hervor oder tauchten unvermittelt aus einem Gebüsch auf. Mehrere Zeugen berichteten von einem »bösen Lachen«, das sie gehört hatten. Plötzlich tauchten mit Baseballschlägern und Messern bewaffnete Clowns auf.

    Es kam zu Massenaufläufen und zu Todesfällen. An einem Tag im Herbst versammelten sich Hunderte Studenten der überaus angesehenen und auf eine lange Geschichte zurückblickenden Pennsylvania State University zur »Clownsjagd«, die jedoch ohne Ergebnis verlief. Um Halloween herum erreichte die Zahl der Sichtungen ihren Höhepunkt. Aber Mitte November war der Spuk vorüber.

    Es war kalt geworden. Der Winter kam.

Teil I

Kapitel 1

»Lieber Walter, meine Damen und Herren, ich bin Franz Xaver Misslinger, und ich sage immer, bei mir hört das Scheitern mit dem Namen auf. Aber Sie kennen mich. Wir haben viel hinter uns gebracht, um heute hier zu stehen. Wer hätte gedacht, dass wir es so weit bringen? Ich sage es Ihnen: Ich habe es gedacht. Ich habe an Sie geglaubt und an mich selbst. Und woher habe ich diese Sicherheit? Hier sitzt der Mann, der die Antwort ist: Walter! Ich verdanke Dir mehr, als ich sagen kann. Ich verbeuge mich vor Dir. Stellt euch das vor, liebe Freunde: Was einer kann! Was alles möglich ist!«

Misslinger spürt die Begeisterung des Saals schon jetzt, Wochen im Voraus. Er sieht die helle, weite Halle des alten Postbahnhofs vor sich. Die wogenden Köpfe, die fliegenden Hände, das große Tier, das ihm seine Wärme schenkt. Von einem guten Redner sagt man: Der Saal gehört ihm. In Misslingers Fall ist es buchstäblich wahr. Wenn er in Form ist, dann kann er mit den Menschen machen, was er will: Er scherzt, sie lachen, er beschwört, sie sind gebannt, er wirft einen Köder aus, sie greifen gierig danach. Misslinger macht aus einer Rede ein Ritual, einen großen Akt der Vereinigung. Und auf dem Parteitag im November wird er eine große Rede halten. Über die Freiheit. Er wird ein Evangelium des Liberalismus verkünden, eine frohe Botschaft der Leistungsbereitschaft und des Fortschritts. Man wird ihm zujubeln als einem Messias der Eigenverantwortung. Den Text schreibt er jetzt auf, nachher wird er ihn nicht brauchen. Er kann zwei, drei Stunden frei sprechen, klar, verständlich, mitreißend. Das ist sein Talent, und er hat es gut trainiert, so viele Reden hat er gehalten, auf Marktplätzen und in umgebauten Scheunen, die jetzt als Nebenzimmer von Gaststätten dienen, im Landtag und auf den Parteitagen. Die erste Lektion hat er von Walter gelernt: »Das Wichtigste beim Reden sind die Pausen«, hat Walter gesagt, als sie sich kennengelernt haben.

Es ist Montagvormittag, 10. Oktober, der Wagen fährt am Weinbergpark vorbei. Misslinger lehnt den Kopf an die kalte Scheibe. Diese Partei wird sich ihm unterwerfen, sie wird sich ihm hingeben, in der Backsteinindustriearchitektur des alten Postbahnhofs in Berlin. Und Walter wird da sein, auf dem Platz des Ehrenvorsitzenden wie immer, und der Alte wird dem Jüngeren seinen Respekt zollen. Walters Zeit ist abgelaufen, denkt Misslinger.

Er schließt den Rechner, den er gerade erst geöffnet hat, und verstaut ihn in der feinen schwarzen Tasche, die Selma ihm geschenkt hat. Er kann sich gerade nicht gut konzentrieren. Vor einer halben Stunde hat er die Tablette genommen und wartet darauf, dass sie wirkt. Der Wagen hatte ihn um halb zwölf in seiner Wohnung in der Choriner Straße abgeholt. Das Büro hatte ihm einen Fahrer geschickt, den er noch nicht kannte. Während der Fahrt, die wegen erhöhten Verkehrsaufkommens und einer Sperre deutlich länger als die eingeplanten zwölf Minuten dauerte, erfuhr Misslinger den Namen des Mannes, Schwaiger mit »ai«, wie gleich betont wurde, worauf sich eine kurze Unterhaltung über den Ursprung dieses Namens anschloss, die zu der Erkenntnis führte, dass die Familien beider Männer wenigstens väterlicherseits aus dem Süden stammten, Misslingers aus Südtirol, Schwaigers aus Bayern, das Schicksal sie aber beide nach Norden verschlagen hatte, woraus man jetzt eben das Beste machen müsse. Diese Gemeinsamkeit erfüllte das Fahrzeuginnere mit einer heiteren Stimmung, aufseiten des Fahrers, weil er sich etwas davon versprach, dass sein neuer Chef offenbar ein zugänglicher Mann war, aufseiten Misslingers, weil er darauf achtete, im Umgang mit den sogenannten einfachen Leuten einen freundlichen, nie aber einen herablassenden Ton anzuschlagen und sich jedes Mal freute, wenn ihm das gelungen war.

Der Fahrer setzt ihn am nördlichen Eingang des Bahnhofs ab, fährt ein Stück vor und wartet. Die beiden Männer einigen sich noch schnell darauf, wie unsinnig es sei, einen neuen Bahnhof so zu bauen, dass man beinahe gar nicht mit dem Auto heranfahren kann: »Typisch Berlin«, sagt der Fahrer. »Wählen Sie uns«, sagt Misslinger, »freie Fahrt für freie Bürger!« Er hängt sich die schwarze Tasche um, die er nie zurücklässt, und geht ein paar Schritte auf die großen Drehtüren zu, macht kehrt, läuft hin und her. Es wäre jetzt an der Zeit, denkt er, dass die Tablette wirkt. Vor ihm taucht eine junge Frau mit flachsblondem Haar auf. Noch bevor er ihr Gesicht sieht, bemerkt er die schlanke Figur, den engen braunen Rollkragenpullover, den langen, hellen Mantel. Mit der dunklen, mit großen Blumen übersäten Schlaghose und dem braunen Lederbeutel, der ihr über der Schulter hängt, sieht sie aus wie eine Hippie-Studentin, findet Misslinger und erkennt dann seine Tochter.

Luise hatte schon eine Viertelstunde gewartet, allerdings auf der anderen, dem Kanzleramt zugewandten Seite des Hauptbahnhofes, bis sie ihren Irrtum bemerkte. Sie war am frühen Morgen in ihrem im idyllischen Ostholstein gelegenen

Internat aufgebrochen, um mit ihrem Vater über Zürich nach New York zu reisen, wo sie um kurz nach acht Uhr abends Ortszeit landen würden.

»Hey, Misslinger!«, ruft sie. Er nimmt sie in den Arm und hält sie fest, dann drückt er sie von sich weg, lässt die Hände noch auf ihren Schultern und blickt direkt in ihre klugen, fröhlichen, grauen Augen. Das Kluge kommt von Selma, das Fröhliche von mir, denkt Misslinger. Alle nennen ihn so. »Sie können gerne Papa zu mir sagen«, sagt er zu seiner Tochter. Luise antwortet: »Und Sie können gerne Du zu mir sagen, Papa!« Er nimmt ihren Koffer in die linke Hand, legt den rechten Arm um ihre Schulter und geht mit ihr zum Wagen.

Luise ist erst 16, aber sie ist schon größer als er, erst recht mit ihren hohen Stiefeln. Sein Vater, seine Mutter, seine Frau, seine Tochter, alle sind größer als er. Dabei ist er gar nicht klein, die anderen sind nur so groß. Sie ist beinahe erwachsen, denkt Misslinger. Und dass nichts Ängstliches mehr an ihr ist. Ihr Haar, wenn sie es offen trägt, reicht bis zu den Hüften; jetzt hat sie es hochgeknotet, ein blonder Rossschwanz, der beim Gehen pendelt. Die Haare seiner Tochter kommen Misslinger im Licht der Herbstsonne jetzt honigfarben vor.

Er erinnert sich an seine Tochter als ein ängstliches Kind. Damals war er seit ein, zwei Jahren im Bundestag und selten zu Hause. Dann wurde Selma krank. Sie begann zu bluten und wusste nicht, warum. Die Ärzte in der Kieler Klinik entfernten den Krebs zusammen mit der Gebärmutter. In dieser Zeit konnte sich Selma nicht um Luise kümmern. Also verbrachte Misslinger mehr Zeit zu Hause. Er wechselte seiner Tochter die Windeln. Er brachte sie in den Kindergarten, und wenn sie ihn nicht gehen lassen wollte und sich an sein Bein klammerte, dann blieb er im Vorraum sitzen und wartete, bis sie ihn im Spiel vergessen hatte. In diesen Monaten kannte Luise nur die Zärtlichkeit ihres Vaters, seine Stimme, seine Liebe, und beinahe wäre zwischen Vater und Tochter eine Verbindung entstanden, die nichts auf der Welt mehr hätte lösen können. Aber Selma wurde wieder gesund und Misslinger wurde finanzpolitischer Sprecher seiner Fraktion und verbrachte mehr Zeit in Berlin als zu Hause.

Während sie zu dem großen schwarzen Wagen gehen, spürt er die Wirkung der Tablette. Der Koffer in seiner Hand hat gar kein Gewicht mehr. Er ist jetzt sehr glücklich, dass er Luise gefragt hat, ob sie mit ihm diese Reise machen will. Er ist sehr glücklich, dass sie zugesagt hat. Dieses Mal soll sie noch sein Kind sein. Und Selma soll sehen, dass er sich interessiert. Er kann es gar nicht erwarten, dass sie endlich wegkommen. Und er ist Luise dankbar, dass sie ihn nicht allein gelassen hat.

»Bist Du glücklich, Papa?«, fragt Luise, als sie nebeneinander im Fond des Wagens sitzen, der sie zum Flughafen bringt. Die Frage verwirrt Misslinger: »Es gibt verschiedene Arten von Glück und verschiedene Momente dafür, oder?«, sagt er. Luise reagiert nicht. Also redet er weiter: »Ich freue mich auf unsere Reise.« Sie antwortet immer noch nicht. »Glück als Lebensgefühl oder Glück in einem Moment? Immer noch die falsche Antwort? Wenn ich wüsste, worauf die Frage zielt, wüsste ich besser, was ich sagen soll.«

»Ein Schulprojekt«, sagt Luise, »es geht einfach darum, Leuten diese Frage zu stellen und zu sehen, was sie darauf unmittelbar antworten. Ich freue mich auch.«

Es war ein Test, denkt Misslinger. Warum war ich nicht schlagfertiger? »Und? Was sagen die Leute so?« Misslinger sitzt auf der rechten Seite, er drückt sich weit in die Ecke der ledernen Polster, um Platz zwischen sich und seiner Tochter zu schaffen und sich ihr zuwenden zu können.

Luise hat ihre Hände zwischen die Beine gelegt und guckt nach vorne. Immerhin hat sie ihr Telefon noch nicht herausgeholt.

»Sie antworten so wie Du: sie weichen aus«, sagt sie und zuckt mit den Schultern: »Warum eigentlich? Traut sich denn keiner, einfach zu sagen, was er fühlt?«

»Okay, frag mich noch mal.«

Sie lächelt. Und mit unschuldiger Stimme fragt sie:

»Bist Du glücklich, Papa?«

»Ja.«

»Heyyyyyy!«, ruft Luise.

Misslinger setzt sich aufrecht hin: »Siehst Du. Geht doch.«

»Ich find das nicht so doof«, sagt Luise: »Wir haben am Ende festgestellt, dass Glück vor allem etwas mit Erwartungen zu tun hat.«

»Absolut! Erwartungsmanagement ist superwichtig!«, sagt Misslinger: »Was erwartest Du zum Beispiel von unserem kleinen Trip in die erstaunlichste Stadt des Universums?«

Luise lacht. »Ist das so?«

Misslinger sieht sie überrascht an.

»New York ist wie Mekka«, sagt er, »wie das himmlische Jerusalem, der Nabel der Welt, die Quelle der Erneuerung – natürlich ist das so.«

»Schon gut«, sagt seine Tochter: »Ich hab mir eine Liste gemacht. Wir essen bei Katz und bei Barney Greengrass, wir fahren auf jeden Fall nach Brooklyn, und wir gehen auf den Chelsea Flea Market. Und was willst Du?«

»Ich glaube, ich mache alles, was Du willst«, sagt Misslinger.

Er holt seinen Rechner hervor und schreibt:

»Warum sind wir hier? Weil wir zu den Quellen der eigenen Grundüberzeugung zurückgefunden haben.« Grundüberzeugung ist nicht gut. »Weil wir zu den Quellen unseres Glaubens zurückgefunden haben.« Er notiert sich ein paar Stichworte. »Lebensgefühl«, »Wunsch nach Selbstbestimmung«, »Schaffenskraft«, »Lust am persönlichen Fortschritt«. Und in einer Rede über die Freiheit sollte auch das Wort »Freiheit« mal vorkommen. »Ich sage: Quellen unseres Glaubens und unserer Grundüberzeugung. Ich war an den Quellen, liebe Freunde. Ich komme gerade aus den Vereinigten Staaten zurück, Amerika, Heimat der Freiheit.«

Mein Predigtton, denkt Misslinger. »Du hättest Pfarrer werden können«, hat sein Vater gesagt, und das war durchaus als Kompliment gemeint. Die Ideen, die seinen Sohn umtrieben, waren ihm fremd. Aber die Inbrunst, mit der er sie vortrug, die schätzte er. Jetzt hole ich meine Pilgerfahrt nach, ins gelobte Land, denkt Misslinger und schließt halb die Augen.

»Wir haben gesündigt und sind unrein geworden

und sind gefallen wie ein Blatt,

und unsere Missetaten haben uns wie der Wind fortgetragen.«

Er nimmt sein Telefon. Zwei neue Nachrichten. Selma schreibt: »Ich wünsche euch beiden viel Spaß. Denk daran, dass Luise 16 ist. Mein Misslinger, das bist Du ja noch, oder?« Misslinger überlegt, was das bedeuten soll, und dann fragt er sich, ob Selma ihm fehlen wird.

Den Absender der anderen Nachricht kennt er nicht. »Werter Herr, ich teile oft Ihre Meinung. Aber jetzt höre ich, dass Sie gegen die Anschnallpflicht sind. Das geht doch nicht. Ich stelle mir Folgendes vor. Unsere Wege kreuzen sich auf einer Autobahn. Ich – ich wiederhole, ich – verursache einen Unfall. Sie verunglücken tödlich. Den Rest meines Lebens säße ich vor lauter Schuldgefühlen in der Psychiatrie. Sie hätten aber überlebt, wenn Sie angeschnallt gewesen wären. Dann könnten Sie weiter Ihre Familie ernähren und ich bräuchte keinen Psychiater. Verstehen Sie, was ich meine? Ja. Weil Sie clever sind. Sie Arsch.«

Misslinger macht ein überraschtes Geräusch. Die Beschimpfung am Ende, damit hat er nicht gerechnet. »Was ist denn?«, fragt seine Tochter. »Nichts«, sagt er. »Jemand schreibt, ich sei gegen die Anschnallpflicht.«

»Bist Du?«

»Nein.«

»Na dann.«

»Das Internet ist ein eigenartiger Ort. Ich bekomme dauernd so schräge Nachrichten.«

»Warum Du?«

»Keine Ahnung. Wenn einer was auf dem Herzen hat, sucht er sich im Netz jemanden, den er für bekannt hält, und schreibt sich alles von der Seele. Ganz schön wirres Zeug dabei.«

»Eklige Sachen?«

»Eher schräg als eklig!«

»Weil Du ein Mann bist. Frauen bekommen eklige Sachen.«

»Ja, das kann sein.«

Misslinger bemerkt, dass der Fahrer weite Umwege fährt, überall sind die Straßen gesperrt, plötzlich tauchen rechts und links Polizisten auf Motorrädern auf. Das ist meine Eskorte, denkt Misslinger, er stellt sich vor, wie sie ihm den Kopf zuneigen und eine Hand salutierend an das Visier ihres weißen Helmes heben. Aber sie brausen einfach vorbei.

»Was glaubst Du, warum die Leute das machen?«, fragt Luise.

»Was, das Eklige?«

»Nein, das Von-der-Seele-Schreiben.«

»Tja, ich weiß nicht. Manchmal denke ich, sie wollen die Verantwortung an jemanden abgeben. Für ihr Leben, ihre Ängste, ihre Wut. Viele Leute wollen, dass jemand anders für sie entscheidet. Wie ein Vater. Sie wollen nicht erwachsen werden.«

»Ich will erwachsen werden«, sagt Luise.

»Ich weiß«, sagt Misslinger.

Plötzlich stoppt der Wagen unerwartet heftig an einer Kreuzung. Der Fahrer pfeift durch die Zähne und lacht auf: »Jetza!« Misslinger begreift nicht gleich. Ein Mann steht vor ihnen, mitten auf der Kreuzung, die Arme weit geöffnet. Warum steht da dieser Mann? Er trägt einen dunklen Bart, Misslinger denkt sofort an ein Attentat. Aber er fühlt sich gar nicht bedroht. »Jetza!«, sagt der Fahrer noch mal. Misslinger missfällt dieser Ton.

Der Mann auf der Kreuzung wendet sich zur Seite, rechts steht ein anderer Mann, etwas kleiner, schmaler.

Wenn man Misslinger nachher gefragt hätte: »Wie sah er aus?«, hätte er nicht gewusst, was er sagen soll. Da stand etwas Großes, Dunkles, Breites, hätte er gesagt, mit weit aufgerissenen Augen und weit ausgebreiteten Armen, eine furchtbare Kreuzesfigur, mitten auf der Straße. Es ist eine ganz normale Kreuzung, umstanden von Häusern, die alle dieselbe Höhe haben und dieselbe Farbe, unter einem gleichgültigen Himmel. Nur die Bäume, die fallen Misslinger auf, es sind Platanen. In Angeln wachsen keine Platanen, obwohl es im Winter weniger Frost gibt als in Berlin. Aber der Wind macht ihnen da zu schaffen. An dieser Kreuzung stehen also vier Bäume, einer an jeder Seite. Über ihnen kreisen Möwen, und Misslinger denkt, was machen nur diese Möwen hier, mitten in der Stadt?

Misslinger sieht, wie die beiden Männer aufeinander zulaufen und mit aller Macht zusammenprallen. Der kleinere Mann müsste eigentlich davonfliegen, denkt Misslinger, so groß ist die Wucht. Aber aus irgendeinem Grund bleibt er stehen, als habe er die gewaltige Kraft dieses Stoßes einfach in sich aufgenommen.

Misslinger setzt sich auf, jeder Muskel in seinem Körper ist gespannt. Einen solchen Kampf hat er noch nie gesehen. Mit Bewunderung bemerkt er die langen Arme des großen Mannes, die in weiten Schwüngen ausholen, wie die Flügel der schlanken Windmühlen, die in Angeln durch den Horizont ziehen, die Bewegung ruhig aus der Schulter geführt, deren Muskulatur sich unter dem Hemd deutlich abzeichnet. Die Schläge gehen jetzt schon mit großer Regelmäßigkeit auf den kleineren Mann nieder. Er hebt schützend die Hände vor sein Gesicht, dreht sich, fängt einen Hieb nach dem anderen ein, weicht aus, aber er läuft nicht davon. Es ist ein ungleicher Kampf, das sieht man gleich, aber Misslinger wünscht dem Großen den Sieg. Er weiß nicht, warum. Er will, dass der Große den Kleinen niederwirft und ihm den Rest gibt. Er stellt sich vor, dass die Gewalt für diese Männer etwas Natürliches ist, wie Essen und Trinken. Und er beneidet sie darum. Nichts ist ehrlicher als die Gewalt, denkt Misslinger. Keine Lügen, keine Kompromisse, keine Rücksicht. Körper, die aufeinanderprallen, sich abstoßen und anziehen. Nur die Gewalt ist ehrlich und die Liebe. Aber die Liebe ist auch voller Lügen. Es bleibt die Gewalt.

Der Asphalt ist nass. Der Kleine rutscht aus, und noch während er fällt, treten beide aufeinander ein, und anstatt seinen eigenen Sturz zu bremsen, zerrt er mit aller Kraft an seinem Gegner. Misslinger sieht das Opfer fallen und auf dem Boden aufschlagen. Es ist schlimm, wenn ein Mensch fällt. Er hat die Nadl fallen sehen, da war sie schon ganz alt und leicht und wie durchsichtig, und es hätte ihn nicht gewundert, wenn ein Windstoß sie einfach mitgenommen hätte, weil eine Feder und ein Blatt, die man fallen lässt, ja auch nicht direkt den Boden erreichen. Aber die Nadl war gefallen und auf dem Boden aufgeschlagen und hat sich was gebrochen und ein paar Monate später war sie tot. Man macht sich das nicht klar, denkt Misslinger, wie hart ein Körper auf den Boden aufschlägt.

Misslinger weiß noch, dass er damals gar kein Mitleid mit der Nadl hatte. Es war nicht so, dass ihm ihr Schicksal gleichgültig gewesen wäre. Ganz und gar nicht. Er konnte nur kein Mitleid empfinden, als er sie da liegen sah, wie das Bein seltsam verrenkt unter ihr hervorragte, den grauen Mantel mit dem Fellkragen, der ihm sonst bei jeder Umarmung in der Nase kitzelte, im Dreck des abschüssigen Feldweges. Er hatte nur auf sie heruntergeblickt und die kleinen Eiskristalle beobachtet, die in immer größerer Zahl in der rauen Wolle des Mantels hängen blieben. Sie rief etwas, das er nicht verstand. Ihr Dialekt, wenn sie sich keine Mühe gab. Sie musste doch wissen, dass er sie nicht verstehen konnte, hatte er damals gedacht und sich über die am Boden liegende Großmutter geärgert. »Warum hilfst Du mir nicht«, hatte sie dann gerufen, »steh nicht da, hol Hilfe.« Da war ein Vorwurf in ihrer Stimme, den er nicht verstand. Er war für ihren Sturz nicht verantwortlich. Sie waren gemeinsam den Feldweg hinaufgegangen, links der Wald, rechts begann schon die Weide, als sie stolperte und fiel, kerzengerade, von oben nach unten, als wäre sie vorher von Schnüren gehalten worden, die jemand durchgeschnitten hatte. Dieser Sturz ohne Grund machte ihn zornig. Das hätte nicht passieren sollen. Warum sollte er jetzt besondere Gefühle entwickeln? Sie hatte ihn zurück zum Hof geschickt, er war gegangen, aber nicht besonders schnell. Sie hatte ihm noch etwas hinterhergerufen. Aber er hatte es nicht verstanden.

Für einen kurzen Moment sieht Misslinger durch das Wagenfenster aus der Ecke seines Sitzes das Gesicht des am Boden liegenden Mannes, der sich unter den Tritten und Schlägen des Großen im Dreck der Straße krümmt. Es ist nur ein Moment. Aber einen solchen Ausdruck hat Misslinger noch nicht gesehen, nackt, die Augen eines erledigten Tieres. Geduldig empfängt das Opfer Hieb um Hieb, wie man etwas Notwendiges empfängt.

Misslinger empfindet kein Mitleid. Warum auch? Es gibt keine unschuldigen Opfer, denkt er. Wer mitspielt, muss sein Risiko kennen. Jeder spielt seine Rolle. Heute du, morgen ich. »Gefährdungshaftung« nennt man das, denkt Misslinger und lächelt dabei. Das ganze Leben ist ein Kampf, denkt er. Erst recht in der Politik. Vielleicht vermehrt sich die Liebe, wenn man sie teilt, denkt er, aber die Macht nicht. Die Bäume, die in den Himmel wachsen, teilen sich das Licht nicht, sie kämpfen darum. Walter hat gesagt: »Je mehr der Baum in die Höhe will, desto weiter reichen seine Wurzeln in die Tiefe, in die Dunkelheit.« Und plötzlich denkt Misslinger daran, auszusteigen.

Er hört, wie Luise ruft: »Was machst Du? Bleib hier!«

Kapitel 2

Es war ein heller Septembertag. Misslinger war zu früh nach Irlich gekommen. Er ließ das Taxi ein gutes Stück vor Walters Haus halten und stieg aus. Den Strauß, den er am Bahnhof gekauft hatte, warf er weg. Drei Ranunkeln waren in die Wagentür geraten und abgeknickt. Unter dem Arm hatte er noch die Flasche Riesling. Misslinger ging durch die stillen Straßen, die er von seinen früheren Besuchen kannte, hinunter zum Fluss.

Irlich lag direkt am Rhein, eine halbe Stunde von Bonn entfernt. Der Ort war berühmt. Ein Sanatorium der alten Republik. In jedem Haus ein eigener Bierkeller. Und in jedem saß ein früherer Bundesminister für das Post- und Fernmeldewesen, ein ehemaliger Staatssekretär im Bundesministerium für Inneres, eine ehemalige Bildungsministerin aus Rheinland-Pfalz oder ein pensionierter Regierungsrat aus dem Hochsauerlandkreis und träumte von früher.

Misslingers Weg führte an niedrigen Buchenhecken und Kirschlorbeeren vorbei. Hinter schlichten Zäunen standen schmucklose Häuser, hohe Bäume nahmen ihnen das Licht. Bäume, Häuser, Hecken, alles wuchs aus dunkler Zufriedenheit empor. Alles war gepflegt, aber ohne viel Aufwand, ordentlich und lieblos. Genau, wie es sein sollte.

Unter einem hellen Himmel stieg er gut gelaunt die Stufen zu den Uferwiesen hinab. Er freute sich über die Kraft seiner

Beine, die jeden Schritt mühelos abfingen, und er freute sich darüber, dass er hier nur zu Besuch war. Das Licht war wie Honig, der späte Sommer hatte die Luft weich gemacht, die Erde an seinen Schuhen störte ihn nicht. Er fühlte sich jung und hielt die Menschen, die hier lebten, für alt. Er würde wieder gehen. Sie würden hier sterben.

»Das passiert mir nicht, das passiert mir nicht, das passiert mir nicht«, summte Misslinger und machte sich in Gedanken eine Liste der Dinge, die er vermeiden würde, die den Menschen, die hier lebten, schon widerfahren waren. Ganz oben stand natürlich die Fettleibigkeit, die immer seine größte Sorge war, gefolgt von Alkoholismus und anderen Abhängigkeiten. Scheidung und Einsamkeit rangierten etwa auf gleicher Höhe, Senilität kam vor, spielte aber keine große Rolle, und dann gab es noch etwas, das ihm nicht passieren würde: »Ichwer-de-sicht-barblei-ben«, sang er im Stillen vor sich hin, immer wieder: »Ichwer-de-sicht-barblei-ben«, in einem bestimmten Rhythmus, zu dem er den lehmigen Uferweg entlangtänzelte. Da war niemand, dem er sonderbar hätte vorkommen können.

Es war ihm überhaupt seit seiner Ankunft bisher niemand begegnet. Keine Menschen in den Straßen, niemand auf den Bänken, nicht mal eine Hand am Vorhang, eine Silhouette im Fenster. Die Bewohner von Irlich waren nicht nur alt, sie waren unsichtbar. Und vor allem das würde Misslinger nicht passieren: Unsichtbarkeit. »Sie sind einer, der gesehen werden will. Das erkenne ich gleich«, hatte Walter gesagt, als er vor 23 Jahren auf Misslinger zugekommen war, nach der ersten Rede, die der auf einem Parteitag gehalten hatte. Und dann das Versprechen: »Machen Sie sich keine Sorgen: Sie werden gesehen werden!«

Der Fluss strömte mit erstaunlicher Geschwindigkeit nach

Norden. Auf der anderen Seite lagen freundliche Hügel. Misslinger setzte sich auf eine Bank und wartete. Er sah die dichten bewaldeten Hänge, er sah das Binnenschiff, das stromaufwärts fuhr, und er sah den abgerissenen Ast, der sich in den Büschen am Ufer verfangen hatte. Da waren noch frische Blätter, die aus dem Wasser ragten und im Wind zitterten, aber das ganze Laub, das die Wellen freilegten und wieder versinken ließen, war schon schwarz verfärbt und tot. Der Strom erzeugte am nackten Stamm einen kleinen Strudel, in dem ein Birkenblatt kreiste, immer im Kreis, und nicht mehr entkam.

Walter wohnte mit seiner zweiten Frau Traudl, die einmal seine Sekretärin gewesen war, in einem zweistöckigen Haus von blasser Farbe, das auf einem Stück Rasen stand, der so grün und gerade war, als wäre er aus Asphalt gegossen. Am Rand der kurzen Auffahrt stand ein kahler Fahnenmast, eine kniehohe Hecke aus roten Berberitzen begrenzte das Grundstück zur Straße wie eine niedrige Mauer aus Backsteinen. Eine kleine Garage mit einem großen Tor aus altem, braunem Holz war dem Wohngebäude vorgelagert wie die Wache vor einer Kaserne. Man fühlte sich nicht willkommen.

Misslinger stand pünktlich vor der Tür. Da er Walter kannte, war er auf Überraschungen gefasst. Traudl öffnete ihm. Sie umarmte Misslinger herzlich, das tat sie ja immer. Er kam ihrem Hals näher, als ihm lieb war. Er fasste sie an den Schultern wie eine gute Freundin und drückte sich von ihr weg.

»Ich komme nicht ungelegen?«, fragte Misslinger. »Lieber Franz«, rief Traudl, »mein lieber Franz, Sie kommen nie ungelegen. Ganz und gar nicht.« Sie lächelte ihn dabei mit einer traurigen Gleichgültigkeit an, die ebenso gut ihm wie ihr selbst gelten konnte. Traudl gehörte zu jenen Frauen, die nie schön gewesen waren, aber immer zur Verfügung gestanden hatten. Misslinger wusste, dass Selma nie so aussehen würde, aber einige der Frauen, mit denen er sie betrog.

Sie zog ihn ins Haus, während sie auf ihn einredete: »Komm schon in die Diele« sagte sie tatsächlich, unerwartet ins Du wechselnd. Misslinger dachte an Selma. Sie hatte ihn korrigiert, als er einmal vom »Eingangsbereich« gesprochen hatte. »Entree, Misslinger, bei uns das Entree!«, hatte sie gesagt, und er hatte ihre Pedanterie mit Spott quittiert und mit Bewunderung. Aber dieses Ensemble aus dunklem Holz und Messing hier in Irlich am Rhein, das war tatsächlich eine Diele. Allerdings überraschte ihn der Anblick einer weiß glänzenden Wand aus Sichtmauerwerk, die ihm bei seinen früheren Besuchen nicht aufgefallen war. So eine hatten sie daheim in Freienwill auch. Selma hatte damals darauf bestanden und ihm erklärt, es handele sich um ein »retromodernes Element«, das sie sich unbedingt erlauben könnten, weil bei ihnen niemand auf die Idee kommen werde, ein solches Sichtmauerwerk im Entree als unironisches Element eines altmodischen Geschmacks zu verstehen: »Misslinger, mit Design ist es wie mit allen Dingen im Leben: Wenn es geht, geht es, und wenn nicht, dann nicht.« Es konnte an Selmas Überlegenheit auch in dieser Frage keinen Zweifel geben.

Traudl hieß ihn mit einer Geste ins Wohnzimmer zu gehen, sie komme gleich nach: »Sie kennen sich ja aus, lieber Franz.« Misslinger betrat den dunklen, von Musik erfüllten Raum. Im Dämmerlicht sah er Walter von hinten, der in einem niedrigen Ledersessel saß und einen dunklen Morgenmantel trug. Misslinger blieb stehen. Seine Anwesenheit blieb unbemerkt. Auf dem Schreibtisch, der Kommode, dem Kaminsims, dem

Fensterbrett, sogar auf einem Hocker neben dem Sessel standen Bilder: Walter Schergen, der frühere Wirtschaftsminister und Vizekanzler, der langjährige Parteivorsitzende, immer noch die sogenannte »graue Eminenz« seiner Partei und Misslingers Mentor von Anfang an, in jedem Alter, mit Staatschefs, Präsidenten und Premierministern, mit dem Papst, mit mindestens drei deutschen Bundeskanzlern und zahllosen Außenministern und Leuten, die man Würdenträger nennen muss, er selbst in ortsüblicher Tracht, im dunklen Anzug, im feierlichen Frack, im reisetauglichen Khaki, je nach Anlass und Außentemperatur.

»Hier ist es ja unerträglich dunkel«, sagte Misslinger ein bisschen lauter als notwendig. Aber Walter hörte ihn nicht. »Und das Fenster ist geschlossen. Es ist ganz warm draußen.« Walter wandte halb den Kopf. Misslinger sah das immer noch scharfe Profil, die Nase, die im Alter nur größer geworden war, aber die Augen waren müde. Wie alt er geworden ist, dachte Misslinger. »Ah, Franz«, sagte Walter und ließ den Kopf mit dem struppigen weißen Haar wieder auf die Brust sinken, »setz Dich neben mich, Franz, und höre ...«, dabei streckte er Misslinger seine Hand entgegen, die dieser ergriff, und Walter zog ihn auf den Sessel neben sich, wie man ein Kind zu sich herabzieht.

»Du erlebst mich gerade in meinem Fischer-Dieskau-Moment«, sagte Walter leise. »Magst Du Fischer-Dieskau, Franz? Man hat ihm ja vorgeworfen, dass er sich in den späteren Jahren aufs Deklamieren verlegt habe, dem Manierismus verfallen sei, nicht wahr, das Oberlehrerhafte hat man ihm vorgeworfen, Franz, was meinst Du? Ich kann das alles nicht finden. Im Angesicht dieser Stimme – aber das kann man ja gar nicht sagen: im Angesicht einer Stimme – also sage ich: in der Gegenwart dieser Stimme, da verstummt jede kleinliche

Kritik, Fischer-Dieskau entwaffnet mich, ich bewundere ihn rückhaltlos, Franz, Du kennst mich ein bisschen, Du weißt um meine schwach ausgeprägte Bewunderungsfähigkeit.«

Misslinger schwieg und legte als Antwort die Flasche, die er unter dem Arm hatte, in Walters Hand. Walter nahm sie wortlos entgegen und hielt sie seitlich vor die Augen, wodurch er irgendeine Augenschwäche auszugleichen suchte. »Robert Weil, Kiedricher Turmberg Riesling, Erste Lage, trocken, 2013« las er langsam vor. »Ich sehe, Dein Geschmack entwickelt sich.« Misslinger freute sich über das Lob. Aber er wusste auch, dass er gleich dafür würde bezahlen müssen. Walter lehnte sich in seinen Fauteuil zurück und schlug dabei die Beine so übereinander, dass sich die Enden seines Schlafrocks öffneten. Misslinger stellte fest, dass Walter zwei verschiedene Socken trug. Er hielt die auf seiner Brust abgestellte Flasche mit beiden Händen dicht vor seine Augen und sprach so leise, als redete er mit ihr: »Wir haben hier einen der mineralischsten und zugleich kühlsten und elegantesten der Weine bei Weil. Vielleicht einen der mineralischsten und elegantesten Weine des Rheingaus überhaupt. Franz, das ist ein richtiger Gletscherwein, weißt Du, ein glasklarer Wein. Du und ich, wir öffnen diese Flasche! Jetzt gleich!«

Misslinger versuchte zu protestieren. Aber Walter hatte schon einen Flaschenöffner zur Hand und wies Misslinger mit einer Bewegung des Armes an, zwei Gläser aus der Vitrine zu holen.

Der Weißwein schillerte gelb in Misslingers Glas, und es gelang ihm nur mit großer Überwindung, dass er einen kleinen Schluck davon trank. Walter richtete sich auf. »Ah, da haben wir die reife, apfelige Traubigkeit«, redete Walter jetzt leichter dahin, »eine wunderbare Reife, aber ohne fett zu sein, elegant und fein und trotzdem hocharomatisch.« Er hob die Stimme und deklamierte beinahe: »Hier ist die Schiefrigkeit des Rheingaus und da das ganze Spannungsfeld der Mosel. Lieber Franz, kauf Dir auch ein paar Flaschen davon und lege ihn Dir in den Keller. Der kann noch einige Jahre vertragen. Du hast doch einen Weinkeller, Franz?«

Misslinger hatte alles schweigend über sich ergehen lassen und nur gedacht, dass Walter ein Komödiant war, immer noch ein Komödiant. Er antwortete: »Einen Keller haben wir nicht. Aber natürlich trinken Selma und ich gerne hin und wieder ein gutes Glas Wein.« Das bereute er gleich. Denn Walter reagierte nicht. Eine Weile war es ganz still im Raum.

Misslinger fand, er dürfe nun beginnen, und sagte: »Walter, im nächsten Jahr findet die Bundestagswahl statt. Ich bin im Bundestag. Ich war Landesvorsitzender. Ich bin Mitglied im Bundesvorstand. Ich bin Generalsekretär. Wir stehen jetzt so gut da wie seit fünf Jahren nicht. Das ist vor allem mein Werk. Ich will den Vorsitz. Ich will die Spitzenkandidatur. Ich bin dran und Du weißt es. An mir kommt jetzt keiner vorbei.«

»Nein, an Dir kommt keiner vorbei«, sagte Walter leise. »Das weiß ich doch, Franz. Jeder weiß das. Aber was kann ich da noch tun, Franz? In der Partei entgeht mir jetzt ja manches. Es wird vielleicht nicht vor mir verborgen, davon will ich gar nicht ausgehen, ich bin einfach nicht mehr kräftig genug, nicht wahr, ich habe nicht mehr den Blick für all die vielen Sachen.«

Misslinger war von Walters Antwort weder überrascht noch beunruhigt. Er machte ihm Komplimente und versicherte ihm, wie unersetzbar er nach wie vor sei. Daran habe sich nicht das Geringste geändert, ja, im Gegenteil, in den vergangenen Jahren habe das Gewicht seiner Worte eher noch zugenommen. Im Angesicht einer allgemeinen Verunsicherung, einer weltweiten krisenhaften Zuspitzung der Verhältnisse, sei der Wert langjähriger politischer Erfahrung selbst dem ehrgeizigsten Heißsporn klar geworden. Alle wüssten, dass die Partei vor jeder Richtungsentscheidung ratsuchend nach Irlich am Rhein blicke. Und eine solche Richtungsentscheidung stehe nun wieder an und er, Walter, wisse, dass er sich immer auf ihn, Misslinger, habe verlassen können, auch in den Zeiten, die nun glücklicherweise schon lange zurücklägen, als es in Partei und Öffentlichkeit Unruhe wegen dieser Spendengeschichte gegeben habe. So wisse nun auch er, Misslinger, dass er sich ganz auf ihn, Walter, verlassen könne, der ihn ja beinahe seine gesamte politische Laufbahn hindurch begleitet und gefördert habe, und da spreche man immerhin von 24 Jahren, also eigentlich ein Vierteljahrhundert, ja, gefördert ohne Wenn und Aber, denn ohne Walter wäre Misslinger nicht da, wo er heute sei.

»Ja«, sagte Walter, »das ist richtig, Franz. In dieser dummen Geschichte damals konnte ich mich auf Dich verlassen. Das habe ich nicht vergessen und ich sehe, Du hast es auch nicht vergessen. Es gilt aber auch: Ohne mich wärest Du nicht da, wo Du heute bist. Franz, mein letztes Hemd hat keine Taschen. Ich kann nichts mitnehmen. Politischer Einfluss lässt sich nicht vererben, aber wenn, dann wärst Du mein Erbe.«
Sie schwiegen.

Traudl brachte auf einem Tablett Tee und Kuchen von der Art, wie man ihn vor allem am Stadtrand findet, schwer und süß, und für Misslinger kaum genießbar. Aber das Service fiel ihm auf, feines weißes Porzellan mit rosafarbenen Blumen von beinahe mädchenhafter Heiterkeit.

Als Traudl gegangen war, sagte Walter plötzlich: »Ich bin alt. Aber Du bist nicht mehr jung.«

»Ich bin 42. Das ist jung.«

»Nicht so jung, wie Du mal warst, Franz. Du warst der Shootingstar der deutschen Politik, oder? Aber jetzt bist Du erwachsen. Ich bin um so vieles älter, ich darf das sagen, oder Franz? Ich darf so mit Dir reden.«

Misslinger stand ohne Antwort auf. Er ging zum Fenster und öffnete den Vorhang, nicht ganz, das wäre zu weit gegangen, aber doch so, dass der Raum, der bisher im Halbdunkel gelegen hatte, plötzlich von der Herbstsonne erfasst wurde. Misslinger drehte sich um und sah befriedigt, wie das Licht alles in einen anderen Zustand überführte. Walter zog sich kaum merklich zusammen wie ein überraschtes Tier.

»Ich bin Generalsekretär unserer Partei«, sagte Misslinger. Er stand vor Walters Sessel und sah auf den alten Mann hinunter. »Du weißt, in welchem Zustand ich sie übernommen habe. Du weißt, wo wir damals standen. Niemand wollte etwas von uns wissen. Man hat uns für überflüssig erklärt. Irrelevant. Du erinnerst Dich an das Dreikönigstreffen in Bayreuth? Meinst Du, ich habe vergessen, wie ich da stand und gewartet habe? Dreikönigstreffen ohne die Drei Könige! Kein Caspar, kein Melchior, kein Balthasar, nirgends!« Er hob die Hände und blickte sich in Walters Wohnzimmer um, auf der Suche nach den Heiligen Drei Königen: »Und um mich herum die Presse, die Meute, die Journalisten, wie sie feixen, wie sie gaffen, wie sie spotten. Jetzt seid ihr nicht nur von allen guten Geistern verlassen – sondern auch noch vom Heiligen Geist, haben sie gesagt. Die Heiligen Drei Könige haben ihre Geschenke wohl schon bei den Grünen abgegeben, haben sie gesagt. Aber ich habe das durchgestanden. Ich habe gekämpft, Walter. Für unsere Partei. Und jetzt schau, wo wir in den Umfragen stehen. Das ist meine Leistung«, sagte Misslinger und setzte sich und fügte hinzu: »Und Leistung muss belohnt werden.«

»Aber ja«, sagte Walter kaum hörbar, »Leistung wird auch belohnt. Warte, hör, gleich kommt der Erlkönig.« Misslinger setzte sich gerade auf und legte die Hände auf seine Beine, wie Kinder es auf alten Bildern tun. »Walter ...«, sagte er, aber Walter hatte die Musik schon ein bisschen lauter gemacht. Das Klavier hob zu einem raschen Galopp an. Walter begleitete das dunkle Tremolo mit den Fingern und einer wiegenden Bewegung der rechten Hand.

Wer reitet so spät durch Nacht und Wind?
Es ist der Vater mit seinem Kind.

»Wie das anbrandet, Franz, wie das anschwillt, hörst Du es? Wer kann sich dem entgegenstellen? Wer kann sich dem entziehen?«

Die ersten Verse, das rollende R, das Auftrumpfen in der letzten Silbe, das quittierte Misslinger noch mit einem leichten Lächeln.

»Franz, hörst Du dieses Forte, diese Ausbrüche? Donnernd! Klar!«

Du liebes Kind, komm geh mit mir,
Gar schöne Spiele spiel ich mit dir
Manch bunte Blumen sind an dem Strand,
Meine Mutter hat manch gülden Gewand.

»Hörst Du Franz, wie der Erlkönig vor Begierde zittert, wie er das Kind lockt, und kaum noch seine Ungeduld beherrschen kann? Das macht alles der Fischer-Dieskau mit seiner Stimme. Das ganze Lied ist in g-Moll, Franz. Das ist der traurige Ton, der Ton der grollenden Unlust. Nur wenn der Erlkönig spricht, hören wir C-Dur. Täuschendes C-Dur. So sind Kinderlieder geschrieben, nicht wahr, und das Kind soll ja gelockt werden!«

Mein Vater, mein Vater, und siehst du nicht dort
Erlkönigs Töchter am düsteren Ort?
Mein Sohn, mein Sohn, ich seh' es genau:
Es scheinen die alten Weiden so grau.

»Und hier, Franz, der arme Vater, nicht wahr, man hört ihn nur noch aus der Entfernung. Seine Stimme klingt wie von weit her, so machtlos ist er gegen das Geschehen. Da, Franz, hörst Du, der Aufschrei des Kindes wird abgewürgt, sein Schicksal ist besiegelt, die Musik besiegelt sein Ende, bevor der Text es tut.«

Als das Kind endlich tot war und die Musik verklang, blickte Walter auf, und Misslinger war sich nicht sicher, ob er nicht tatsächlich Tränen in den Augen hatte. »Franz, mein Gott, Franz«, sagte er, »dieser Mann singt nicht nur. Er weiß, was er singt und warum er singt.«

»Walter ...«, hob Misslinger jetzt noch einmal an. Aber Walter unterbrach ihn: »Du musst eine Rede halten. Eine große Rede. Weißt Du gar nicht, dass die Stimmung gegen Dich ist? Der Erfolg ist Deiner. Aber sie neiden ihn Dir. Du hast viele Stufen übersprungen, und das verzeihen Dir die Stufen nicht. Aber eine große Rede vermag alles zu wenden,

Franz, es gibt dafür Beispiele, oder? Du kannst das. Ich weiß es. Ich habe Dich reden gehört. Du kannst mit einer Rede die Stimmung drehen. Tu das. Du machst jetzt Folgendes: Du nimmst dir ein paar Tage frei vor dem Parteitag, fahr in die Ferien, mit Deiner Familie, mach Dich rar, nimm Dir Zeit und arbeite an Deiner Rede. Alles wird gut. Das verspreche ich Dir, Franz. Hörst Du: Alles wird gut.«

»Eine Rede?« Misslinger war hellwach. »Worüber soll ich reden, Walter?«

»Worüber wohl, Franz. Über die Freiheit natürlich.«

Eine Viertelstunde später brach Misslinger auf. Walter erhob sich das erste Mal an diesem Tag aus seinem Sessel. »Er ist immer noch ein Riese«, dachte Misslinger.

Sie traten ins Freie. Misslinger atmete auf. »Hörst Du, Franz, der Rhein?«, fragte Walter und horchte mit einer Handbewegung, die auch Misslinger einlud, zu horchen. Tatsächlich vernahm Misslinger in der Ferne ein leises Gurgeln. »Du kommst aus dem Norden. Der Rhein sagt Dir nichts, oder?« Misslinger machte eine abwehrende Geste, aber Walter fuhr fort: »Für uns hier ist das der Vater Rhein. Und der Vater gibt und der Vater nimmt, früher wenigstens. Jetzt liegt er da, alt und müde in seinem Bett und gurgelt so vor sich hin, nicht wahr, so wie ich in meinem Bett liege, wenn die Kälte kommt und die Bronchitis, und ich kann dann nachts vor lauter Husten nicht schlafen.«

»Ich habe vorhin am Ufer gesessen und die Hügel auf der anderen Seite gesehen«, sagte Misslinger, weil er nicht wusste, was er sonst sagen sollte. »Die andere Seite? Ja, es ist gar nicht so leicht, hinüberzukommen«, sagte Walter, »Hier war die Brücke von Remagen, die kennst Du doch, oder? Wenigstens den Film? Das war die letzte Rheinbrücke. Die Nazis wollten sie sprengen, aber sie haben das Ding nicht kleingekriegt. Warum? Der Sprengstoff stimmte nicht. Du wunderst Dich, woher ich das weiß? Weil das mein Onkel war. Ein tapferer deutscher Soldat, möchte ich meinen, der immer seine Pflicht getan hat. Bis zu diesem 7. März 1945. Da jubelte er seinem Vorgesetzten den falschen Sprengstoff unter. Außerdem hat er nur 300 Kilogramm geliefert, statt der befohlenen 600 Kilogramm. Das Ding wurde jedenfalls von dem Knall einmal kurz hochgehoben, und das war es. Mein Onkel, verstehst Du, der war von hier, der kam aus Remagen. Alle wussten, wie wichtig die Brücke war, die letzte intakte Rheinüberquerung. Also hat er seinen Teil dafür getan, dass die Amerikaner hier übersetzen konnten. Was sagst Du dazu? Hast Du noch ein bisschen Zeit? Dann besuch die alten Brückenköpfe. Die stehen noch. Es lohnt sich.«

Misslinger verabschiedete sich.

Jeder wusste, dass Walter Schergen aus Chemnitz stammte. Die Wahrscheinlichkeit, dass er einen Onkel aus Remagen hatte, der am Ende des Zweiten Weltkriegs die Sprengung dieser strategisch bedeutsamen Brücke sabotiert haben sollte, war nicht sehr groß.

Kapitel 3

Als Franz noch Kind war, war alles an ihm weich, seine Haut war zart, seine Augen waren sanft, sein Wesen nachgiebig, seine ganze Erscheinung war von samtenen Konturen. Er war ein dickes Kind. Er beneidete die anderen Jungen um ihre glatten, mageren Körper. Wenn sie die weißen Unterhemden auszogen und die Arme nach oben reckten, ihre Rücken durchbogen, ihre Körper streckten, dann konnte er die Sehnen unter ihrer hellen Haut sehen, die steilen Wölbungen der Schulterblätter, den schmalen Lauf der Rückenwirbel, die feinen Linien der Rippenbögen. Bei ihm lag weiches Fleisch über Muskeln, Knochen und Sehnen und machte alles rund und glatt und sanft, wie der Schnee es mit den Hügeln Ostholsteins machte, die er einmal beim Schlittenfahren gesehen hatte. Er fand nicht, dass er einen schönen Anblick bot.

Er saß auf der hölzernen Bank am Rand der gekachelten Umkleideräume und zog den Bauch ein, den seine Mutter »Wampe« nannte – das Wort hatte er danach gar nicht mehr gehört, es kam ihm so vor, als habe seine Mutter es nur für ihn erfunden – und betrachtete still das Ballett der sich drehenden, sich reckenden und streckenden Knabenkörper, und dabei versuchte er, die nackten Füße möglichst vom kalten Kachelboden fernzuhalten, weil seine Mutter ihn vor den

Gefahren unhygienischer Verhältnisse in öffentlichen Bädern und Sporthallen gewarnt hatte.

Das Umziehen erledigte er so schnell und unauffällig wie möglich, am besten, während die anderen bereits dabei waren, in die Halle zu gehen. Darum kam er oft etwas zu spät in den Sportunterricht, was aber den Lehrer nicht störte, da Franz ohnehin keine »tragende Säule des Unterrichts« war. Das hatte der Lehrer so gesagt, es war nicht böse gemeint, nur eine Feststellung: »Franz, Du bist nicht gerade eine tragende Säule des Unterrichts«, und Franz hatte mit den anderen über sich selbst gelacht, weil er nicht wusste, was er sonst hätte tun sollen.

Später, als Misslinger noch Franz genannt wurde, aber kein Kind mehr war, lebte er mit seinem Vater und seiner Mutter im Dreiseithof, in dessen linkem Flügel der Vater seine Praxis hatte, am Ende einer schmalen Straße im Flecken Kleinwolstrup. Die Straßen der Nachbarschaft hießen Kirchenlücke, Lange Fahrt, Kuhgang oder Zum Pferdeberg – wie es eben passt zu einer Gegend, in der die Orte Namen wie Munkwolstrup, Großsoltbrück oder Kleinsolt tragen. Allerdings waren genau einen Tag vor seiner Geburt, also am 24. März 1974, die Gemeinden Kleinwolstrup und Kleinsolt zur neuen Gemeinde Freienwill vereinigt worden, in die Misslinger also hineingeboren wurde. Der Himmel war weit, die Nachmittage lang und die Felder dehnten sich bis zum Horizont. Alles war hier ohne Grenzen, der Himmel, die Felder und die Nachmittage.

Gegenüber lag die Bäckerei Schwiersen. Die war in ganz Südschleswig berühmt. Von Handewitt bis Schuby, von Maasholm bis Bordelum schwärmten die Leute von Schwiersens Backwaren, dabei sind die Menschen in Südschleswig nicht als Schwärmer bekannt. Aber Bäcker Schwiersen war in seinen jungen Jahren in Frankreich gewesen und hatte Rezepte nach Südschleswig mitgebracht, von denen man dort bis dahin nicht einmal träumen konnte: Kandierte Früchte mit Löffelbiskuits und Eistorte; eckige Törtchen mit Vanille-Mascarponemousse oder Cassis-Mandelbiskuit; Mandel-Baisertörtchen mit Mokkafüllung; Mandel-Haselnuss-Baisers mit Schlagsahne und Buttercreme oder mit einem Herz aus Heidelbeerkompott.

Weil er aber nicht nur ein guter Bäcker, sondern auch ein kluger Kaufmann war, verkaufte Schwiersen diese exquisiten Backkreationen nicht unter den für seine Kundschaft unzugänglichen originalen Bezeichnungen ihrer französischen Vorbilder, sondern erfand eingängige örtliche Namen wie Klixbüll-Crisps, Klanxbüller Kanten oder Dagebüller Delikatessen.

So lange Misslinger denken konnte, führte also sein Weg an den wunderbarsten Backwaren vorbei, an Zimtschnecken und Nusshörnchen, die so gelb waren, dass er sie bis auf die Straße riechen konnte, und an Plunder und Quarktaschen, die so süß waren, dass er sie noch in seinem Zimmer schmecken konnte, das ins Dach des rechten Querflügels des alten Hofes gebaut worden war.

Sehr früh dämmerte es Franz, dass es zwischen den weißen, puderzuckerweichen Backwaren in den Auslagen der Bäckerei Schwiersen und den Körpern seiner weiblichen Mitschüler, die sich um ihn herum zu verändern begannen, einen Zusammenhang zu entdecken gab, die plötzlich so weich und rund wurden, wie er selbst schon immer war, ja, runder noch und weicher. Als Franz das entsprechende Alter erreicht hatte, wäre es sein größtes Glück gewesen, wenn der

Bäcker eine Tochter gehabt hätte. Herr und Frau Schwiersen waren jedoch zum fraglichen Zeitpunkt kinderlos. Aber im Nachbarhaus wohnte Dörte. Ihre Haut war rosa, ihr Haar war rot und ihr Wesen war freundlich. Das alles hatte Franz schon früh für sie eingenommen. Beglückt beobachtete Franz, wie Dörte mit den Jahren in immer größerer Geschwindigkeit ihre Klassenkameradinnen an Weichheit und Rundheit überholte und es mit vierzehn Jahren zu einem Körper gebracht hatte, der Franz wie ein kleines Törtchen vorkam, rosafarben und appetitlich.

»Du siehst lecker aus«, sagte Franz einmal zu Dörte, als sie auf ihren Fahrrädern von der Schule nach Hause fuhren. Das war das höchste Kompliment, das er machen konnte, und es war das schönste, das sie je gehört hatte. Die Art, wie sie seinen Blick erwiderte, so von unten herauf, machte ihm Mut.

Vollends überzeugt davon, mit Dörte für seine weiteren Erkundungen die richtige Wahl getroffen zu haben, war er nach einem gemeinsamen Besuch eines Gottesdienstes mit Abendmahl. Franz ging ja regelmäßig in die Kirche. Darauf legte sein Vater großen Wert, und es wäre ihm nicht in den Sinn gekommen, sich dagegen aufzulehnen. Er war zwar weit und breit der einzige Katholik, aber das störte den Pfarrer nicht, der sich im Gegenteil freute, einem Kind der großen Schwesterkirche die Hand zur eucharistischen Gastfreundschaft auszustrecken.

Einmal sah er Dörte beim heiligen Abendmahl, wie sie vor dem Pastor kniete, und ihren Mund weit öffnete. Danach träumte Franz von ihr.

Sie kamen sich näher, und als es so weit war, stellten Franz und Dörte eine Reihe von Versuchen mit Windbeuteln an, die entweder mit Vanillecreme oder Sahne gefüllt waren, so wie Dörte es gerade lieber hatte. Nachdem man die obere Hälfte des Windbeutels entfernt hatte, ließ sich die Sahne dazu verwenden, verschiedenen Körperteilen kleine weiße Krönchen aufzusetzen, die Franz dann mit dem Mund wieder entfernte. An einem Nachmittag im Juni 1987, der regnerisch war und für die Jahreszeit ungewöhnlich kühl und ihnen darum Gelegenheit bot, ohne Verdacht zu erregen im Haus zu bleiben, waren sie gerade dabei, ihre Untersuchungen auf der Grundlage eines mit Schokoladen- und Karamellcreme gefüllten Haselnuss-Kuchens zu erweitern. Sie nutzten dafür, anders als es sonst ihre Gewohnheit war, nicht Dörtes Zimmer, sondern seins, weil es sein Wunsch gewesen war, den Schritt von der Sahne zur Schokolade zu gehen. Dörte hatte zwar eingewilligt, aber mit dem entschiedenen Zusatz: »Nicht bei mir! Das gibt Sauerei!«

Sie hatte sich auf Misslingers Bett gesetzt, ihren Pullover ausgezogen – allerdings nicht mehr als das – und sich nach hinten fallen lassen. Franz kniete vor dem Bett zwischen ihren geöffneten Beinen und begann, ihren üppigen Bauch sorgfältig mit einer Schicht aus goldbraunem Karamell zu bedecken. Er hatte sich vorgenommen, es dabei zu keinerlei Rissen kommen zu lassen.

Dörtes Leib wurde durch ihr Kichern in wellige Bewegungen versetzt, die Franz an die sanft hügelige Landschaft Ostholsteins erinnerten. Immer, wenn es ihm gerade gelungen war, mit dem Löffel ein ordentliches Karamellplateau zu bilden, wanderte eine neue Welle wohligen Glucksens durch diesen rosafarbenen Körper und führte zu Rissen und Spalten, Fjorden und Canyons, so dass Franz seine Arbeit bald einstellte und stattdessen dem Verlauf der Karamellklippen mit der Zunge folgte. Er war gerade entlang einem besonders steilen Abhang unterhalb von Dörtes linkem Rippenbogen an ihrem Bauchnabel angekommen, als hinter ihm die Zimmertür aufflog und sein Vater mit den Worten: »Ronald Reagan will die Mauer einreißen« in den Raum stürzte.

Genau genommen war das keine korrekte Beschreibung des Ereignisses, das am Vormittag ein paar Hundert Kilometer südöstlich vor dem Brandenburger Tor in Berlin stattgefunden hatte.

Aber die ganze Welt des Vaters gründete auf drei Überzeugungen: dass es einen gütigen Gott im Himmel gibt, dass unser aller Schicksal der geheimnisvollen Macht der Sterne unterworfen ist und dass die Amerikaner auf dieser Welt das personifizierte Böse sind. Wenn also der amerikanische Präsident davon sprach, dass die Mauer eingerissen werden müsse, so konnte es sich nur um einen finsteren Plan des westlichen Imperialismus handeln. Jedenfalls schreckte Dörte hoch und stieß einen Schrei aus, in den auch der Vater einstimmte, und wenn der Name Ronald Reagans fällt, ist Misslinger seither seltsam berührt.

Irgendwann begann er sich zu fragen, warum die Mädchen ihn eigentlich mochten, obwohl er sich nicht mochte. Es war ja nicht nur Dörte. Es waren auch noch andere, die sich seiner annehmen wollten. Er kam zu dem Ergebnis, dass es gerade seine körperliche Unzulänglichkeit war, die ihn für Frauen interessant machte: Indem sie sich ihm zuwandten, konnten sie unter Beweis stellen, wie desinteressiert sie an den Oberflächlichkeiten der äußeren Gestalt waren und dass sie durch die Fettschichten hindurch sein eigentliches Wesen erkannten. Dieser Gedanke war Misslinger unangenehm. Ihre Zuneigung kam ihm wie eine Erniedrigung vor.

Noch bevor er die Volljährigkeit erreicht hatte, beschloss Misslinger, dünn zu werden. Sich vom Fett zu befreien, bedeutete, sich selbst zu befreien. Er wollte auch nicht mehr Franz heißen. In der Schule hatte er unter seinem Namen gelitten, seit die anderen Jungen damit begonnen hatten, dumme Reime darauf zu machen. Als die erst einmal in der Welt waren, gab es davon kein Entkommen mehr. Sein Name war ihm eine Bürde und er hasste seine Eltern dafür, sie ihm auferlegt zu haben. Den neuen Lehrern, die er in der Oberstufe des Gymnasiums bekam, stellte er sich als Misslinger vor. Der Name blieb hängen. Und in der Partei, der er in dieser Zeit beitrat, kannte man ihn gar nicht anders.

Einige Zeit nach dem Ende seines Wehrdienstes – auf Anraten seiner Parteifreunde hatte sich Misslinger zu zwei Jahren »Militärdienst« verpflichtet, wie sein Vater das nie ohne Widerwillen in der Stimme nannte, von denen er, wiederum durch das Zutun derselben Parteifreunde, den größten Teil als Stabssoldat ableisten konnte – reiste Misslinger mit seinen beiden Freunden Halder und Porz, die wie er in Schleswig-Jagel gedient hatten, an die Westküste der USA, wo sein Leben eine folgenreiche Wendung nahm. Misslingers Freund Halder hatte einen Onkel, der vor einigen Jahren von Münster nach Amerika gezogen war und nun als Hautarzt am Massachusetts General Hospital in Boston an einer neuen Methode der Fettbekämpfung forschte, die er »Selektive Kryolipolyse« nannte. Als er die Gäste aus der alten Heimat in sein schmales Brownstone-Haus im Bostoner Beacon Hill-Bezirk einlud, hatte Dr. Halder keinen Grund, besonders ausführlich über seine Arbeit zu berichten, und teilte darum in einem Deutsch, das schon erste Anklänge der Amerikanisierung hören ließ, zunächst nur Beiläufiges mit. Als er aber in den Augen vor allem eines seiner Besucher eine unerwartete Begeisterung bemerkte, die ihm beinahe wie eine Bestürzung vorkam, erzählte er immer eifriger und detaillierter.

Die Idee war einfach: Fettreiches Gewebe reagiert empfindlicher auf Kälte als wasserreiches Gewebe. Wenn Fettzellen gekühlt werden, sterben sie ab. Im Jahr 1970, so Halders Bericht, dem Misslinger gebannt lauschte, beschrieben die Ärzte Epstein und Oren einen roten, verhärteten Knoten und eine darauffolgende temporäre Fettnekrose an der Wange eines Kindes, das ein Eis gegessen hatte. Sie prägten daraufhin den Ausdruck »popsicle panniculitis«. Weil Misslinger ein fragendes Gesicht machte, erklärte Halder, »popsicle« bedeute ein Eis am Stiel und »panniculitis« nenne man alle Entzündungen des Unterhautfettgewebes. Kinder und Babys seien davon häufiger betroffen als Erwachsene, sagte Halder. Aber wenn man bedenke, fuhr er fort, dass Fett für Kinder und Babys im Allgemeinen gar kein Thema ist, für sehr viele Erwachsene dagegen ein sehr wichtiges, sei es kein Wunder, dass den Beobachtungen der Kollegen über die Empfindlichkeit kindlichen Fettgewebes bald erste Überlegungen folgten, wie wohl das Fett der Erwachsenen auf die Zuführung künstlicher Kälte reagieren würde.

Er selbst, sagte Halder habe übrigens Experimente mit einem Yucatan-Schwein angestellt. Er fragte seine Gäste, ob ihnen bewusst sei, dass das Fleisch des Schweins dem des Menschen ähnlich sei. Er habe eine von feinen Membranen durchsetzte Kupferplatte, die von einem auf genau sieben Grad Celsius gehaltenen Kühlmittel durchflossen war, dem Schwein auf den Bauch gebunden. Der feste Anpressdruck sei entscheidend, sagte Halder, um Reibungen und Hautverletzungen zu vermeiden und ein gutes Ergebnis zu erzielen. Tatsächlich habe sich drei Monate später an allen der Kälte ausgesetzten Stellen eine deutliche Reduktion des oberflächlichen Fettgewebes gezeigt. »Das ist natürlich alles erst der Anfang«, sagte Halder. Zwei seiner drei jungen Zuhörer machten höfliche, aber leere Gesichter. Misslinger jedoch war fasziniert. Der Kampf gegen das Fett war ja sein Kampf. Er wollte unbedingt abnehmen. Allerdings, ohne sich dabei anzustrengen. Misslinger war der Auffassung, dass jeder sich anstrengen könne, dass sich aber die wahre Überlegenheit in der anstrengungslosen Leistung beweise. Wenn man sein Ziel ohne viel eigenes Zutun erreicht. Zum Beispiel durch Einsatz einer überlegenen Technologie, jedenfalls durch den Einsatz des Verstandes. Was man selber nicht kann, dafür erfindet man eine Maschine. Was zu anstrengend ist, überlässt man der Technik. Misslinger wollte unbedingt das Beste aus sich machen. Das Optimum. »Optimieren« war ein Wort, das er gerne gebrauchte. Aber er wollte dabei mühelos bleiben. So verstand Misslinger den Fortschritt, und er wusste sich dabei eins mit dem Geist seiner Zeit.

Als Halder mit seinen Ausführungen am Ende war, blickte Misslinger durch das Fenster auf die ruhige Kopfsteinpflasterstraße, wo schwarze schmiedeeiserne Zäune im milden Licht des Frühsommers glänzten. Seine Augen folgten der Flucht aus niedrigen, gemütlichen Backsteinhäusern. Hier wuchs der Efeu seit vielen Jahrzehnten ungestört an Regenrohren empor, und ganz hinten am Ende der Straße hing eine amerikanische Flagge, rot, weiß, blau, Stars and Stripes, wie das Banner eines Unternehmens, das sein Angebot annonciert – nur, dass hier das Angebot unendlich war. Das ist Amerika, dachte Misslinger beglückt, das Land der unbegrenzten Möglichkeiten, nun auch der Fettreduktion.

Weil Misslinger das Herz eines Geschäftsmanns hatte, erkannte er sofort das ungeheure Potenzial, das in Halders Entdeckung lag. Er erhob sich mit großem Ernst, und mit einer Stimme, als könne er das beurteilen, sagte er: »Dr. Halder, das ist wirklich optimal. Sie haben ein neues Kapitel der kommerziellen Kosmetik aufgeschlagen!« Dr. Halder lächelte freundlich, denn das war ihm bewusst.

Misslinger war klug genug, die Verbindung zu Halder aufrechtzuerhalten. Als das Verfahren zur Fettreduktion durch Kälteeinsatz das Stadium der Anwendungsreife beim Menschen erlangte, investierte Misslinger früh in Halders Firma. Und als die ersten Geräte nach Deutschland kamen, finanzierte er Dörte ein paar Sitzungen. Weil sie sich ihm dafür in jeder Weise erkenntlich zeigte, die er sich wünschte. Und weil er die Wirkung der Behandlung aus nächster Nähe studieren wollte. Er wäre nicht auf die Idee gekommen, sich zu diesem frühen Zeitpunkt selbst der Prozedur zu unterziehen. Immerhin befand sich die Methode noch im Entwicklungsstadium. Dörte klagte auch hin und wieder über brennende Schmerzen und einen quälenden Juckreiz. Ein paar Wochen lang konnte sie ohne Schmerzmittel nicht schlafen. Aber nach einem Jahr hatte sie tatsächlich abgenommen. Ihre Hüften, die ein wogendes Eigenleben geführt hatten, waren schmaler geworden, und sie war glücklich.

Als Misslinger sicher war, dass die Apparate so verbessert waren, dass sie ihren Zweck in kürzerer Zeit und mit weniger schmerzhaften Nebenwirkungen erfüllten, unterzog er sich selbst der neuen Methode und war sehr mit sich zufrieden.

Kapitel 4

Misslinger hat schreckliche Angst vor dem Fliegen, seine Tochter gar nicht. Als die große Maschine auf die Startbahn rollt und die Triebwerke ihre gewaltige Kraft entfalten, wird Misslinger in seinen Sitz gedrückt, und seine Seele hält Zwiesprache mit Gott. Ich bin Generalsekretär meiner Partei, vielleicht bin ich bald Vorsitzender, vielleicht werde ich Vizekanzler und Außenminister, wer weiß. Aber das werde ich nur, wenn Du mir mein Leben lässt, denkt er: Du bist so groß und meine Seele ist so klein, aber sie ist alles, was ich habe, und wenn ich jetzt sterbe, weil ein Reifen platzt und ein Teil des Reifens mit hoher Geschwindigkeit den Flügel dieser Maschine durchschlägt und das Flugbenzin in Brand setzt und ich und meine Tochter und wir alle, aber vor allem ich, in einem großen Ball aus Feuer einfach vergehen, ohne Asche, die von uns bleibt, dann übergebe ich diese kleine Seele in Deine Hände. Ein solches Gebet sagt Misslinger immer in Gedanken auf, wenn er fliegt. Er umklammert dabei mit beiden Händen die Lehne seines Sitzes. Aber der Blick aus dem Fenster rührt ihn so sehr, dass er beinahe vergisst, sich zu fürchten. Die Maschine durchstößt die Wolkendecke, und es kommt Misslinger vor, als werde der Himmel angezündet.

»Ich verstehe was nicht mit den Wolken«, sagt Luise.
»Was denn?«

»Guck mal raus, wie langsam die an uns vorbeiziehen. Das ist ja wie Fahrradfahren.«

»Optische Täuschung. Die sind viel größer, als Du denkst. Noch was?«

»Ich finde, es sieht so aus, als ob man darauf gehen könne.«

Misslinger blickt wieder hinaus. Es kann gar nicht so viel Lila und Violett und Rosa und Orange und Blau geben, wie da draußen ausgegossen ist. Er denkt an das lila Licht von früher. Wenn die Sonne tief stand unter den dunklen Regenwolken, fingen die Wälder zwischen Hodderup und Dollerup zu leuchten an, und die Weizenfelder zwischen Langballig und Lutzhöft strahlten. Misslinger war noch ein Kind, als er zum ersten Mal merkte, wie erleuchtet alles um ihn herum war. Er fühlte sich mitten im Licht. Er kann heute noch die Augen schließen, egal wo er ist, und sieht dieses Licht. Wenn man groß wird, werden große Dinge klein. Das gilt für den Stein, auf den er mit seinem Vater am Strand gestiegen war, um das Meer anzuschreien. Aber für das Licht seiner Kindheit gilt das nicht.

»Was sagst Du?«, fragt Misslinger seine Tochter, weil er das Letzte nicht mehr verstanden hat. Seine Tochter wiederholt: »Man kann auf ihnen gehen, da bin ich sicher. Man muss nur irgendwie hinkommen. Dann geht es.«

Misslinger schweigt. Die ganze Zeit zerrt die Angst am Gewebe der Wirklichkeit, und wenn er nicht mit aller Kraft dagegenhält, dann zerreißt alles, fliegt ihm in Fetzen auseinander. Jetzt gerade hat sie ein bisschen nachgelassen. Aber sie kann gleich wieder zupacken. Eine leichte Irritation genügt. Misslinger überlegt, ob die Vorstellung, auf Wolken zu gehen, eine angstauslösende Irritation ist. Vorsichtig antwortet er: »Ich bin nicht sicher, dass viele Leute das probiert haben.

Aber ich stelle es mir schwierig vor.« – »Ich gar nicht. Guck doch mal raus.«

Unter ihnen schwimmen die Gipfel irgendwelcher Berge in einer Suppe aus Wolken. Eigentlich dürfte es hier weit und breit keine Berge geben, denkt Misslinger. Er beginnt seinen Augen zu misstrauen, das beunruhigt ihn noch mehr. Neben dem Flugzeug treiben kleine Wölkchen, die so fröhlich über den Himmel verteilt sind, als wären lauter Schrapnelle explodiert. »Luise, das ist doch Quatsch. Wolken sind im Prinzip Wasserdampf. Wir sind eben mit dem Flugzeug durchgeflogen.« – »Ich glaube, es kommt auf den Winkel an«, sagt Luise: »Jedes Mal, wenn ein Flugzeug durch die Wolken will, muss es einen bestimmten Winkel nehmen. Sonst würde es zerschellen.« Misslinger sieht seine Tochter an, und jetzt fallen ihm die Gesichtszüge seines eigenen Vaters auf, und er fragt sich, ob sie ihrem Großvater nicht nur ähnlich sieht, sondern auch seine Neigung für verstiegene Gedanken geerbt hat, und warum er selbst davon frei ist. Er würde Luise am liebsten nach dem Internat fragen, das sie seit ein paar Wochen besucht. Aber wenn er sie nach dem Internat fragt, müsste er mit ihr wohl auch über Selma reden. Das will er nicht. Aber verschweigen ist wie lügen, denkt Misslinger, und er will seine Tochter nicht belügen. Dabei weiß sie in Wahrheit längst alles, denkt Misslinger. Darum ist sie ja im Internat. Sie hatte das im vergangenen Jahr selber organisiert. Sie war allein in das rote Backsteinschloss am See bei Eutin gefahren. Das sind, über Flensburg und Kiel, beinahe drei Stunden mit der Bahn. Sie hatte sich da alles angesehen, ein Gespräch mit der Direktion geführt, die von ihr begeistert war und ihr alle Steine aus dem Weg räumte, so hatte sie ihre Eltern über ihre Entscheidung informiert, dieses Internat zu besuchen und kein anderes, und zwar ab dem kommenden Schuljahr. Er war dann da auch hingefahren, in die Holsteinische Schweiz, das Gebäude gefiel ihm, ein altes Herrenhaus, direkt am See, im Schilf lagen Boote für die Schüler. Aber zwei Lehrer hatten lange Haare, die Schulstunde, bei der er hospitieren durfte, wurde mit dem Schlagen einer Triangel beendet und Psychologie war Pflichtfach ab der zehnten Klasse. Misslinger hatte kein gutes Gefühl. Also hatte er versucht, seine Tochter von ihrer Idee abzubringen. Aber sie hatte gesagt: »Ihr redet nicht miteinander, ihr redet nicht mit mir, da kann ich genauso gut auch weg. Und wo wir beim Reden sind: Hier hat man sich an einem Vormittag mehr für mich interessiert als zu Hause in einem Monat.«

Jetzt traut er sich nur zu fragen: »Wie ist die Schule denn so?« Luise sagt: »Ja. Okay. Ich soll übrigens eine Arbeit über die Auswirkungen des Internets auf die menschliche Kommunikation machen.«

»Ich dachte, Du sollst eine Umfrage über Glück machen?«

»Ja, auch, beides, Glück und Kommunikation, Religion und PW.«

»PW?«

»Politische Wissenschaft.«

»Ah. Das trifft sich ja gut. Ich bin Politiker.« Misslinger ist erleichtert, ohne dass er etwas dazu tun muss, kommt ihm das Gespräch entgegen.

»Ja, ich weiß. Also – Kommunikation …«, sagt Luise.

»Warte …«, sagt Misslinger, der froh ist, dass sie nicht mehr über Wolken reden und dass sie überhaupt reden, weil ihn das von seiner Angst ablenkt, und außerdem würde er seiner Tochter gerne von seiner Arbeit erzählen, die viel interessanter ist, als ihr offenbar bewusst ist. »Frag mich was!«

»Was soll ich fragen?«

»Was Politik ist, was Politiker machen. Wenn ihr PW habt, ist das doch wichtig, oder?«

»Es ist nur ein Nebenfach«, sagt Luise.

»Egal. Frag etwas.«

»Na gut. Was macht ein Politiker, Papa?«

»Sehr gute Frage«, sagt Misslinger. »Man entscheidet, für diejenigen, die einen gewählt haben, und man entscheidet so, dass man nach bestem Wissen und Gewissen dem Gemeinwohl dient. Damit diese Entscheidung gut gelingt, muss man mit Menschen diskutieren, sich mit Fachleuten treffen und über die politischen Alternativen in der Demokratie debattieren. Das ist ein Politiker. Egal wo, in welchem Parlament, auf der kommunalen Ebene bis runter in die Schülervertretung.«

»Okay.«

Das lief nicht so gut, denkt Misslinger. Was soll er sagen? Für die großen schwarzen Autos, die ihn abholen, die Fahrer, die ihm die Tür aufhalten, wird sie sich nicht interessieren, denkt er. Und von den Frauen, die er kennenlernt, kann er ihr schlecht erzählen, von den Nachrichten, die sie ihm schicken: »Herr Misslinger, ich mag Ihre Stimme.«, »Herr Misslinger, vielleicht ergibt sich einmal die Gelegenheit.« Und von den Bildern, die er bekommt. Das gehört zum Zauber der Macht – aber davon kann er auch nicht erzählen. Vielleicht von den Abendessen.

»Aber weißt Du über all die Dinge Bescheid, mit denen Du zu tun hast?«, fragt Luise plötzlich. Damit hat Misslinger nicht gerechnet.

»Guter Punkt«, sagt er lebhaft: »Deshalb gibt es, zumindest was mich angeht, zwei Beschränkungen. Die erste Beschränkung ist, dass ich der Auffassung bin, dass die Politik generell den Menschen nicht alle Entscheidungen abnehmen sollte. Denn nicht nur ich, es gibt keinen Politiker, keine Politikerin, die alles weiß. Überhaupt, der ganze Bundestag weiß nicht alles, sondern das Wissen ist in der Gesellschaft verstreut. Zusammen findet man gute Lösungen, niemals alleine. Und deshalb ist meine politische Grundüberzeugung, dass man Rahmenbedingungen und Regeln setzen muss, aber dass man ansonsten den Menschen die Möglichkeit geben sollte, eigenes Wissen auch zu nutzen oder neues Wissen zu schaffen.«

»Und?«

»Wie, und?«

»Die zweite Einschränkung?«

»Klappe halten, wenn man keine Ahnung hat.«

»Das finde ich gut«, sagt Luise.

Misslinger lehnt sich erleichtert zurück in seinen Sitz. »Und die Abendessen, die sind auch nicht so schlecht.«

In diesem Moment werden die Passagiere aufgefordert, sich anzuschnallen. Der Pilot meldet sich mit der Durchsage, dass ein vorausfliegendes Flugzeug Klarluftturbulenzen gemeldet habe, man müsse jetzt damit rechnen, etwas »durchgeschüttelt« zu werden. In der englischen Variante sagte er, der Weg könne nun etwas »bumpy« werden.

Wie ein heißes Messer schießt die Angst Misslinger in die Brust. Er greift nach seinem Telefon und liest im Internet alles über »Klarluftturbulenzen«: »Starke Luftbewegung in Bereichen ohne sichtbare Wolkenphänomene – zwölf Passagiere ins Krankenhaus – Luftloch – Flugzeug kehrte um – führt zu einer ungewollten Höhenänderung – um 100 Fuß (ca. 30 Meter) durchgesackt – tritt während des Fluges auf, ohne dass der Pilot es vorhersehen kann – nicht angeschnallte Passagiere gegen die Decke geschleudert – Stewardessen fliegen durch die Kabine – Prellungen oder Knochenbrüche.« Sein Kopf dröhnt, es ist, als würden seine Augen aus ihren Höhlen gedrückt, er kann nicht weiterlesen. Eine tückische Gefahr sind diese Turbulenzen. Und er befindet sich mittendrin. Es gibt kein Entkommen. Ein Knall. Das Flugzeug muss mit etwas zusammengestoßen sein. Kein Ruck, keine Erschütterung, aber ein ungeheurer Knall, als wäre da etwas im Weg gewesen. Misslinger und seine Tochter sehen sich wortlos an. »Jetzt kein Wort über Wolken und falsche Winkel!«, sagt Misslinger, er sieht seine Hände, die Bewegungen vollführen, von denen er nichts weiß.

Er drückt sein Gesicht an das kleine, runde Bullauge von Fenster, es ist kalt. Wir alle werden sterben. Wir? Die anderen sind mir egal. Ich werde sterben. Meine Tochter wird sterben. Meine Tochter. Ich.

Die letzten Augenblicke ... Flugschreiber sind so ausgelegt, dass sie Temperaturen von 1000 Grad widerstehen ... der Co-Pilot macht noch einen Scherz, dann endet die Aufnahme. Sie können 30 Tage lang aus 6000 Meter Tiefe senden ... Misslinger kennt sich aus mit Flugzeugabstürzen. Er weiß zum Beispiel, was geschieht, wenn ein Flugzeug mit 700 Stundenkilometer mit der Spitze voran in den Ozean stürzt. Der Bug wird eingedrückt und platzt auf. Der Rumpf rast ins Meer. Die Luft im Inneren wird komprimiert, der Druck in der Kabine steigt schlagartig ins Unermessliche. Die Maschine explodiert von innen nach außen, von vorn nach hinten. Gleiches geschieht mit allen Hohlräumen. Mit den Menschen. Mit ihren Leibern. Ihren Köpfen. Sie explodieren.

Mein Körper in Deinen Körper, mein Blut in Dein Blut. Ein Lärm, ein Reißen, wir alle zusammen gerührt. Man muss niemanden kennen, um mit ihm zu sterben.

Plötzlich versteht Misslinger: Diese Reise ist eine Buße und der Absturz wird eine Sühne sein. Er hat versagt, seiner Frau, seiner Tochter gegenüber. »Du hast unser Team verraten, Misslinger«, hat Selma neulich zu ihm gesagt. Und Luise hat ihn schon verlassen und ist ins Internat gegangen. Vielleicht hätte er sie fragen sollen, ob sie zu ihm nach Berlin ziehen will. Das hätte sie gemacht. Berlin ist für junge Leute doch interessant, denkt Misslinger. Aber er ist ja gar nicht immer in Berlin. Er reist dauernd herum, zwischen Duisburgleipzigcoburgneustadt und Mindenpforzheimstuttgartulm. Er ist nicht bei seiner Familie. Und er ist unkeusch in Gedanken und in Taten. Früher hat Misslinger gebeichtet. Einmal im Monat. »Ich war jeden Sonntag beichten«, hatte sein Vater zu ihm gesagt, »sei froh, dass Du das nicht machen musst.« Sein Vater fand, wenn man in Schleswig-Holstein lebt, auch als Katholik, dann genügte es, einmal monatlich zur Beichte zu gehen. Also war er einmal im Monat mit seinem Fahrrad zur »Schmerzhaften Mutter« nach Flensburg gefahren. In dem engen Beichtzimmer hatte der Pfarrer ihn gefragt: »Warst Du unkeusch in Gedanken oder Taten? Allein oder mit anderen?« Er hatte nicht gefragt: »Warst Du ungehorsam gegen Deine Mutter?« oder: »Hast Du die Unwahrheit gesagt?« Er wollte nur wissen: »Warst Du unkeusch in Gedanken oder Taten?« Und Franz hatte mit der unglaublichsten aller Lügen geantwortet und »Nein« gesagt. Und dann hatte er lauter Sünden gestanden, die er gar nicht begangen hatte: »Ich habe Gottes Namen leichtsinnig ausgesprochen«, »Ich habe Gottes Namen zornig ausgesprochen«, »Ich habe ein Tier gequält«.

Der Pfarrer hatte ihm ein paar Ave-Maria aufgegeben und ihm die Absolution erteilt. Man hatte ihm vergeben. Aber er fühlte sich nicht freigesprochen. Denn er hatte ja gelogen. Und die Absolution ist nur gültig, wenn deine Reue vollkommen ist. Aber deine Reue kann ja nicht vollkommen sein, wenn du deine Sünden nicht beichtest. Dass deine Reue vollkommen ist, bedeutet, dass du deine Sünden nie mehr begehen willst. Er war damals schuldig und blieb schuldig und er ist auch jetzt schuldig.

Darum hat er seiner Tochter diese Reise angeboten – als Bußfahrt an die Quellen seines Glaubens – und weil er Zeit braucht, um seine Rede zu schreiben, von der so viel abhängt. Ja, es ist nur noch eine Frage der Zeit, bis Selma ihn verlässt, denkt Misslinger. Die Reise ist eine Buße. Und wenn das Flugzeug abstürzt, ist es seine Strafe. Misslinger, die Rede wirst Du dann nicht mehr halten müssen.

Was werden sie sagen? »Unter den Toten auch der deutsche Politiker Franz Xaver Misslinger, Hoffnungsfigur seiner Partei. Mit Franz Misslinger verlieren wir einen ...« Was verlieren sie mit Misslinger? Der Präsident des Zentralrats der Juden wird sagen: »Sein viel zu früher Tod reißt eine große Lücke in der deutschen Politik.« Absolut zutreffend. Und sein eigener Parteivorsitzender: »Ein guter Freund geht viel zu früh.« Eine glatte Lüge.

Richard wird sagen: »Es gibt kaum jemanden in der Geschichte unseres Parlaments, der in so jungen Jahren ein so dichtes Netz an politischen Kontakten aufgebaut hat. Wir verlieren mit ihm einen engagierten und respektierten Parlamentarier – und ich persönlich einen guten Freund.« Misslinger hofft, dass wenigstens das die Wahrheit wäre.

Walters Nachruf wäre natürlich aufwendiger. Walter würde sagen: »Franz Xaver Misslinger war ein großes politisches Talent, das in unserer Partei zur Entfaltung kam und nun lange vor der Reife seiner politischen Früchte aus unserer Mitte gerissen wurde. Unsere Partei ist wie ein Baum, sie braucht Wurzeln, die sie halten. Aber auch Äste, die in den Himmel ragen. Franz war so ein Ast.« Walter würde sich selbst in ihm loben und ihm gleichzeitig noch einen Vorwurf hinterherrufen, weil er sich durch seinen unvorbereiteten Absturz gleichsam unerlaubt den lang feststehenden Plänen entzöge, die für ihn gemacht worden waren. Wenn er ein Ast ist, denkt Misslinger, kann er selbst nie zur Wurzel werden. So ein Ast, der kann im Sturm auch brechen. Aber die Wurzel bleibt.

Misslinger nimmt noch eine Tablette. Er sieht auf die Uhr. Zwanzig Minuten, vielleicht eine halbe Stunde, bis sie wirkt. Reden. Er muss jetzt reden. Also dreht er sich zu seiner Tochter, die den Platz am Gang hat:

»Luise, hör mir zu!«

Luise, durch einen sonderbaren Tonfall in der Stimme ihres Vaters aufmerksam geworden, blickt von ihrem Telefon auf.

»Weißt Du eigentlich, dass wir nach Hause fahren? Wir machen nicht irgendeine Reise. Wir fahren heim. Wo kommen wir her? Ich meine nicht Berlin. Nichts gegen Berlin. Berlin ist großartig und lächerlich zur gleichen Zeit. In Wahrheit ist alles in Berlin lächerlich. Sie stehen da rum, die Großstädter … die Regierungshauptstädter … die Hauptstadtjournalisten … die Bundestagsabgeordneten … die Parlamentsmitarbeiter … die Lobbyisten, das ganze Fußvolk der Verbände, Gewerkschaften, Parteien und Stiftungen, dicht an dicht und beäugen sich, jeder jeden, und sie haben alle Angst voreinander und verachten einander und brauchen einander. Sie sind wie Hühner. Wir hatten früher Hühner. Es gibt keine zickigeren Tiere. Sie hacken dauernd aufeinander ein. Sie ziehen sich gegenseitig die Gedärme aus dem Leib, im Ernst, Luise, ich habe das selber gesehen. Aber wenn Du eines wegnimmst, wird es sofort depressiv und die anderen auch. Also, worum geht es? Es geht einfach um nichts. Wenn es wenigstens um Sex ginge. Das würde ich verstehen. Keine Sorge, ich rede nicht mit Dir über Sex.«

Worum geht es, fragt sich Misslinger noch einmal, während er seine Hände betrachtet, die mit ausgestreckten Fingern vor seinem Gesicht tanzen und nichts mehr mit ihm zu tun haben. Beachtet mich! Seht mich! Nehmt mich ernst! Fürchtet mich! Liebt mich! Darum geht es.

»Ich war immer stolz darauf, vom Land zu kommen. Ich habe eine Landschaft, die gehört mir, die gehört zu mir, die nehme ich mit, die kann ich Dir auf der Karte zeigen, sie liegt zwischen Förde und Schlei, und sie heißt Angeln.

Du weißt das. Ich habe es Dir schon erzählt, da warst Du ganz klein. Damals hast Du noch nicht so spöttisch geguckt wie jetzt. Wir kommen aus Angeln. Da bin ich geboren und Du auch.«

Luise sieht ihn an, blickt aus dem Fenster, nestelt an ihrem Telefon herum, klappt den kleinen Tisch aus der Lehne des Vordersitzes herunter und klappt ihn wieder zu.

»Angeln. Das erinnert Dich an etwas, oder? Wer hat England erobert? Die Angelsachsen. England – Angeln – verstehst Du? Das sind wir. Sag nichts. Und zieh nicht so ein Gesicht. Wir sind von Angeln bis nach England gefahren, in drei Schiffen und haben es erobert. Und später sind die Engländer losgefahren mit einem Schiff, das hieß Mayflower, und haben Amerika erobert. Also von Angeln über England nach Amerika. Wenn wir jetzt nach Amerika fahren, dann besuchen wir Verwandte. Wir haben dieselben Wurzeln. Jeder Baum hat Wurzeln. Es gibt Äste, die können brechen. Aber die Wurzeln bleiben, verstehst Du? Mit ihren Langbooten haben sich diese Männer auf den Weg gemacht. Über die Nordsee. Ihre Anführer hießen Hengest und Horsa.«

Misslinger stockt. Er kann nicht mehr sprechen. Er atmet mehr ein als aus.

Das waren Reiter, keine Seefahrer, denkt er. Und dennoch sind sie mit ihren Schiffen losgefahren ins Ungewisse. Sie haben England von Ost nach West erobert. Und die Amerikaner haben ihren Kontinent auch von Ost nach West erobert. Von Küste zu Küste. Und dann sind immer mehr gekommen. Warum? Wegen der Freiheit.

Er nimmt die Hand vor den Mund und atmet in die geschlossene Faust. Das funktioniert.

»Was hält die Freiheitsstatue in der Hand?«, sagt er zu Luise: »Eine Fackel. Kein Schwert. Weil Amerika die Heimat der Freiheit ist! Wie findest Du das? Macht das irgendeinen Eindruck auf Dich?«

Luise hat ihren Vater am Anfang mit Interesse beobachtet, dann mit Höflichkeit, zuletzt mit Besorgnis. Misslinger fährt fort: »Schickt mir eure Mittellosen, die Heimatlosen, und so weiter, die Müden, und so weiter. *Am Goldenen Tor erheb ich meine Hand.* Das hast Du schon mal gehört, oder? Als wären sie lauter Sozialisten, die Amerikaner. Keine Sorge, sind sie nicht. Das Goldene Tor ist der Eingang zum amerikanischen Traum. Dahinter ist buchstäblich alles möglich.« Misslinger stockt und lehnt sich zurück. Beinahe ist er jetzt ganz weit weg, beinahe steht er selber am Goldenen Tor, ein Schritt, und alles liegt hinter ihm, und er ist frei.

»Glaubst Du an das Schicksal, Luise? Ich nicht. Mein Vater hat an das Schicksal geglaubt. Gott und Schicksal. Da war kein Widerspruch. Dabei sollte es das eigentlich sein für den wahren Christen, oder? Früher habe ich das gar nicht verstanden. Aber Gott hat doch dem Menschen die Freiheit gegeben, nicht wahr? Adam hätte ja nicht auf Eva hören müssen, als er den Apfel nahm. Sein Fehler, würde ich sagen. Aber immer so, wie es gerade passt: einerseits freier Wille, andererseits göttlicher Heilsplan. Das versteht in Wahrheit kein Mensch. Verstehst Du das? Also, wenn ich an einen Gott glauben soll, dann nur an einen, der mich selber entscheiden lässt. Ist unser Leben eine Geschichte? Werden wir erzählt? Kannst Du Dir vorstellen, dass da oben alles geschrieben steht? Mein Vater hat gesagt, sein Leben sei sein Roman. Dabei war er nur Zahnarzt.«

»Aber das Leben muss doch gar keinen Sinn haben, um schön zu sein«, sagt Luise plötzlich.
»Das sagst Du, weil Du jung bist«, antwortet Misslinger. Sie nimmt jetzt seine Hand und hält sie fest. Sie ruft die Stewardess und bittet um ein Glas kaltes Wasser. Sie gibt ihrem Vater das Wasser und sagt: »Papa, Du musst das trinken. Mama hat gesagt, wenn Du eine Panikattacke bekommst, musst Du kaltes Wasser trinken. Das hilft. Trink!«

Misslinger nimmt das Glas, presst sich in seinen Sitz und lässt den Kopf nach vorne fallen. Der Gedanke, dass alles vorherbestimmt sein könnte, lässt ihn nicht los, wickelt sich um seinen Kopf und presst ihn zusammen. Allein die Möglichkeit, dass sein Schicksal unausweichlich sein könnte, beengt ihn plötzlich so, wie dieses Flugzeug ihn beengt. Selbst, wenn er aus diesem Flugzeug entkäme, er würde dem Schicksal nicht entkommen, er würde dem Leben nicht entkommen. Freiheit gibt es nur im Tod, denkt Misslinger, und das macht ihn traurig.

»Eins noch: Was machen wir mit unserer Freiheit? Wir sind lächerlich ... und leichtsinnig. Wir verdienen nicht, was wir haben, und wenn wir es verlieren, haben wir kein Recht, uns zu beklagen.«

Das Flugzeug schwankt, es rüttelt, poltert, kracht, ächzt und dröhnt.

Misslinger ist mit Selma auf Sizilien einmal in einem Geländewagen über eine unbefestigte Straße gefahren. Er ist immer schneller gefahren, immer schneller, weil er Selma beweisen wollte, dass die Räder des Wagens ab einer bestimmten Geschwindigkeit nicht mehr in die Schlaglöcher eintauchen, sondern gleichsam über ihre Ränder hinwegfliegen. Aber es hat nicht funktioniert. Je schneller er gefahren ist, desto mehr hat es gekracht. Selma ist mit dem Kopf an das Wagendach gestoßen, mehrmals, und hat sich wehgetan und ihn angeschrien, er solle aufhören. Jetzt ist niemand da, den er anschreien könnte. Es gibt kein Entkommen. Hier gibt es kein Entkommen. Das Atmen fällt ihm schwer, er atmet ein, aber nicht mehr aus. Der Kopf dröhnt, die Augen brennen, er will sich räuspern, husten, um die Brust freizubekommen, es geht nicht. Er kann seinen Mund nicht mehr öffnen, so fest pressen seine Kiefer die Zähne zusammen. Er versucht es, das

Ergebnis ist ein schräges Grinsen, eine Grimasse, für die er sich schämt. Misslinger legt seinen Kopf so weit er kann nach hinten. Er will reden, aber es kommt kein Ton. Jetzt gehört er ganz seinem sprachlosen Geist.

Er wird gleich aufspringen und den Gang entlangrennen. Er wird sich zu Boden fallen lassen. Auf allen vieren kriechen und darum bitten, ihn zu entlassen, freizulassen, loszulassen. An die frische Luft, ins Freie, in die Freiheit. Ihm die Last von der Brust zu nehmen, die ihn am Atmen hindert, ihn zerdrückt, auslöscht, sein Inneres nach außen presst.

Passagiere werden sich ihm in den Weg stellen, Männer werden ihn auf seinen Platz zurückzwingen wollen. Er wird sich mit Gewalt wehren, die Arme weit vor sich gestreckt, mit knirschenden Zähnen, der Speichel wird ihm aus dem Mund laufen, seine Augen werden weit aufgerissen sein und er wird in den Blicken der Sitzenden den Ekel sehen, die Belustigung, den Widerwillen, die Angst, das Unverständnis, alles, nur kein Mitleid. Mit einem, der es nicht aushält, haben die anderen kein Mitleid, er selbst hätte kein Mitleid mit sich, er verachtet sich, die Schwäche, die Ohnmacht. Es muss jetzt enden. Aber es endet nicht. Misslinger sackt zusammen.

Eine große Traurigkeit erfasst ihn und eine Erschöpfung.
Er denkt an die Prügelei, die sie auf der Fahrt zum Flughafen erlebt haben, den Kampf auf der Straße. Ohne Gewalt und Tod gibt es weder Heil noch Erlösung. »Franz, es ist das Leid, das Erlösung erst möglich macht. Gewalt ist Teil der göttlichen Gnade. Durch den Schmerz, der Dir zugefügt wird, wird an Deiner Erlösung gearbeitet. Der wahre Glaube darf nicht auf Hoffnung hoffen. Was hast Du, das Du nicht empfangen hast? Die Gefäße des Verderbens werden zum

Zwecke der Zurechtweisung hergestellt. Sie sind zur Vernichtung bestimmt. Er benutzt sie als Mittel zum Heil der anderen. Franz, merke Dir das, Er hasst in ihnen die Gottlosigkeit, die er selbst nicht geschaffen hat.«

Gestern hat Misslinger noch eine große Möwe gesehen, auf der Spitze einer Wetternadel, die selbst auf der obersten Zinne eins kleinen Türmchens steckte, das auf das Dach des gegenüberliegenden Hauses gesetzt war. Der Vogel saß so weit oben, wie es überhaupt nur ging und es sah aus, als habe er Mühe, das Gleichgewicht zu halten. Es war ein schwerer, weißer Vogel. Aber er saß da oben und hielt sich im Wind und schwankte kaum.

Dann schläft er ein.

Eine Weile betrachtet seine Tochter ihn still. Dann nimmt sie einen Kugelschreiber aus ihrer kleinen rot-blau-gelben Umhängetasche, auf der in großen, fetten, eckigen Lettern »Places and Faces« geschrieben steht, und malt sorgfältig eine Schlange auf den Handrücken ihres schlafenden Vaters, die ein bisschen aussieht wie ein Blitz.

Kapitel 5

Misslinger war einer, der nicht langsam gehen konnte. Er war immer in Eile, aber nicht, weil er so viel zu tun hatte, sondern weil er sich so schnell langweilte.

Ihm war stets, als drängten ihn die Dinge zum Handeln, und alles, was er tat, schien ihm unaufschiebbar. Es war eine tiefe Rastlosigkeit in ihm, die ihn selber immer wieder überraschte. Stets war er in Unruhe. Seine ganze Sorge bestand darin, dass sein Leben nicht auf lange Dauer angelegt sein könnte. Seine Existenz war ihm überhaupt nur vorstellbar im Zeichen ihrer Vergänglichkeit. Es gab dafür keinen besonderen Grund. Er war gesund. Niemand in seiner näheren oder ferneren Familie litt unter einer erblich bedingten Krankheit oder war an einer solchen gestorben.

Er war sehr bemüht, schnell groß zu werden, schnell berühmt zu werden, und schon früh hatte er sich selber den Befehl gegeben zu wachsen, damit er der Schatten werden konnte, den er dann tatsächlich auf die Politik warf. Auf eine sonderbare Weise machte ihn das unabhängig von der Gegenwart und verlieh ihm eine für sein Alter ungewöhnliche, beinahe entrückte Aura der Autorität, die in einem unerwarteten Gegensatz zu seinem sanften Äußeren stand.

Sein Aufstieg begann wie ein Märchen: Eines Tages im Jahr 1993, da war Franz Xaver Misslinger 19 Jahre alt, ging er um 17 Uhr in eine Mehrzweckhalle in Rendsburg-Büdelsdorf, und als er um 21 Uhr wieder herauskam, war er Mitglied des Landesvorstands seiner Partei.

Er hatte sich aus zwei Gründen gerade diese Partei und keine andere ausgesucht: Sie war klein und der Weg nach oben darum kurz, und es war die einzige Partei, in der es eigentlich nur ums Geldverdienen ging. Es gab noch ein paar andere Themen, Freiheit, Gerechtigkeit und so, aber wenn man alles Nebensächliche weggestrichen hätte, wäre als Wesenskern das Geldverdienen übrig geblieben. Das gefiel Misslinger. Nichts erreichte ihn in dieser Phase seines Lebens so unmittelbar wie die Faszination des Geldes. Misslinger war, wie viele Leute seiner Generation, davon überzeugt, dass das Zeitalter der Angst von einem Zeitalter der Hoffnung abgelöst werde. Er war durchdrungen vom Optimismus, dass sich für alle Probleme, welche es auch seien, eine einfache und machbare Lösung finden lasse und dass »der Markt« es richten werde, wenn man ihn nur lasse.

Der Abend in Rendsburg-Büdelsdorf verlief so: Misslinger, der bis dahin nur in der Schülerorganisation der Partei aufgefallen war, setzte sich in einer großen, modern ausgebauten Scheune an einen der langen Tische, auf denen sich die Weingläser leerten und die Aschenbecher füllten. Neben ihm saßen Frauen mit praktischen Kurzhaarfrisuren und Männer, die viel älter und dicker waren als er, obwohl er zu dieser Zeit noch nicht so schlank war wie später. Schon wegen seiner Jugend fiel er auf. Irgendwann stieß er einen der dicken Männer neben sich in die Seite und fragte ihn: »Warum schlägst Du mich nicht für den Landesvorstand vor?« Als es Zeit für die Wahl war, ging er nach vorne und stellte sich mit den Worten vor, die er danach noch häufiger gebrauchte, die ihm aber, das schwört er, damals einfach so eingefallen waren: »Mein Name ist Franz Xaver Misslinger, und bei mir hört das Scheitern mit dem Namen auf!«

Dann hielt er eine Rede, in der es um die Chancen des Lebens ging, die jeder nach seinen Fähigkeiten für sich nutzen solle, um die Freiheit, die das höchste Gut sei, und um die Leistung, die allein das Schicksal des Einzelnen bestimmen solle. Das hatten die Leute im Publikum zwar schon gehört, aber sie waren dennoch begeistert. Misslingers Worte entfalteten bei ihren Zuhörern große Wirkung. Er verbreitete Tatkraft und Zuversicht, ohne hitzköpfig zu erscheinen, er zeigte sich respektvoll gegenüber den Traditionen seiner Partei und gleichzeitig offen für das Neue, er war charmant und seriös zugleich, kenntnisreich, ohne altklug zu erscheinen, und das alles in nur vier Minuten.

Sein Aussehen half auch. Mit seinen leicht zerzausten, dunklen Haaren, seinem glatt rasierten Gesicht, seinen liebenswürdigen, immer ein bisschen müden Augen, mit seiner zurückhaltenden Größe und seiner ganzen angenehmen Gestalt wirkte er auf Männer nicht bedrohlich und auf Frauen anziehend.

Seine Konkurrentin um den Sitz im Landesvorstand war eine langgediente Bundestagsabgeordnete, die nach dem Besuch einer Hauswirtschaftsschule als Zahnarzthelferin und Werbekauffrau gearbeitet und sich in langen Jahren von der Kreisebene zur Bezirksebene, von der Bezirksebene zur Landesebene und von dort auf die Bundesebene emporgearbeitet hatte. Aber als sie dort angekommen war, hatte sie bereits ein so vorgerücktes Alter erreicht, dass es nur noch für den Gründungsvorsitz des Bundesverbandes Liberaler Senioren gereicht hatte. Ihr Vorname war Petra, und den hatte Misslinger schon vergessen, als er wieder auf seinem Platz saß, nachdem er die Wahl angenommen hatte, noch einmal nach vorne gegangen war und der traurigen Frau die Hand geschüttelt hatte.

Als es Zeit für die Mittagspause war, sah Misslinger, wie sich ein kleiner Pulk von Menschen von vorn durch den mittleren Gang, der die Reihen der Tische und Bänke voneinander trennte, nach hinten in Richtung Ausgang bewegte. Irgendetwas, irgendjemand war im Zentrum dieses Pulks, hielt ihn zusammen, lenkte ihn hierhin, ließ ihn kurz anhalten, dann dorthin, bis er direkt vor Misslinger zum Stehen kam.

Obwohl Misslinger damals noch nicht viel Erfahrung hatte, wusste er sofort, was das bedeutete: Macht. Misslinger sah hier zum ersten Mal, dass sich die Menschen nach der Macht richten, wie ein Haufen metallener Späne sich an einem Magneten ausrichtet, sie orientieren sich an ihr, folgen ihr, ballen sich um sie. Und nun wandte sich die Macht ihm zu, zum ersten Mal. Der Pulk öffnete sich, und in der Mitte stand Walter Schergen, trotz seiner hängenden Schultern ein großer Mann, in einem unförmigen Anzug, auf seinen Stock gestützt, den er brauchte, weil er noch in den letzten Tagen des Krieges als Flakhelfer verwundet worden war. Misslinger wusste nicht, was er sagen sollte. Aber Walter Schergen, Vorsitzender seiner Partei und Wirtschaftsminister der Bundesrepublik Deutschland, der nach Büdelsdorf gekommen war, um auch am nördlichen Rand der Republik sicherzustellen, dass der von ihm favorisierte Kandidat den Vorsitz dieses eigentlich unbedeutenden Landesverbandes erhielt, was ihm natürlich gelang, trat auf Misslinger zu und richtete das Wort an ihn: »Sie sind einer, der gesehen werden will. Das erkenne ich gleich. Machen Sie sich keine Sorgen: Sie werden gesehen werden! Dafür werde ich sorgen.« Dann reichte er ihm die Hand, die Misslinger wortlos ergriff und fest drückte, und dann wandte sich Schergen wieder ab. Aber bevor sich die Traube von Menschen, die ihn umgab, wieder schließen konnte, wandte er kurz den Kopf zu einem Mann an seiner Seite und sagte: »Richard, nehmen Sie sich doch mal dieses jungen Mannes an, aus dem machen wir was, oder? Haben Sie bemerkt, wie er die Pausen beim Reden gemacht hat? Die Pausen sind das Wichtigste.« Und Richard Söderberg, stellvertretender Landesvorsitzender und vielleicht fünfzehn Jahre älter als Misslinger, nickte Schergen zu und hob seine ausgestreckte rechte Hand in Misslingers Richtung, eine sonderbare Geste, als wollte er ihn segnen oder grüßen oder ihn mit einem Zeichen markieren, damit von nun an alle Welt wissen sollte, dass Franz Xaver Misslinger dazu auserkoren sei, Teil dieser Welt der Macht und Männer zu sein und darin eine herausragende Rolle zu spielen, und alle, die um sie herum standen, blickten Misslinger an, und der Ausdruck in ihren Gesichtern sagte, dass sie es verstanden hatten.

Misslinger blieb stehen, als der Pulk der Macht sich von ihm entfernte. Dann ging er langsam hinterher und sah noch, wie Walter Schergen und Richard Söderberg in eine der großen dunklen Mercedes-Limousinen mit Bonner Kennzeichen stiegen, die direkt vor die Halle gefahren waren, weil zwei Polizisten eigens die verzinkten Poller entfernt hatten, mit denen die Auffahrt normalerweise blockiert war. Die Polizisten grüßten die geräuschlos vorbeigleitenden Limousinen, indem sie ihre Rechte an die Mütze legten.

Die Begegnung mit Walter Schergen hatte ihn, da war er sicher, auf seinem gerade erst begonnenen Weg ein gutes Stück vorangebracht. Es war ihm, als befinde er sich im Schlepptau einer Bewegung, die ihn von nun an stetig nach oben ziehen würde.

In der Schleswig-Holsteinischen Landeszeitung stand nachher über ihn sogar geschrieben, dieser vielversprechende junge Mann, der sich da zum ersten Mal der breiteren Parteiöffentlichkeit präsentiert habe, sehe aus wie »ein norddeutscher Alain Delon«, wie »ein Engel, aber kein eiskalter«. Er las das gerne, weil er wusste, dass es vor allem für die älteren Leser der Zeitung, und gerade für die weiblichen unter ihnen, ein bedeutungsvolles Lob war.

Aber kurz darauf erklärte Walter Schergen den Rücktritt von allen Ämtern. Misslinger war am Boden zerstört. Seit jenem Nachmittag in Büdelsdorf hatte er sich erhöht gefühlt und alles war ihm in einem anderen, helleren Licht erschienen. Und nun verabschiedete sich der Mann, der ihn entdeckt hatte? Konnte es sein, dass das Schicksal einfach so an ihm vorübergegangen war, dass sein Mantel ihn nur gestreift haben sollte?
Er war Vorsitzender der Schülerorganisation seiner Partei, Mitglied im Landesvorstand, er hatte im Jahr zuvor sein Abitur gemacht und jetzt fragte er sich, ob das schon alles war. Vielleicht war der Sieg von Büdelsdorf – so nannte er das bei sich im Stillen – schon der Zenit seiner Laufbahn?

Da rief Richard Söderberg an und bat ihn zu einem Treffen ins Café Fiedler nach Kiel. Misslinger bereitete sich mit großer Sorgfalt darauf vor. Er wusste, dass Söderberg sich gerade in Kiel als Rechtsanwalt niedergelassen hatte und dass sein Spezialgebiet im Steuerrecht lag. Aber was das bedeutete, wusste er nicht. Also begab er sich rechtzeitig vor dem geplanten Treffen an einem nassgrauen Oktobertag in den Lesesaal der Universität in Kiel, um nachzuforschen, womit sich ein Steueranwalt befasst.

Am Tag dieses Universitätsbesuchs war Misslinger so hochgestimmt wie zu Beginn einer großen Reise. Der düstere Ziegelbau machte ihm keine Angst und die trüben Grünstreifen unter dem bleischweren Himmel beeinträchtigten seine Laune ebenso wenig wie die grimmige Verschlossenheit, mit der die Menschen, die ihm auf seinem Weg begegneten, ihrem Tagewerk nachgingen. All das berührte ihn nicht. Wer ihn dabei beobachtete, wie er mit großen Schritten und geradem Rücken durch das hohe Portal des zentralen Universitätsgebäudes schritt, hätte ihn für einen jungen Assistenzprofessor halten können, mit solcher Selbstverständlichkeit nahm er hier das Recht auf seine Anwesenheit wahr.

Er erklärte der Mitarbeiterin der Bibliotheksverwaltung, dass er im Auftrag der Landesgliederung seiner Partei Recherchen zum Steuerrecht anstellen wolle. Entweder wollte die Frau ihn ärgern oder es war ihr ein Fehler unterlaufen, aber sie übergab ihm eine von ihr sorgfältig zusammengestellte Auswahl von Material zum Thema Steuerhinterziehung und wies ihm einen Leseplatz in ihrer Sichtweite zu.

Einen Vormittag und einen halben Nachmittag hindurch las Misslinger von Scheingeschäften, unter Wert verkauften Immobilien, die an Strohmänner veräußert wurden, hoch dotierten Gutachterverträgen ohne Gutachten, falschen Bankauskünften, manipulierten Bilanzen, schwer überschaubaren

Firmengeflechten, die sich durch verschiedene Länder zogen, und kaum nachvollziehbaren Transaktionen, und über vermögende Deutsche, die das Schwarzgeld, das sie im wilden Osten gemacht hatten, in Pappkartons und Keksdosen, in manipulierten Konservenbüchsen und Koffern mit doppeltem Boden in die Schweiz schafften.

Als er damit fertig war, lehnte er sich erschöpft, aber glücklich zurück. Das graue Licht des Nachmittags fiel durch die großen Scheiben, in denen der hohe Lesesaal mit seinen altmodischen Kronleuchtern, Regalen, Bänken und Tischlampen sich nun schon zu spiegeln begann. Ein paar Tische weiter waren zwei Studentinnen mit offenen Haaren und engen Rollkragenpullovern gerade dabei, ihre Sachen zusammenzupacken. Misslinger wusste, dass sie ihn nicht beachteten, aber es kümmerte ihn nicht.

Er war nicht sicher, ob er alles verstand, was er eben gelesen hatte. Und er spürte, dass er das Ausmaß dessen, worauf er hier gestoßen war, noch nicht ganz ermessen konnte. Man muss das Gesetz nicht brechen, dachte Misslinger, man muss wissen, wo es sich biegen lässt. Im besten Fall muss man das Gesetz selber machen. Das war es. »Wir machen die Regeln!«, sagt Gordon Gekko in *Wall Street*. Natürlich hatte Misslinger den Film mehr als nur einmal gesehen. Er blickte sich um: Die Studentinnen, die Bibliotheksangestellten, die gebeugten Rücken, die flüsternd zusammengesteckten Köpfe, diese Leute in ihrer kleinen Alltäglichkeit, in ihrer geduldigen Bedeutungslosigkeit, die sich an die Regeln hielten, weil Regeln etwas für die Faulen und die Gemütlichen sind, sie wussten nicht, was ihm jetzt dämmerte: dass da draußen eine ganze Welt darauf wartete, erobert zu werden. Und zwar genau jetzt. Misslinger war noch nicht einmal zwanzig. Es erschien ihm ganz selbstverständlich, dass jetzt, da er alt genug war, ins Leben zu treten, auch sonst alles in Bewegung kommen würde, ein großartiger Wandel würde von allen Dingen Besitz ergreifen, die ganze Welt würde nicht mehr sein wie zuvor.

Richard Söderberg wartete schon, als Misslinger über die Treppe mit dem schmalen goldenen Geländer in den ersten Stock des Café Fiedler gelangte. Misslinger wusste, dass es noch zehn Minuten bis zum verabredeten Zeitpunkt waren und niemand ihm den Vorwurf hätte machen können, zu spät zu sein, aber dennoch ärgerte er sich, dass Söderberg vor ihm gekommen war, weil er sich nun entschuldigen musste, als der Jüngere, der den Älteren hatte warten lassen, ob schuldhaft oder nicht. Es brachte ihn, das spürte er, noch bevor das Gespräch begonnen hatte, in eine schwächere Position. Da er nicht viel Zeit zum Überlegen hatte, entschied er sich für das Naheliegende und trat rasch auf Söderberg zu, streckte ihm den Arm entgegen und rief so laut es ging, ohne Aufsehen zu erregen: »Ich entschuldige mich vielmals für meine Verspätung!« Söderberg, der den Kopf auf die linke Hand gestützt hatte und in eine für Misslinger nicht absehbare Ferne blickte, reagierte gar nicht, dann sagte er langsam »Ja«, dann wieder nichts, dann wieder: »Ich verstehe«, dann wieder nichts. In dieser Zeit stand Misslinger einfach neben ihm und vergaß seine rechte Hand wieder zurückziehen, die immer noch über Söderbergs rechter Schulter schwebte.

Plötzlich sagte Söderberg: »Ich muss aufhören, ich habe Besuch, wir reden später weiter«, dann nahm er ein großes schwarzes Gerät von seinem linken Ohr, das Misslinger bis jetzt nicht hatte sehen können, drückte eine Taste, legte es vor sich auf den Tisch und erlöste Misslingers in der Luft hängende Hand, indem er sie freundlich drückte.

»Das ist mein Knochen«, sagte Söderberg, »Ganz nett, wie?« Misslinger schämte sich, weil er noch nie ein Mobiltelefon gesehen hatte. Aber er wollte das Treffen nicht verloren geben, also fragte er, während er sich auf dem mit einem altmodisch grünen Samtstoff gepolsterten Stuhl niederließ: »Darf ich mal?«, und dabei griff er einfach nach dem auf dem Tisch liegenden Telefon.

»Neu?«, fragte er. »Ganz neu«, sagte Söderberg, »ich hab's seit einer Woche. Ein Klient bei Mannesmann hat es mir besorgt. Er hat gesagt, es gebe hier in Kiel bislang keine fünf Stück davon.« »Und es funktioniert überall?«, fragte Misslinger. »Beinahe überall«, sagte Söderberg, »das wird alles ändern, ich sage es Ihnen!« »Es ist ... toll«, sagte Misslinger, »aber sehr teuer, habe ich gehört, das kann sich ja gar nicht jeder leisten, oder?« »Noch, mein Lieber, noch. Aber warten Sie mal ab. Der Markt macht bekanntlich Wunder wahr!« Misslinger fragte sich, wer eigentlich Lust hatte, dauernd zu telefonieren, und ob das Leben dadurch nicht ziemlich anstrengend werden könnte.

Söderberg, der zwei Gläser Weißwein bestellte, ohne Misslinger zu fragen, war in seinen Überlegungen offenbar schon weiter: »Ich bin mir noch nicht sicher«, sagte er, »ob diese Entwicklung für meine Ehe ein Vorteil ist. Mal angenommen, ich will meine Frau betrügen – wovor Gott mich bewahren möchte –, dann wäre das von nun an einerseits leichter, weil meine Frau mich jetzt ja immer unter der gleichen Nummer erreichen kann, ohne zu wissen, wo ich eigentlich bin. Andererseits könnte genau das ihr Misstrauen bestärken, und wenn ich nicht gleich den Hörer abhebe – sehen Sie, ich sage: den Hörer abheben, dabei gibt es wahrscheinlich bald gar keinen Hörer mehr –, jedenfalls wenn ich dann nicht gleich rangehe, dann mache ich mich erst recht verdächtig.«

Misslinger wusste nicht genau, ob es Söderberg damit ernst war oder ob er scherzte, darum hielt er sich mit einer Antwort zurück. »Ich kann mir vorstellen, dass die totale Erreichbarkeit ein Problem werden könnte«, sagte er schließlich. Da lachte Söderberg: »Das ist eine gute Antwort. Und nun zu Ihnen ...«

Sie redeten lange miteinander. Weil Söderberg ihn danach fragte, erzählte Misslinger über sein Herkommen, über seine Kindheit in der Nähe von Flensburg, dass sein Vater dort in der Gegend ein Zahnarzt sei, dessen Wurzeln in Südtirol lagen, dass seine Mutter aus Ostberlin stamme, wo sie als junge Frau wegen versuchter Republikflucht im Gefängnis gesessen habe und vom Westen herausgekauft worden sei. Misslinger erzählte das gerne, weil er wusste, dass er damit immer eine gute Wirkung erzielte.

Misslinger redete von seinen politischen Überzeugungen, von der Freiheit, die ihm alles bedeute, von seiner Sehnsucht nach Selbstbestimmung, seinem Glauben an das Prinzip der Leistungsbereitschaft, er äußerte ein bisschen Verachtung für jene, die es sich in der sozialen Hängematte bequem machten, aber auch nicht zu viel, weil er nicht kaltherzig erscheinen wollte, und er breitete ohne Scheu ein paar grundlegende Ideen für die aus seiner Sicht notwendige Erneuerung von Demokratie und Liberalismus aus. Da unterbrach ihn Söderberg und sagte: »Sie sind ein überzeugender Redner, das habe ich schon gesehen. Aber das genügt nicht. Blicken Sie sich um, mein Lieber!« Misslinger drehte sich auf seinem Caféhausstuhl um, aber außer der hölzernen Schwingtür, die in die

Küche führte, sah er nichts. »Nein, ich meine in der Welt!«, sagte Söderberg: »Dieses Jahrzehnt ist unser Jahrzehnt. Es beginnt gerade. Verstehen Sie?«, und er nahm wieder sein Telefon in die Hand: »Niemand kann jetzt schon sagen, wohin die Reise gehen wird. Der Markt wird das zeigen. Der Markt, das sind alle diese Menschen und ihre Wünsche, ihre Entscheidungen, ihre Sehnsüchte, ihre Kämpfe und ihr Scheitern. Natürlich auch ihr Scheitern, das gehört dazu. Aber sie werden das erst lernen müssen, das Scheitern, das Kämpfen. Bislang waren sie sicher, der Staat hat sich um sie gekümmert. Das ist vorbei. Jetzt kommt etwas Neues. Und wir werden es ihnen beibringen. Sie und ich und Leute wie wir. Leute, die an dasselbe glauben wie wir. Sie sind doch katholisch, oder? Na also. Dann müssten Sie doch verstehen, wovon ich spreche. Eine neue Religion, Misslinger, wir werden diesen Menschen eine neue Religion beibringen. Gucken Sie nach Amerika. Clinton sieht aus wie wir. Oder wie jemand, mit dem Sie zur Universität gehen. Er trägt New-Balance-Turnschuhe. Ich habe mir auch welche gekauft. Er spielt Saxofon. Wer weiß, vielleicht fange ich damit auch an. Er befreit die Wirtschaft. Damit hat Reagan angefangen. Aber der war ein alter, konservativer Sack. Wer will das heute noch? Clinton ist der Star der Jugend, der Zukunft, unserer Zukunft! Merken Sie sich das: Die Summe aller sich selbst verwirklichenden Individuen ergibt eine glückliche Gesellschaft. Sorgen Sie gut für sich selbst, dann tun sie das Beste für alle!«

Misslinger schwieg. »Aber was soll ich denn machen?«, fragte er dann. Söderberg langte über den Tisch und legte ihm die Hand auf die Schulter: »Denken Sie nach. Wir brauchen eine neue Sprache, wir brauchen neue Bilder, wenn wir die Leute aus der selbst verschuldeten Sklaverei hinausführen wollen, brauchen wir ein neues Evangelium. Sie sind jung, Sie sehen gut aus. Vielleicht sind Sie unser neuer Messias.« Dann lachte er und leerte sein zweites Glas Weißwein in einem Zug.

Misslinger stellte Söderberg noch ein paar Fragen zu dessen Beruf, wobei er durchblicken ließ, dass er durchaus ein bisschen darüber Bescheid wisse, worin die Tätigkeit eines Steueranwalts bestehe, und berichtete dann von seinem vor Kurzem aufgenommenen Wehrdienst auf dem Luftwaffenstützpunkt Schleswig-Jagel, wo er, obschon nur Wehrpflichtiger, am unlängst begonnenen Aufbau des künftigen Aufklärungsgeschwaders 51 »Immelmann« mitwirken könne.

»Wie heißt das Geschwader?«, fragte Söderberg.

»Immelmann.«

Söderberg schwieg.

Misslinger zögerte. »Das war der Name eines Jagdfliegers.«

»Oha, ein Nazi-Flieger. Da stimmt doch was nicht mit dem Traditionserlass der Bundeswehr, finden Sie nicht?«

Misslinger antwortete vorsichtig: »Immelmann war ein Weltkrieg-eins-Pilot. Soweit ich weiß, hatte er einen guten Ruf beim Feind ...«

»Beim Feind? Herrgott, Misslinger, Sie reden von Engländern und Franzosen! Aber immerhin kein Nazi.«

»Ja, bei Engländern und Franzosen. Außerdem hat er ein Flugmanöver erfunden, das seinen Namen trägt.«

»Das finde ich interessant«, sagte Söderberg, »welches denn?« »Ich zeige es Ihnen«, sagte Misslinger und machte Söderberg mit der ausgestreckten Fläche der rechten Hand den Immelmann vor: Seine Hand flog waagerecht auf Söderberg zu, änderte kurz vor dessen Nase den Kurs in einem Neunzig-Grad-Winkel nach oben, drehte während des Steigfluges um die eigene Achse, und kippte wieder in die Horizontale auf den Weg zurück.

»Sehen Sie, es ist eine Methode, auf engem Raum den Kurs zu ändern und zurückzufliegen. Aber man kann auch jede beliebige andere Richtung einschlagen, und das kann man sich bis zum letzten Moment offenhalten.« Misslinger war stolz, dass er so gut Bescheid wusste, und es machte ihm sichtlich Spaß, dem älteren Söderberg diese Erklärungen zu geben: »Es geht eben darum, dreidimensional die Richtung zu ändern.«

»Dreidimensional die Richtung ändern?«, sagte Söderberg. »Das gefällt mir. Wir machen manchmal auch nichts anderes, nicht wahr? Aber das werden Sie noch selber sehen.«

Misslinger war jetzt mutig genug für einen Scherz: »Und dann wird man doch abgeschossen …«, sagte er, und es gelang ihm eine solche Betonung, dass nicht ganz klar war, ob es sich um eine Frage handelte oder um eine Feststellung.

Richard Söderberg antwortete nicht, er spielte wieder ein bisschen mit dem großen schwarzen Telefon herum, das neben ihm auf der grün gepolsterten Bank gelegen hatte wie ein toter Vogel. Misslinger hatte mit einer schnelleren Antwort gerechnet, und jetzt hing sein Satz einfach so in der Luft und er wusste nicht recht, wie er den Satz und sich selbst wieder zu Boden bringen sollte. Er setzte sich gerade hin und drückte die Handflächen fest aneinander, es sah ein bisschen so aus, als würde er beten, stattdessen wartete er auf eine Reaktion seines Gegenübers. Draußen vor dem Fenster stritten sich zwei Möwen im regengrauen Himmel um etwas Essbares, Misslinger konnte es nicht gut erkennen, die Vögel flogen in engen Kurven umeinander herum und jagten sich gegenseitig wieder und wieder die Beute ab, die dabei, das sah Misslinger ganz deutlich, immer kleiner wurde, zerbrach und zerfiel, eine Eiswaffel vielleicht, die ein Kind weggeworfen hatte.

Plötzlich sagte Söderberg: »Sie sind noch jung. Aber er hat etwas mit Ihnen vor. Er sieht etwas in Ihnen. Sein Gespür ist meistens untrüglich. Ich kann das beurteilen. Ich war auch mal einer seiner Schützlinge.« Misslinger fiel auf, dass zum ersten Mal von Walter Schergen die Rede war. Aber das Gespräch war schon vorüber. Söderberg bezahlte die Rechnung, die beiden gingen die breite, geschwungene Treppe hinab, draußen in der zugigen Fußgängerzone nahm Söderberg Misslingers Hand und sagte zum Abschied: »Ich halte von politischen Metaphern nicht viel, meistens lassen sie das, was man beschreiben will, unklarer werden und dienen der Verschleierung. Aber so viel kann ich Ihnen sagen: Wir leben in einer Parteiendemokratie, nicht wahr? Wenn Sie es in der Politik zu etwas bringen wollen, müssen Sie es in einer Partei zu etwas bringen und dafür müssen Sie das Gras wachsen hören, bevor es eingesät wird.« Und während er sich schon abwandte, fügte er noch hinzu: »... meistens gewinnt der, der sich nicht an die Spielregeln hält. Aber das sind alles so Kalendersprüche, nicht wahr?«, und damit verabschiedete er sich und ging in die andere Richtung.

Misslinger sog diese Worte begierig auf, er verstand ihre Bedeutung noch nicht, aber er merkte sich jedes einzelne, wie man sich ein Lied in einer fremden Sprache merkt, weil einem die Melodie gefällt, wie man ein Gebet auswendig lernt, weil man an die Kraft seiner Worte glaubt.

In den kommenden Wochen und Monaten rekapitulierte er den Verlauf ihres Gesprächs wohl hundert Mal. Er versuchte, sich an jede einzelne Geste Söderbergs zu erinnern, wie er saß, wie er seine Hände gebrauchte, um seine Sätze zu unterstreichen, wie er das Glas nahm und absetzte, wie er sich von seinem Sitz erhob. Er notierte sich genau, wie Söderberg angezogen war: dunkelblauer Zweireiher mit feinem Nadelstreifen, der den kräftigen, leicht untersetzten Mann ein bisschen wie einen amerikanischen Mafioso hatte aussehen lassen; ein hellblaues Hemd mit einem weißen Kragen und weißen Manschetten, die von schweren goldenen Manschettenknöpfen gehalten wurden; dunkelbraune Schuhe, die mit kleinen Löchern verziert waren, so etwas hatte Misslinger bis dahin nicht gesehen und das bestärkte ihn nur in seiner Bewunderung für Söderberg, den er nicht nur für einen klugen und erfolgreichen Mann hielt, sondern auch für einen eleganten.

Da Misslinger instinktiv vorsichtig war, beschloss er, es mit der Nachahmerei nicht zu übertreiben und sich zunächst auf die Schuhe zu beschränken. Es dauerte ein halbes Jahr, bis er sich das Geld für ein paar dunkelbraune Brogues von Crockett & Jones zusammengespart hatte. Für den dunkelblauen Zweireiher von Brioni – allerdings ohne Nadelstreifen – brauchte er ein weiteres halbes Jahr, und für den dunkelblauen Kaschmirmantel, den er in Hamburg am Gänsemarkt kaufte, und die schwarzen Kalbslederhandschuhe von Roeckl noch mal ein ganzes. Mit einundzwanzig Jahren war Misslinger nicht nur das jüngste Mitglied im Landesvorstand seiner Partei, sondern auch das bestaussehende, denn ihm standen diese ganzen wunderbaren Kleidungsstücke, zu denen er sofort eine liebesähnliche Beziehung entwickelte, natürlich viel besser als dem kleineren und korpulenteren Söderberg, der Misslingers Verwandlung bei ihren folgenden nicht häufigen, aber doch regelmäßigen Treffen durchaus registrierte, sich aber jedes Kommentars dazu enthielt. Nur beim ersten Wiedersehen konnte sich Söderberg ein erstauntes: »Sieh an! Meine Schuhe!« nicht verkneifen.

Misslinger tat sein Bestes, sich Söderbergs Rat zu eigen zu machen und »über den Tag hinaus« zu denken. Er begann damit, für sich selbst Thesenpapiere zu verfassen, zum Verhältnis von Kirche und Staat, zur Integration und zu Fragen der Basisdemokratie, er machte sich sogar Notizen für ein neues Grundsatzprogramm. Diese Notizen teilte er mit niemandem, aber er besprach seine Gedanken mit Söderberg und später teilte er sie mit größeren Kreisen in der Partei.

Es war in diesen Jahren, dass sich bei Misslinger ein Charakterzug offenbarte, den auch spätere Beobachter als stetiges Merkmal beschreiben sollten: die Gleichzeitigkeit. Misslinger machte immer alles zur gleichen Zeit: Er hatte sich auf das Abitur vorbereitet und gleichzeitig an seiner Karriere in der Partei gearbeitet, er war bei der Bundeswehr und begann gleichzeitig mit dem Studium der Betriebswirtschaftslehre, er war Abgeordneter im Landtag, er lernte Selma kennen und schlief mit Dörte, er machte immer alles gleichzeitig. Er sagte: »Andere denken in Alternativen, ich denke in Chancen«, und wenn sich eine bot, nutzte er sie. Seine Gegner und Beobachter deuteten diese Einstellung als Karrierismus, für Misslinger war es Zeichen einer liberalen Geisteshaltung.

Es war für ihn nicht auszumachen, ob das, was danach folgte, nur die logische Folge der Entdeckung eines politischen Talents war oder ob man es auf ein äußeres Zutun zurückführen konnte. Misslinger etablierte sich in seiner Partei als geschliffener Redner. Wie von selbst öffneten sich ihm die Türen. Unternehmer und Verleger luden ihn ein, Stiftungen fragten ihn als Redner an. Immer häufiger reiste er nach Berlin, um

Staatssekretäre, Lobbyisten und Korrespondenten im Café Einstein Unter den Linden zum Mittagessen zu treffen. Aus dem jungen Landespolitiker wurde ein intellektueller Vordenker. In Berlin sagte man über ihn: »Er liefert den Überbau, den wir so schmerzlich vermisst haben.« Oder: »Misslinger hat die gedankliche Tiefe, die wir jetzt dringend brauchen.«

An einem Tag lag in seinem Kieler Büro eine Postkarte von Walter Schergen, auf der mehrere Motive abgebildet waren, die Drachenburg bei Königswinter am Rhein, eine Burgruine, zwei Rheinschiffe und zwei Esel. Es war eine altmodische Postkarte, die schon seit langer Zeit in der Schublade eines Schreibtisches gelegen haben mochte. Auf der Rückseite stand nur ein Satz: »Es läuft gut für Sie, lieber Misslinger, das freut mich. Ihr treuer WS«. Misslinger war überrascht. Seine Verbindung zu Walter Schergen war nicht sehr eng, er gehörte nicht zu dem kleinen Kreis der Parteigrößen, die in regelmäßigen Abständen bei Schergen in Irlich am Rhein zusammenkamen. Von diesen Treffen war nicht viel bekannt, außer, dass sie stattfanden und von Bedeutung waren. Misslinger steckte die Postkarte sorgfältig in eine Klarsichthülle, wie die Polizei es mit einem Beweisstück getan hätte, und heftete sie in dem Ordner ab, in dem er seine wachsende Korrespondenz aufbewahrte.

Ein paar Wochen darauf traf noch eine Postkarte ein, mit demselben Motiv, das auf der ersten zu sehen gewesen war. Misslinger schloss daraus, dass Schergen offenbar einen ganzen Stapel dieser Karten bei sich hatte, die er für die Übermittlung kurzer, wenig vertraulicher Nachrichten nutzte. Diesmal hatte Schergen nur zwei Zeilen notiert:

»Am Ende hängen wir doch ab
von Kreaturen, die wir machten.«

Es war in einer altmodischen Schrift geschrieben, die Misslinger an Notizen seiner Großmutter erinnerte. Manche Buchstaben wirkten wie aus einem fremden Alphabet, sie waren gar nicht zu entziffern und erschlossen sich ihm nur aus dem Zusammenhang. Misslinger fand das rätselhaft. Ihm gefiel der Ton nicht, den er hier zu vernehmen meinte, aber Schergen war alt, seine Gesundheit, so sagte man, sei nicht mehr die beste, also legte Misslinger die Karte einfach zu der ersten, die er erhalten hatte und vergaß sie. Ohne, dass es dafür einen für Misslinger erkennbaren Grund gab, häuften sich danach die Karten. Walter Schergen schickte ihm ein kleines Lob, wenn er eine besonders gute Rede gehalten hatte, oder einen Zeitungsausschnitt, den er säuberlich ausgeschnitten und auf eine seiner Karten geklebt hatte, deren Vorrat offenbar niemals zur Neige ging. Und hin und wieder kam auch mal ein Vers, den Misslinger ebenso wenig verstand wie den ersten.

Misslinger erzählte Richard Söderberg einmal von den Karten, und der nickte nur und sagte: »Hat er immer noch die aus Königswinter?«, und dann lächelte er.

Dann begannen die Anrufe. Misslinger war gerade Mitglied des schleswig-holsteinischen Landtags geworden. Er hatte seine erste Rede gehalten, ohne Manuskript, mit großer Leichtigkeit, unbeschwert. Als er sich wieder auf seinen Platz setzte, rief ihm der Parlamentspräsident hinterher: »Kollege Misslinger, hätte man mir nicht ausdrücklich mitgeteilt, dass dies Ihre erste Rede in unserem Landtag ist, ich wäre nicht darauf gekommen.« Am Abend klingelte bei ihm zu Hause das Telefon. Er nahm den Hörer ab: »Großartig haben Sie das gemacht! Denken Sie nicht, ich bekäme so etwas nicht mit. Kiel ist weit, aber ich bin überall, lieber Misslinger, überall!« Und bevor

Misslinger noch etwas sagen konnte, hatte Walter Schergen aufgelegt. Es konnte keinen Zweifel geben, dass er es war.

Von da an klingelte es häufiger am Abend bei Misslinger zu Hause, und als er endlich auch ein Funktelefon hatte, rief Walter Schergen ihn da an, ohne dass ihm Misslinger jemals seine Nummer gegeben hätte. Meistens begannen die Gespräche mit den Worten: »Sie wissen nicht, was sich abspielt.« An guten Tagen erzählte Schergen ihm eine neue Geschichte aus den Bonner Hinterzimmern. An schlechten murmelte er manchmal unverständliches Zeug, oder er raunte etwas wie: »Ich habe das sichere Gefühl, dass die großen Tragödien und Katastrophen erst noch kommen werden, gerade für Sie und Ihre Generation.«

Für Misslinger war das nicht ganz einfach. Ihm leuchtete die Zukunft in glänzenden Farben und dann rief dauernd dieser in Düsternis getauchte alte Mann an. Als er Selma davon erzählte, sagte sie nur, dass er sich vor Schergen in Acht nehmen solle: »Er hat offenkundig einen Knall.« Danach zog Misslinger es vor, das Thema mit keinem Wort mehr zu erwähnen. Er versuchte, sich seinen eigenen Reim darauf zu machen: Manchmal dachte er, er habe es einfach mit einem alten Mann zu tun, der jemanden zum Zuhören brauche, manchmal verstrickte er sich in Fantasien, welche Wege seine Karriere noch nehmen könnte, nun da sie durch ein besonderes Band an die »graue Eminenz« der Partei geknüpft sei. Aber wenn er sich dabei ertappte, rief er sich gleich zur Vernunft und ermahnte sich, nicht zu viel zu erwarten.

Einmal war Schergen in besonders getrübter Stimmung. Es war kurz nach Luises Geburt. Misslingers Eltern waren schon ausgezogen, um ihrem Sohn und seiner kleinen Familie das

Haus zu überlassen. Es war abends. Selma war gerade von ihrem Volleyballtraining nach Hause gekommen. Als das Telefon klingelte, ahnte Misslinger schon, wer da anrief. Schergen meldete sich, leiser als sonst, mit brüchiger Stimme: »Misslinger, sind Sie es? Kennen Sie Kafka? Ich habe eben die »Verwandlung« noch einmal gelesen. Das beginnt ja mit den Worten: ›Als Gregor Samsa eines Morgens aus unruhigen Träumen erwachte, fand er sich in seinem Bett zu einem ungeheuren Ungeziefer verwandelt.‹ Verdammt, Misslinger, manchmal wache ich morgens auf und denke, ich habe mich in ein solches Ungeziefer verwandelt. Das Alter macht Ungeziefer aus uns. Plötzlich wird man wachgerüttelt vom Alter und stellt fest, dass man sein Leben hinter sich hat und nicht mehr der ist, der man war. Wir sind alle so vergänglich, Misslinger, so vergänglich ...« Misslinger, der zum ersten Mal wirklich verstand, was Schergen ihm sagte, schwieg, und er war beinahe sicher, am anderen Ende der Leitung ein leises Schluchzen zu hören.

Am nächsten Morgen meldete sich Richard Söderberg und bestellte Misslinger zu sich. »Er will, dass Sie etwas für ihn erledigen«, sagte Söderberg, nachdem er sorgfältig die Tür zu seinem Büro im Kieler Landeshaus hinter Misslinger geschlossen hatte. Misslinger wartete ab. Söderberg nahm ihn am Arm und trat mit ihm an das große Fenster. »Sehen Sie da draußen etwas?«, fragte Söderberg.

Draußen war alles grau, der Himmel war grau, die Förde war grau, selbst die Wiese, die das Landeshaus von Uferweg und Kaimauer trennte, wirkte grau. Misslinger wusste schon, dass es da nichts zu sehen gab. Söderberg hatte das nur so gefragt, es war eine Masche, eine Geste, um sich wichtig zu machen, und das begriff Misslinger auch.

Also sagte er nur: »Ich weiß nicht, was meinen Sie? Da ist der Himmel, die Förde, Kiel, draußen die Welt?« Söderberg reagierte darauf nicht. »Hier ist ein Ticket. Sie fliegen morgen Nachmittag von Hamburg über Frankfurt nach Friedrichshafen. Sie haben ein bisschen Zeit, sehen Sie sich dort ruhig um, der Bodensee ist schön. Sie setzen dann mit der Fähre nach Romanshorn über. Da können Sie sich ein Taxi nehmen oder den Bus, ganz wie Sie wollen. Ich war da auch schon ein paar Mal. Taxi geht natürlich schneller. Beim Bahnhof in St. Margarethen gibt es ein Geschäft für Antiquitäten und Militaria, das kennt dort jeder. Gehen Sie da hin und geben Sie das hier ab. Mehr nicht.« Damit gab Söderberg ihm einen Umschlag, drückte ihm die Hand und brachte ihn zur Tür.

Der Umschlag war unbeschriftet. Man hätte ihn leicht öffnen können, es war ein selbstklebender, niemand hätte etwas bemerkt. Aber Misslinger verzichtete darauf. Am frühen Nachmittag des nächsten Tages kam er am Bodensee an, eine Stunde später stand er vor dem Militarialaden in St. Margarethen. Ein eleganter älterer Herr begrüßte ihn freundlich an der Tür, bat ohne weitere Erklärungen um den Umschlag und verabschiedete Misslinger mit einer leichten Verbeugung.

Als Misslinger kurz danach den Wunsch äußerte, nach Berlin zu wechseln, erhielt er ohne Umschweife einen sicheren Listenplatz für den Bundestag und den Posten des wirtschaftspolitischen Sprechers seiner Fraktion. Richard schickte ihm eine Karte vom Marine-Ehrenmal Laboe, auf der stand nur: »Glückwunsch. Und nie vergessen: Sachfragen sind Loyalitätsfragen.«

Kapitel 6

Der Name des Einwanderungsbeamten lautet Salvini. Er stellt sich gleich als freundlicher Mann heraus. Misslinger hat mit einer strengen Kontrolle gerechnet. Und eine solche Kontrolle wäre ihm gar nicht unangenehm oder lästig gewesen. Im Gegenteil. Er will sich ihr geradezu unterziehen. Als politisches Zeichen. Er will demonstrativ Zeugnis ablegen für seine Unterstützung des Kampfes gegen den internationalen Terrorismus. Er will mitwirken. Was er selbst, Franz Xaver Misslinger, für die Sicherheit der Vereinigten Staaten von Amerika und der westlichen Welt leisten kann, das will er leisten.

»Sicherheit hat ihren Preis.« »Lieber durchsucht werden als in die Luft zu fliegen.« »Wir haben nichts zu verbergen.« Das waren Sätze, die er zu seiner Tochter sagte, als er in der Schlange der Einreisenden wartete, noch ein wenig schwankend. Er hätte sein Telefon hergezeigt und seinen Computer. Er hätte jede Frage zum Aufenthalt beantwortet, welche Pläne er habe, wen er treffen wolle. Und natürlich hätte er sich auch einer körperlichen Untersuchung gestellt.

Gerade gegen eine solche Untersuchung hätte er keine Einwände gehabt. Er hat überhaupt nichts dagegen, abgetastet zu werden. Seit er seine frühere Fettleibigkeit mithilfe technischer Mittel überwunden hat, ist er froh, abgetastet zu werden. Es soll ruhig jeder fühlen können, wie schlank und straff sein Körper ist.

Er mag es, wenn die in Gummihandschuhen steckenden Hände der Grenzbeamten über seinen Bauch und seine Oberschenkel gleiten und dann sein Gesäß umfassen. Sie fühlen da nicht nur seinen festen Körper, sondern auch seinen festen Willen. Ja, sein Wille ist genauso fest wie sein Körper. Ich bin ein Gewebe aus Entschluss und Muskulatur, denkt Misslinger.

Aber es gibt keine Untersuchungen und keine Befragungen. Der Beamte Salvini erkundigt sich nur nach Misslingers Befinden, was entweder für seine Freundlichkeit spricht oder für Misslingers erschütterten Eindruck. »Wie geht es Ihnen, Sir?«, fragt der Beamte, und Misslinger antwortet: »Es geht mir sehr gut, Sir, ich bin glücklich, im Heimatland der Freiheit angekommen zu sein.«

Der Beamte Salvini nimmt mit einem breiten Lächeln und mit einem ebenso breiten »Sie sind sehr willkommen, Sir!« die Pässe entgegen, er macht nur kurz ein irritiertes Gesicht, als Misslinger sie ihm mit jener Hand reichte, auf die seine Tochter die Schlange gemalt hat, die Misslinger bis dahin nicht aufgefallen ist. Aber da der Beamte Salvini hier keine Bedrohung der Sicherheit der Vereinigten Staaten von Amerika erkennen kann, runzelt er nur leicht die Stirn und lässt sie passieren.

Misslinger würde den Beamten Salvini gerne darauf aufmerksam machen, dass er, Misslinger, und Luise, seine Tochter, aus Angeln kämen, der Heimstatt, Wurzel und Wiege des großartigen, weltumspannenden angelsächsischen Imperiums, und die Einreise in die Vereinigten Staaten von Amerika also gleichsam einen Besuch bei Verwandten darstelle. Er verzichtet darauf aber mit Hinblick auf die offenbar italienische Abkunft des Beamten Salvini.

»Ich hätte es ihm beinahe gesagt«, sagt Misslinger zu Luise, als sie ihre Koffer zum Ausgang rollen. »Was hättest Du ihm beinahe gesagt?«, fragt Luise. »Angeln, wo wir herkommen, dass er sich freuen soll, dass wir zu Besuch sind«, antwortet Misslinger. »Aber unsere Familie kommt doch gar nicht aus Angeln«, sagt Luise, die offenkundig das Gefühl hat, ihr Vater sei jetzt wieder stabil genug, um ein Widerwort zu ertragen: »Deine Leute kommen aus Südtirol, Mamas Familie aus dem Norden.« »Papperlapapp!«, sagt Misslinger: »Du und ich, wir kommen aus Angeln, das genügt mir vollkommen!« Er macht eine wegwerfende Handbewegung, zieht seinen Koffer ein bisschen schneller, so dass Luise zurückfällt und sich anstrengen muss, um wieder aufzuholen.

Das Büro hat einen Wagen bestellt, der auf sie wartet. Es entspricht Misslingers Vorstellungen, dass das Büro sich um alles kümmert, wenn er unterwegs ist. Der Fahrer hält ein Schild in die Höhe, auf dem »Miss Linger« steht. Das freut vor allem Luise, die ihren Vater zweimal »Miss Linger« nennt, während der Wagen auf der Interstate 95 nach Norden fährt und dann auf den Highway 9 nach Osten abbiegt.

Sie liegen mit halb geschlossenen Augen in der großen schwarzen Limousine und gleiten durch die Lichtstreifen, zu denen die Tankstellen, Drive-ins und Möbelhäuser verfließen. Vor dem Eingang des Holland-Tunnels stehen sie im Stau.

Bis hierhin war es dem Vater gelungen, seine Tochter wach zu halten. Aber als der Cadillac zum Stehen gekommen war, war Luise in sich zusammengesunken.

Misslinger will bis ins Hotel durchhalten. Er nimmt sein Telefon und folgt noch einmal dem Verlauf der Unterhaltung mit Arta Demirovic, die vor drei Tagen begonnen hat, dann aber ins Stocken gekommen ist:

Arta Demirovic:
»Lieber Herr Misslinger, sind Sie es selbst, oder erreiche ich hier nur Ihr Team?«

Franz Xaver Misslinger:
»Ich bin es selbst.«

Arta Demirovic:
»Ich will Ihnen mal glauben. Es wäre mir unangenehm, wenn ein Fremder meine Nachrichten lesen würde.«

Franz Xaver Misslinger:
»Aber wir kennen uns doch auch nicht.«

Arta Demirovic:
»Sie mich nicht. Aber ich verfolge Sie schon lange.«

Franz Xaver Misslinger:
»Sind Sie eine Stalkerin?«

Arta Demirovic:
»Vielleicht.«

Franz Xaver Misslinger:
»Was wollen Sie denn von mir?«

Arta Demirovic:
»Nichts. Ich wollte Ihnen nur sagen, dass Sie aussehen wie Alain Delon.«

Franz Xaver Misslinger:
»Danke.«

Arta Demirovic:
»Kennen Sie *Swimming Pool*? Die Szene, wo er am Beckenrand liegt? Er trägt nur eine Badehose, hinter ihm sieht man das Meer, er ist braun und die Sonne glänzt auf seiner Haut. So stelle ich Sie mir vor.«

Franz Xaver Misslinger:
»Ja, so sehe ich eigentlich immer aus.«

Arta Demirovic:
»Schon gut, schon gut. Sie bekommen bestimmt viele solcher Nachrichten.«

Franz Xaver Misslinger:
»… in denen ich mit Alain Delon am Swimmingpool verglichen werde? Nein. Wie geht der Film denn weiter?«

Arta Demirovic:
»Romy Schneider kommt. Und legt sich auf ihn drauf. Sie trägt einen schwarzen Bikini und ist ganz nass und auf ihrer Haut glitzern die Wassertropfen wie kleine Diamanten.«

Franz Xaver Misslinger:
»Interessant. Guck ich mir mal an.
Leider muss ich jetzt weg.«

So weit waren sie gekommen, dann musste Misslinger zum Flughafen. Jetzt bereut er, dass er am Ende so schroff war. Er freut sich immer, wenn Frauen ihm schreiben. Er sucht dann nach Bildern. Und wenn es sich lohnt, ist er sehr kontaktfreudig. Aber natürlich muss jemand in seiner Position auch vorsichtig sein. Am Anfang formuliert er jeden Satz wohlbedacht so, dass er ohne Schaden öffentlich gemacht werden könnte. Als Politiker ist er ohnehin ein Meister im uneigentlichen Sprechen.

Ein bisschen verbindlicher hätte er aber schon sein können, denkt er jetzt. Denn nach allem, was er im Netz sehen konnte, lohnt sich Frau Demirovic auf jeden Fall. Das bestätigt sich, als er das Bild sieht, das sie ihm in der Zwischenzeit geschickt hat. Eine junge Frau mit einer blonden Karnevalsperücke steht in einem kurzen Kleid mit Palmenmuster in einem Badezimmer, das Bild ist von schräg hinten aufgenommen, ihr linkes Knie hat sie auf dem Waschbeckenrand abgelegt, die eine Hand verschwindet zwischen ihren Beinen, mit der rechten stützt sie sich am Spiegel ab, ihren Hintern streckt sie raus, damit er noch größer und runder wirkt, der Kopf ist vorgebeugt, sie küsst mit halb geöffnetem Mund ihr eigenes Spiegelbild, und man kann ihre Zunge sehen. Misslinger fällt eine kleine Seepferdchen-Skulptur auf, die am Bildrand zu erkennen ist.

Dazu hat sie geschrieben: »Ich hoffe, Ihnen gefällt das Bild. Eine Freundin hat es im Karneval gemacht. Wir haben schön gefeiert. Vielleicht war ich schon ein bisschen betrunken. Feiern Sie Karneval?«

Obwohl Luise regungslos neben ihm kauert, wendet sich Misslinger ein bisschen zur Seite. Dann fällt ihm ein, dass Luise den Bildschirm seines Rechners im spiegelnden Fenster der Autotür sehen könnte, also setzt er sich wieder gerade hin. Bei Frau Demirovic ist es jetzt drei Uhr morgens. Der Zeitunterschied macht Misslinger Sorgen. Von seiner Reise hat er nicht geschrieben. Er achtet genau auf die Informationen, die er den Frauen mitteilt. Wenn er ihr jetzt eine SMS schickte, müsste sie sich über die Uhrzeit wundern. Andererseits hatte er jetzt das Bild bekommen.

Franz Xaver Misslinger:
»Liebe Arta Demirovic, schönes Bild! Ich feiere auch Karneval, aber so blond wie Sie bin ich nie. Lassen Sie uns die Unterhaltung hier weiterführen. brunobolognese@gmx.net. Ich freue mich auf Sie.«

Über den letzten Satz denkt er erst ein bisschen nach. Misslinger wartet. Der Wagen bewegt sich hin und wieder ein Stück vorwärts. Misslinger ist nicht sicher, ob er schläft. Der Tunnel kommt näher. Dann ist er überrascht, dass Frau Demirovic so schnell reagiert.

Arta Demirovic:
»Bruno Bolognese? Das ist ja ein lustiger Name. Sind Sie ein Italiener, Herr Misslinger?«

Bruno Bolognese:
»Das hat mit meinem Vater zu tun. Er kommt aus Südtirol. Der Name hat eine Geschichte. Aber das führt hier zu weit. Und was sind Sie?«

Arta Demirovic:
»Ah, ein Geheimnis. Schön. Ich bin ein armes Flüchtlingskind aus Bosnien, das im reichen Deutschland Aufnahme gefunden hat und sich jetzt an berühmte Männer ranmacht.«

Bruno Bolognese:
»Verstehe. Und, lohnt sich das?«

Arta Demirovic:
»Ich gehe jetzt schlafen. Sie sind spät wach. Träumen Sie ruhig ein bisschen von mir.«

Bruno Bolognese:
»Erstens antworten Sie nicht auf meine Frage und zweitens sind Sie spät wach. Ich bin in New York.«

Arta Demirovic:
»New York? So stelle ich mir unsere Machteliten vor: Heute noch in Bielefeld, morgen um die ganze Welt.«

Bruno Bolognese:
»Bielefeld?«

Arta Demirovic:
»Das war ein Scherz, Herr Misslinger. Kann es sein, dass Sie nur gut aussehen, aber gar keinen Humor haben?«

Bruno Bolognese:
»Ich bin zum Totlachen komisch.«

Arta Demirovic:
»Wir werden sehen. Gute Nacht.«

Das klingt riskant. Und darum gefällt es Misslinger. Er sieht sich das Bild von Frau Demirovic noch eine Weile an. Karneval hin oder her, ihre Hand ist nun einmal da, wo sie ist. Er selbst hat Frau Demirovic kein Bild geschickt. Misslinger schickt nie Bilder. Die Frauen immer. Er muss sie gar nicht darum bitten.

Misslinger ist müde. Das Einzige, was ihn interessieren würde, wären noch mehr solcher Bilder. Selma schreibt: »Ich weiß schon von Luise, dass ihr gut angekommen seid. Dein Flug war nicht angenehm, schreibt sie. Das tut mir leid. Es ist einsam ohne Dich, aber nicht so einsam, wie ich befürchtet hatte. Vielleicht fehlst Du mir nicht, weil Du ohnehin dauernd fehlst? Weil ich an Dein Fehlen schon gewöhnt bin? Wolltest Du das, Misslinger, mich an Dein Fehlen gewöhnen? Ich hoffe, Du kommst ein bisschen zur Ruhe.«

Selma weiß nichts von Frau Demirovic, und von den anderen Frauen weiß sie auch nichts. Misslinger hat bis vor Kurzem seine Kontakte zu diesen Frauen für den Verlauf seiner Ehe als belanglos angesehen. Von Belang können ja nur bekannte, nicht aber unbekannte Sachverhalte sein, hatte er gedacht. Aber jetzt in diesem Auto, vor dem Eingang des Holland-Tunnels, seine schlafende Tochter neben sich, dämmert es ihm, dass er da im Irrtum gewesen sein könnte. Er ist in einem Zustand der irisierenden Müdigkeit, und in seinem Kopf fließen die Wahrnehmungen zusammen – Misslinger verliert sich einen Moment lang in dem überraschenden Gedanken, dass das Rot der Lichter da draußen eine rauweiche Empfindung an der Spitze zweier Finger seiner rechten Hand ist, wie von Samt.

In Lower Manhattan tauchen sie aus dem Tunnel auf, das ist wirklich keine besonders beeindruckende Gegend, Varick Ecke Canal, dann Watts Street, sieht ein bisschen aus wie die City Süd von Hamburg, aber dann biegen sie von der 6th Avenue in die Houston Street ein, und da erfasst ihn ein ungeheures Hochgefühl. Genau wie vor vielen Jahren, als er das erste Mal hier war.

Eine große Weite breitet sich in ihm aus, ein Glück, anders könnte er es nicht nennen, er fasst nach der Hand seiner Tochter, die davon aufwacht und gleich begreift, dass etwas Besonderes vorgeht. Misslinger sagt nichts und Luise sagt auch nichts. Das ganze Licht da draußen verschlägt ihnen die Sprache, der Wagen gleitet wie ein ruhiges Schiff durch ein Meer aus Licht, aus blitzendem, funkelndem, leuchtendem, strahlendem, fließendem, tanzendem, blendendem Licht. Es stürzt die Wände der Häuserschluchten hinab, sammelt sich im tiefen Grund der Straßen, bricht sich an den stumpfen Kanten der steinernen Wohngebäude, springt zurück von den gläsernen Fassaden der Bürotürme, strömt in wilden Wirbeln um die wenigen Hindernisse, die dem ganzen Gleißen dunkel im Weg liegen, ein paar Mülltonnen, Verkehrsinseln, parkende Wagen, sonst ist da draußen alles eine einzige leuchtende Bewegung.

Als der Wagen in die Bowery einbiegt, empfindet Misslinger ein wortloses Gefühl des Erhöhtseins. Er ist inmitten dieser Stadt, die jetzt nur für ihn da ist, die auf ihn gewartet hat, die ihn umgibt, deren Mittelpunkt er ist.

Er ist in der Stadt, und die Stadt ist in ihm. Und er denkt, dass große Dinge kleine Menschen kleiner machen, aber große größer.

Luise hat das Autofenster herabgelassen und macht Bilder. Misslinger kennt das schon. Selma hat gesagt, die jungen Leute, die mit ihren Telefonen nach Bildern jagen, erinnerten sie an irre Forscher im Urwald, die mit großen Netzen Schmetterlingen hinterherspringen. Das fand Misslinger übersteigert, aber jetzt denkt er daran.

Er ist zufrieden mit seiner Entscheidung, hierherzukommen. Er will sich hier aufladen, so stellt er sich das vor, er vergleicht sich mit einer leer gelaufenen Batterie und die Stadt mit einem ungeheuren Dynamo, der ihn mit neuer Energie versorgen soll. So ging es ihm jedes Mal, wenn er hier war, so soll es jetzt auch sein. Er wird hier seine Rede schreiben, und sie wird ihn an die Spitze führen. Jedes Wort wird eine Stufe nach oben sein. Er wird so reden wie jemand, der die Stufen überspringt. Es wird eine Rede auf die Freiheit sein, eine Rede der Zuversicht, der Kraft, des Optimismus, eine Rede für die Zukunft, eine Rede, die den Zweifel beiseitewischt, ein Produkt des reinen Willens. Vielleicht kommt Luise später hierher zum Studieren, denkt er, das würde ihn freuen.

Er sieht den Hintern von Frau Demirovic und geht alles durch, was zwischen ihm und diesem Hintern steht.

Kapitel 7

Der Sommer 1999 war an Nord- und Ostsee nicht besonders schön. Aber Ende Juli begannen die Temperaturen plötzlich zu steigen. Als sie an einem Mittwoch bei 21 Grad lagen, beschloss Misslinger, am Wochenende nach Sylt zu fahren, als sie am Donnerstag 24 Grad erreicht hatten, nahm er sich den Freitag frei, und als er am Samstag bei 28 Grad Selma kennenlernte, verlängerte er seinen Aufenthalt um eine ganze Woche. Sie hatte auch Zeit.

Selma war zwei Jahre älter als Misslinger. Sie arbeitete bei der Nord AG in Kiel als Händlerin für Ölsaaten, Öle und Proteine und machte gerade ein paar Tage Ferien am Weststrand. Während sie nebeneinander bei Rantum in einem Strandkorb saßen, sagte sie zu Misslinger: »Insgesamt beträgt unsere jährliche Exportleistung bis zu 4,5 Millionen Tonnen.« Das beeindruckte ihn sehr. Selma war groß und schlank und blond und für Misslinger beinahe ein bisschen zu viel. Aber als sie erläuterte, dass zu ihren Kunden sowohl Getreide-, Öl- und Schälmühlen zählten, als auch Mischfutter-, Bioenergie- und Stärkeindustrien, wurde klar, dass sie von so kühlem Wesen und nüchterner Art war, dass sie für Misslinger keine Überforderung darstellte.

Er wollte unbedingt, dass sie weitersprach mit ihrer sanften Stimme, die sich in den windigen Winkeln des Strandkorbs fing, der zum Meer hin stand, wo gerade die Sonne versank, und darum fragte er: »Wird viel betrogen?« Sie erklärte ihm, dass Gewichtfeststellung und Qualitätsermittlung am Entladeort des Empfängers erfolge und dass der Verkäufer natürlich selber die Kosten zu tragen habe, wenn er auf eine Probennahme durch einen vereidigten Probenehmer bestehe.

»Natürlich«, antwortete Misslinger, und er hatte das Gefühl, als befinde er sich im Vorhof zum Glück. Damit sie nicht aufhörte, erkundigte er sich noch nach der Qualität der Ware, worauf sie von verdorbenen Körnern sprach, die durch Fäulnis, Schimmel oder Bakterienbefall oder auch sonstige Einwirkung für die menschliche Ernährung und für die Verfütterung unbrauchbar geworden seien, und dass die Aufbereitung grundsätzlich auf Kosten des Lieferanten erfolge, und währenddessen ging der Wind durch ihr Haar wie durch Dünengras, und ihre Knöchel versanken im Sand.

»Kann man die dann nicht erhitzen?«, fragte Misslinger, und sie antwortete voller Freude über sein Interesse: »Das ist eine sehr gute Frage.« Und gerade als Misslinger sah, dass auch die Innenseite ihrer Oberschenkel sonnengebräunt waren und dass dort ein kleines Stück getrockneten Tangs klebte, sagte sie: »Die Qualität der Samen richtet sich nach Ölgehalt, Besatz und Feuchte.«

Still blickten sie gemeinsam auf die sich im Licht der untergehenden Sonne brechenden Wellen, sie zurückgelehnt, die Hände hinter dem Kopf verschränkt, den sie in den Nacken legte; er nach vorne gebeugt, die Arme auf die Knie gestützt, sorgfältig darauf achtend, dass sein rechter Oberschenkel nicht zu stark an ihr linkes Bein drückte.

»Landsüchtige Unrast schneegekräuselter Kronen,
Die ewiglich die Küsten sucht«, sagte sie leise. Und er, verwirrt darüber, dass in diesem Kopf nicht nur Platz für Hülsenfrüchte war, sondern auch für Poesie, schwieg. Da wandte sie sich ihm zu und sagte: »Ich mag die Nordsee viel lieber als die Ostsee«, und dann küssten sie sich.

Selma stand auf und lief ohne sich umzudrehen ins Meer. Misslinger wollte ihr nachlaufen, aber er hatte Angst, sich im Wind zu erkälten und er wollte ihr auch seinen nackten Körper nicht in der Deckungslosigkeit des Strandes präsentieren. Also blickte er ihr nur hinterher, und weil er noch jung war, schämte er sich ein bisschen, mit welcher Lust er den Bewegungen ihrer Gestalt folgte: ihre schmalen, großen Füße, die tiefe Spuren hinter sich ließen, ihre langen, festen Beine, die im knappen Unterteil ihres leuchtenden Bikinis verschwanden, seine Vorfreude auf den Moment, in dem sie nass und glänzend aus dem Wasser zu ihm zurücklaufen würde, weil ihr im Wind doch kalt wäre, und während sie auf ihn zuliefe, jede Bewegung ein Versprechen.

Er setzte sich vor den Strandkorb in den Sand und grub mit beiden Händen durch eine obere Schicht, die hell, trocken und warm war, bis die Körner zwischen seinen Finger gröber wurden, dunkler und feucht. Er nahm zwei Hände voll, hielt sie sich vor seine Nase und schloss die Augen.

Der Sand roch kühl und wunderbar, wie der Sand in den schmalen Baugruben, die sich die Straße entlangzogen, als er ein Kind war. Wie tief diese Gruben waren und wie hoch die Hügel aus Schutt, Steinen, Sand, Wegtrümmern, die die großen Maschinen neben ihren Baustellen aufgehäuft hatten. Wenn da Rohre verlegt wurden oder Leitungen, dann war er hinabgestiegen, um die rostigen Eisenkrampen zu suchen, mit denen die Holzplanken verbunden waren, die die Grubenwände stützten. Das schrundige Eisen lag schwer in seiner Hand. Mit seiner weichen Kinderhaut fuhr er über das splitternde Holz der Bretter. Dieser Geruch, dieses Gefühl, dieser Sand, dieser ganze seine Sinne erfüllende Raum, das war so wirklich wie nichts anderes. Er presste den Sand in seinen Händen zusammen, so dass sich die Körner ihm rechts und links beinahe schmerzhaft durch die Finger drückten.

Und während er zusah, wie Selma in der weißen Gischt verschwand und mit ihren schönen Armen durch die graublaue Nordsee schwamm, fiel Misslinger ein, dass dies der letzte Sommer des Millenniums war. Und plötzlich durchfuhr ihn wie ein schmerzhafter Stich der Gedanke, dass auch er und Selma eines nicht so fernen Tages nur noch Erinnerungen sein würden, und dann nicht einmal mehr das. Er stellte sich vor, wie Bilder von ihnen in einem Fotoalbum aussehen würden, das auf einem Trödelmarkt von jemandem gefunden wird, dem ihre Gesichter nichts sagen, der ihre Geschichten nicht kennt, dem das, was jetzt noch ihre Zukunft war, schon eine gleichgültige Vergangenheit geworden sein würde.

Ja, die Zukunft würde eines Tages Vergangenheit sein, und das machte ihn traurig. Misslinger wollte so gerne seine Zukunft retten. Er musste dafür sorgen, dass die Erinnerungen seines Lebens auch für die Kommenden noch wertvoll sein würden. Der Vernichtungsdruck der Zukunft lastete auf ihm. Denn so wie die Erinnerungen in seinem Kopf immerzu schwanden, um Raum für Neues zu schaffen, so drohte aus seinem Leben erst eine Erinnerung zu werden und aus dieser Erinnerung dann ein Nichts, und andere würden nachfolgen und seinen

Platz einnehmen und alles, was ihm jetzt wichtig erschien, würde dann ohne Bedeutung sein.

Nachdem Selma ihm im weiteren Verlauf des Abends viel über Bruchkörner, Auswuchskörner, Schmachtkörner und Fremdgetreide erzählt hatte, wollte Misslinger auch etwas Wissenschaftliches zum Gespräch beisteuern und fragte sie, ob sie eigentlich wisse, dass man menschlichen Fettzellen durch den Einsatz maschinell angewendeter Kälte zu Leibe rücken könne. Sie reagierte zurückhaltend, da sie das als Anspielung auf ihre eigene Figur empfand und nicht verstand, dass es ihm vor allem um seinen eigenen Leib ging.

Selma war, was Misslingers körperliche Unvollkommenheiten anging, überhaupt viel duldsamer, wenn nicht desinteressierter als in Bezug auf ihren eigenen Körper, um den sie sich mit liebevoller Sorgfalt kümmerte. Diesem Zweck diente ein systematisches Ganzkörpertraining nach der Methode des Joseph Pilates, die er ursprünglich »Contrology« genannt hatte und mit der Selma eine hervorragend zu ihr passende Sportart gefunden hatte. Zu seiner Freude durfte Misslinger diesen Übungen bald als Zuschauer beiwohnen und sich von Selma die sechs wesentlichen Prinzipien des Pilates erklären lassen, die da waren Konzentration, Zentrierung, Kontrolle, Atmung, Präzision und Fluss. Dies wiederholte sie zunehmend schwer atmend, je nachdem, ob sie, nur den geraden Arm und die Kante eines Fußes auf dem Boden abgestützt, wie ein schräges Brett im Raum stand, oder, auf dem Rücken liegend, den Oberkörper halb schräg in der Luft hielt, dabei die Arme hinter dem Kopf verschränkte und fahrradfahrende Bewegungen mit den Beinen machte. Misslingers Lieblingsübung, zu der er Selma liebevoll ermunterte, bestand darin, dass sie sich flach auf den Boden legte, die Beine anzog, tief einatmete, während sie erst das eine Bein, dann das andere gerade in die Luft streckte und sie dann nach hinten über ihren Kopf kippen ließ und so eine Weile verharrte, wobei sie mit einem lauten Stöhnen ausatmete, »ganz wichtig«, sagte Selma, »Powerhouse aktivieren«, so dass ihr schöner fester Hintern direkt vor Misslinger ganz frei in der Luft schwebte.

Misslinger verstand noch nicht sofort, dass sie ihm diese Intimität nicht hätte zuteil werden lassen, wenn sie sich nicht zu diesem frühen Zeitpunkt bereits »committed« hätte – das war ein Wort, das sie einmal beiläufig fallen ließ. Er bewunderte Selma dafür, dass sie Worte kannte, von denen er noch nie gehört hatte. Als der Herbst sich einstellte, sagte Selma zu ihm: »Jetzt kommt die Zeit des cocooning.« Das war ihm auch noch nicht untergekommen. Es bedeutete, dass man zu Hause bleibt und Welt und Leben draußen lässt.

Selma hatte eine kleine Wohnung in der Dänischen Straße, in einem der wenigen alten Häuser, die in Kiel den Krieg überstanden hatten. Zwischen einem Schuhgeschäft und einer Drogerie gab es eine schmale Tür, dahinter war eine Treppe, und im dritten Stock lagen die zwei Zimmer, die sie sich von ihrem Gehalt bei der Nord AG bequem leisten konnte. Es gab ein Schlafzimmer, das zum Hof hinausging, auf der anderen Seite des Flures ein Wohnzimmer, im Bad hing ein alter Boiler und vom Fenster der winzigen Küche blickte man in die Fußgängerzone hinab.

Wenn Selma vom Saatguthandel kam, trafen sie sich am Nachmittag hier. Er erzählte ihr von den Versuchen, die er anstellte, und den Maschinen, die er baute, aber er zog es vor, ihr nicht von Dörte zu erzählen, die im Mittelpunkt dieser Versuche und hin und wieder auch seiner eigenen Bemühungen stand. Draußen wurde es immer dunkler, und die geradezu schwedische Fröhlichkeit, die so ein nördlicher Sommer haben kann, war nur noch eine ferne Erinnerung. Überhaupt, dachte Misslinger, als sie einmal aus dem Kino kamen und er neben Selma durch die feuchte Fußgängerzone zu ihrer Wohnung lief, liegt immer nichts in solcher Ferne wie der letzte Sommer.

»Sie hatte eine Affäre mit dem Priester?«, sagte Misslinger. »Da war er noch kein Priester, das wurde er erst danach«, sagte Selma.

»Er hat gesagt, sie wollte immer Rührei mit Salz, Pfeffer und Dill – genau wie er«, sagte Misslinger, »das klang nicht so, als habe er sie so richtig hinter sich gelassen, oder?« »Ich glaube, das hast Du nicht richtig verstanden«, antwortete Selma, »da ging es darum, dass sie die Eier immer so haben wollte wie der Mann, mit dem sie jeweils zusammen war. Verstehst Du nicht? Mit dem Priester Rühreier, mit dem anderen Spiegeleier, dann pochierte, dann nur Eiweiß ... Hat doch der Journalistentyp ihr dann auch genau so erklärt.«

Misslinger schwieg.

Er hatte bei dem Film vielleicht nicht so gut aufgepasst. »Ja«, sagte er, »Du hast recht. Erstaunlich, das an den Eiern festzumachen.« »Sie hatte eben keine eigene Meinung«, sagte Selma, »sie war gar kein eigener Mensch.« »Ah, und er macht sie dann dazu«, sagte Misslinger. »Ja, Misslinger, es war kein feministischer Film«, sagte Selma, »es war eine Romcom.« Da, schon wieder so ein Ausdruck, den Misslinger nicht kannte. Er wollte sich aber nicht zwei Blößen hintereinander geben, also sagte er nur: »Du verstehst eben mehr von Beziehungen.«

In Kiel, und im Rest der Welt, ging es jetzt überall um Silvester, das Millennium und das magische Jahr 2000. Die Schaufenster der Reisebüros, an denen sie vorüberliefen, waren voll von Angeboten für einzigartige Jahreswechselerlebnisse auf dem Empire State Building in New York oder im Hotel Adlon in Berlin; man konnte mit der Concorde oder mit dem Kreuzfahrtschiff die Datumsgrenze in beide Richtungen überqueren und den Jahrtausendwechsel mehrmals erleben – wobei Misslinger nicht richtig verstand, wie das möglich sein sollte. Selma fasste ihn ein bisschen fester am Arm. »Würdest Du mir denn Deine Jogging-Schuhe schenken, damit Du nicht mehr abhauen kannst?«, fragte sie leise. »Aber dann sitzt Du am Ende im Fed-Ex-Truck und ich kann nicht hinterherrennen, weil ich keine Schuhe mehr habe«, sagte Misslinger. Sie zögerte. »Nein, Misslinger, wenn einer von uns beiden in diesem Truck sitzt, bist Du es.« Misslinger war froh, als sie vor Selmas Haustür ankamen.

Oben machte Selma das Radio an. Sie setzten sich nebeneinander aufs Sofa und hörten den Millennium-Song von Robbie Williams:

> *We've got stars directing our fate*
> *And we're praying it's not too late*
> *Millennium*
> *Some say that we are players*
> *Some say that we are pawns*
> *But we've been making money*
> *Since the day that we were born*

Dann schliefen sie miteinander. Und als er sie danach vorsichtig fragte, wie es ihr gehe, sagte sie, dass sie sich Sorgen mache, weil die Zahl der Anbauflächen für Körnerleguminosen zurückgehe. Er nickte und dachte wieder an das zu Ende gehende Jahrhundert.

Misslinger spürte dieselbe Unruhe, die von der ganzen Welt Besitz ergriffen hatte. Es endete ja nicht nur das Jahrhundert. Es endete ein Jahrtausend. Das war noch nicht so oft vorgekommen. Darum dachten viele Menschen, es müsse eine Bedeutung haben. Sie wussten nur nicht, welche. Andere hielten von solcher Zahlenmagie nichts und wiesen auf die Zufälligkeit der Daten hin. Aber auch sie beschlich, je näher der Jahreswechsel kam, etwas wie eine leise Furcht. Es war weltumspannend und hatte darum auch Flensburg und seine Fußgängerzonen erreicht. Die Geschäfte waren voll von Devotionalien der Jahrtausendwende: Sekt der Marke »2000«, T-Shirts und Trinkflaschen mit dem Aufdruck »2000«, Kissen, Handtücher, Bettwäsche und Mickey-Mouse-Millennium-Gläser bei McDonald's, überall »2000«. Misslinger war der Zahl schon überdrüssig, bevor das Jahr, dem sie den Namen geben sollte, begonnen hatte. Überhaupt hatte ja nie eine Ziffernfolge so sehr für die Zukunft gestanden. Eigentlich war sie schon vor ihrem eigenen Eintritt altmodisch geworden.

Wenn ein Jahrtausend endet, beginnt auch gleich ein neues. Darum mischte sich in die Furcht angesichts des Endes gleich die Hoffnung auf einen neuen Anfang. Auch da ging es Misslinger nicht anders als dem Rest der Welt. Zur Unruhe vor diesem epochalen Datum gehörte auch eine flirrende Idee, dass nun tatsächlich eine neue Zukunft begönne, oder etwas, das den Namen Zukunft neu und anders verdiente. Als sei da eine schlummernde Sehnsucht nach Veränderung gewesen, nach

Aufbruch, die nur auf ein Signal gewartet hatte. Man war bereit, sich begeistert auf das neue Jahrhundert zu stürzen und das alte so schnell es ginge über Bord zu werfen. Da draußen brach ja gerade eine neue Welt los, Misslinger spürte das und war fest entschlossen, Teil dieser großen Bewegung zu sein. Da war eine große Rücksichtslosigkeit, die gefiel ihm, für die fühlte er sich wie geschaffen. Alles war Aufbruch und Wachstum und Erneuerung. Neue Technologien würden die Welt erobern, Ströme von Information den Globus umfließen, ein Netz der Kommunikation alle Menschen miteinander verbinden, es gab keine Grenze der Vorstellungskraft, und an den Börsen kannten die Kurse nur eine Richtung: nach oben. Was für eine Lust war es, jung zu sein! Er hatte die Zeichen der Zeit erkannt und wollte über sich hinauswachsen. Nach oben, dachte Misslinger immer wieder, nach oben. Alles war ein Jubel. Wenn da nicht zugleich diese Traurigkeit gewesen wäre.

»Glaubst Du auch, dass große Zeiten kommen?«, fragte er. Selma schwieg. »Sag mir, dass große Zeiten kommen!«, bat Misslinger. Sie legte ihren Arm um seine Schulter und drückte ihn an sich. »Es kommen große Zeiten, mein Misslinger.« »Das sagst Du nur, weil ich Dich darum gebeten habe.« »Nein. Ich weiß, dass für Dich große Zeiten kommen. Du bist jemand, der wachsen wird, Misslinger. Du bist wie eine von meinen Körnerleguminosen, wie eine Gartenbohne, immer nach oben, dem Licht entgegen.« Misslinger drückte sich an sie. »Ich bin eine Gartenbohne?«, fragte er.

»Ja«, sagte Selma, »wie in dem Märchen. Du wirst in den Himmel wachsen. Und ich bin Deine Bohnenstange, an der Du Dich emporranken kannst.«

»Dann ist es gut«, sagte Misslinger.

Es war in diesen Tagen, dass Misslinger verstand, dass Selma ihn zu ihrem Projekt gemacht hatte. Sie hatte in seine

Zukunft geblickt und beschlossen, ihn dabei zu unterstützen, er selbst zu werden. Sie setzte auf ihn, wie man auf ein Pferd setzt, um das man sich liebevoll kümmert, das im Rennen dann aber auch Leistung zeigen soll. Er ging in diese Ehe wie in eine geschäftliche Verbindung. Das erleichterte ihm die Entscheidung. Außerdem war er überzeugt, sie zu lieben.

Das Silvesterfest verbrachten sie zu Hause. So wie viele Leute es taten, nachdem sie ihre aufwendigen Reisen storniert, die Buchungsfristen für die blendenden Spektakel ungenutzt gelassen und alle Einladungen für große Feste ausgeschlagen hatten. Denn gerade noch rechtzeitig war ihnen aufgefallen, dass sie gar nicht wussten, worauf sie gewartet hatten.

Kapitel 8

Im Juni 2016 war Misslinger in Köln. Es fand dort eine Sitzung des lokalen Kreisverbandes statt, zu der er und Richard eingeladen waren. »Wir begrüßen Franz Misslinger, unseren Generalsekretär und stellvertretenden Bundesvorsitzenden, sowie Richard Söderberg, den schleswig-holsteinischen Wirtschaftsminister, ein herzliches Willkommen den zwei Nordlichtern am Rhein!«, hatte der Kreisvorsitzende gesagt.

Richard war aus Kiel gekommen, Misslinger aus Berlin. Der Kreisverband traf sich wie immer bei Pöttgen, das war ein »Traditionsrestaurant«, so hatte es in der Einladung gestanden: »Traditionsrestaurant Pöttgen«. Misslinger hatte gar nichts übrig für das »Landsmannschaftliche« solcher Treffen in der Provinz. Neben der Garderobe rechts vom Eingang hing das missmutige Ölportrait einer jungen Frau im hochgeschlossenen roten Kleid. Während er seine grüne Barbourjacke auf den schwarzen Plastikbügel hängte und zu seinem Platz ging, hatte er das Gefühl, ihr mürrischer Blick verfolge ihn.

Erst gab es Blumenkohlcremesuppe, dann zwei Reden. Eine hielt Richard, eine er. Richard war bester Dinge, er lobte die Arbeit des Landesverbandes, ging auch auf die Verkehrspolitik ein, streute in diesem Zusammenhang ein paar Zoten ein und fasste sich im Ganzen sehr kurz. »Launig« war das anerkennende Wort, das Misslinger am Nebentisch hörte, als Richard sich wieder setzte. Dann war er an der Reihe. Als er nach vorne ging und hinter das kleine Rednerpult treten wollte, das hinten im Gastraum aufgestellt worden war, verhedderte er sich mit dem Fuß im Kabel des Mikrofons und hätte beinahe das Pult umgeworfen. Er lachte. »Nicht, dass mein Name mir doch zum Verhängnis wird«, sagte er, und der Saal lachte mit ihm.

Er trug ein Grußwort aus der Berliner Zentrale vor und setzte zu einer jener Reden an, für die ihn sein Publikum liebte. Er war ja ein Prediger der Freiheit geworden, ganz so, wie Richard es ihm damals prophezeit hatte.

Neulich, so begann er, sei nach einer Veranstaltung eine Frau zu ihm gekommen und habe ihm gesagt, dass er jetzt viel besser aussehe als vor ein paar Jahren – so verlebt. Das habe er genauso als Kompliment begriffen wie es gemeint gewesen sei: Opposition sei ein hartes Geschäft und er und die Partei seien inzwischen wahrhaft wettergegerbt! »Uns haut jetzt so leicht nichts mehr um!«, sagte er und die Leute applaudierten. »Auf unserem letzten Bundesparteitag haben wir uns zu ›German Mut‹ bekannt. Wir haben ein Leitbild als neuen Kompass beschlossen. Manche waren ja skeptisch, dass diese Phase der Selbstbeschäftigung einen Wert habe. Sie hatte es: Weil wir die Menschen von Ängstlichkeit und Skepsis befreien wollen, mussten wir uns erst einmal selbst von unserer Ängstlichkeit befreien! Und deswegen war es richtig.«

In der ersten Reihe saß ein Mann, dessen Krawatte ihm auffiel. Sie hatte ein großes rot-braunes Muster aus Streifen und Karos, und der Mann, der sie trug, klatschte besonders laut, lachte immerzu in alle Richtungen und nickte ihm dauernd aufmunternd zu. Der Mann hatte etwas provozierend Provinzielles. »Heute sind wir wieder selbstbewusst bei der Sache und verbinden das mit Humor und Demut.«

Er sprach weiter und sortierte währenddessen in seinem Kopf ein paar griffige Zitate, die er sich zurechtgelegt hatte, damit sie über die sozialen Medien ihren Weg nach draußen finden sollten. Dass »eine neue Generation Deutschland« endlich das Ruder übernehmen müsse, dass es keine »Reformdividenden« mehr zu verteilen gebe, dass die »Lebenslüge« beendet werden müsse, Deutschland sei kein Einwanderungsland, und, als Spitze gegen das Kanzleramt, dass »man ein Land mit Taten überfordern, aber dass man eine Gesellschaft mit Ambitionslosigkeit auch unterfordern« könne. Von der leichten Erhöhung seines Rednerpodests aus konnte Misslinger genau die kleinen Schweißperlen auf der Stirn des Mannes in der ersten Reihe sehen. Sie leuchteten wie Bernsteine im weichen Schein der mit gelbem Stoff bespannten Wandlampen. Plötzlich öffnete der Mann den Mund, und Misslinger starrte mitten hinein. Er wollte gerade sagen, dass die Schuldenbremse nicht der Strick werden dürfe, an dem wir die Bildungspolitik aufhängen. Aber der Mund des Mannes stand so weit offen, seine Zunge, sein Schlund, seine Kehle, sein Innerstes, es war Misslinger, als könne er bis zum Grund in ihn hineinsehen, in dieses Loch, das ihn zu verschlingen drohte, wenn er nicht aufpasste, würde er nach vorne fallen, mitten in diesen scheunentorweiten glänzenden Abgrund. Misslinger stockte und hielt sich mit beiden Händen am Pult fest. »Liberalität hat etwas mit dem Glauben an den Einzelnen zu tun und dem Eintreten für seine Würde und Freiheit«, sagte er und stützte beinahe sein ganzes Gewicht auf seine Hände, weil ihm die Beine versagten: »Wer für den Einzelnen eintritt, der bekennt sich natürlich zur freiheitlichen Wirtschaftsordnung der sozialen Marktwirtschaft. Aber wer für den Einzelnen und seine Würde eintritt, der setzt sich genauso für Rechtsstaat, Bürgerrechte und die offene Gesellschaft ein.«

Misslinger machte eine Pause und blickte auf seine Hände, sie waren ganz weiß von der Anstrengung, nur auf dem Handrücken traten die Adern blau hervor. Dieses blasse Blau, das ist die Farbe des Todes, dachte Misslinger, der durchsichtige Schein des nahenden Endes. »Es gibt keinen Liberalismus nur als Spartenprogramm. Du bist es ganz oder gar nicht«, rief er in den Saal.

Dann sah er wieder die Krawatte des Mannes vor ihm und musste auf einmal laut lachen. Er konnte nicht anders. Diese Krawatte war so lächerlich. Der ganze Mann mit seiner schwitzenden Halbglatze und seinem gurgelnden Schlund war so grotesk, dass Misslinger nicht mehr an sich halten konnte und in ein prustendes Gelächter ausbrach.

Die Gesichter seines Publikums wirkten auf ihn wie gefroren. Misslinger verstand gar nicht, warum die Leute nicht mit ihm lachten. Er hatte noch nie etwas Komischeres als diesen Mann, seinen Schlund und seine Krawatte gesehen, und die einzige angemessene Reaktion darauf war schallendes Gelächter. Aber dann bekam er keine Luft mehr. Er nahm das Glas, das auf dem Pult stand, und trank einen Schluck Wasser. Die Kälte, die seine Kehle hinablief, brachte ihn auf andere Gedanken. Er prüfte vorsichtig, wie viel Gewicht er seinen Beinen zutrauen konnte, als er merkte, dass sie ihn wieder trugen, löste er vorsichtig seine Hände vom Pult, rieb sie in der Luft, zeigte sie dem Publikum, wie um zu beweisen, dass er alles im Griff habe, und setzte seine Rede fort, die mit diesen Worten endete: »Viele Menschen haben die Politik des Auf-der-Stelle-Tretens in Deutschland genauso satt wie wir. Und diesen Menschen sagen wir: Ihr könnt Großartiges leisten – und WIR wollen euch wieder machen lassen!«

Die besorgten und verwunderten Blicke, die ihn zu seinem Platz begleiteten, bemerkte er gar nicht. Danach wandten sich alle ihrer Maispoulardenbrust mit Steinpilzen in Kräuterrahm und Schupfnudeln zu. Es wurde Riesling getrunken. Misslinger hätte lieber Rotwein bestellt, entschloss sich aber zum Verzicht. Später gab es Hamburger Rote Grütze mit Vanilleeis, von der er eine zweite Portion bestellte.

Als sich der Abend neigte, standen Misslinger und Richard nebeneinander an der Bar. Der Ältere legte dem Jüngeren fürsorglich den Arm um die Schulter, sagte aber nichts.

Misslinger rückte ein bisschen ab und betrachtete in Ruhe die teure Uhr an Richards Arm. Misslinger mochte ihn, er fühlte sich in seiner Nähe wohl. Richard war ein bisschen kleiner als Misslinger und verbreitete mit seinen weißen Haaren, seinem fröhlichen Mund und einem Gesicht, das oft gelacht hatte, etwas, das auch Misslinger gerne verbreiten würde: Heiterkeit. Für heute Abend hatte er sich vorgenommen, Richard etwas aus seinem Leben zu erzählen. Er hatte sich das mit Blick auf die bevorstehenden Vorstandswahlen genau überlegt. Die Reihen schließen, die Verbündeten sammeln, so lautete das Gebot der Stunde. Richard war zwar schon sein Freund. Aber es konnte nicht schaden, ihn noch enger zu binden. Und Misslinger hatte festgestellt, dass Gefühle Menschen besser binden als Interessen. Also wollte er diesen

Abend zur Herstellung privater Nähe zwischen sich und Richard nutzen. Er wusste nur noch nicht wie. Plötzlich begann er, über Frauen zu sprechen.

Nachdem er ein bisschen erzählt hatte, sagte Richard: »Glückwunsch. Mir schickt niemand Bilder – und von mir will auch niemand welche. Übrigens sind Sie irre. Sie werden über Ihren Schwanz stolpern.«
»Ah, ja?«
»Ich bin älter als Sie. Warum muss ich Sie über die Gefahren des Netzes aufklären? Die Leute sind alle so verrückt. Schicken sich gegenseitig Bilder von ihrem Pimmel und ihrer Mumu. Das ist doch lächerlich, Mann, zu meiner Zeit haben sich die Leute einfach getroffen und gevögelt.«
Misslinger schwieg, weil er mit dieser Antwort nicht gerechnet hatte.

»Wie ist Berlin denn so für Sie?«, fragte Richard.
»Berlin ist vor allem weit weg«, sagte Misslinger.
»Ich weiß, was Sie meinen«, sagte Richard und legte Misslinger schon wieder die Hand auf die Schulter. »Darum bin ich auch hiergeblieben.« Misslinger blickte ihn an. »Ich meine zu Hause, in Kiel. Ich wäre in Berlin zum Trinker geworden oder zum Hurenbock. Ich bin zum zweiten Mal verheiratet, und ich will diese Ehe auf keinen Fall ruinieren. Sie müssten dieses Berliner Politleben doch inzwischen kennen, oder? Man steht den ganzen Tag unter Druck, abends wartet ein leeres Apartment auf Sie, also gehen Sie noch mal raus. Und da sind dann diese ganzen einsamen Frauen, denen es genauso beschissen geht wie Ihnen. Und dann sitzt Ihnen eine gegenüber, die Ihnen so lange zuhört, bis sie mit ihr ins Bett gehen. Vom Alkohol ganz zu schweigen: Ein Termin nach

dem anderen, man könnte den ganzen Tag trinken. Eine Flasche Wein ist da gar nichts. Und abends geht es richtig los. Sie kommen ins Restaurant und sehen schon diese glasigen Augen in den Rotweingesichtern Ihrer Kollegen. »Richard«, rufen die beseelt, während Sie noch in der Tür stehen, »Richard, setz dich zu uns.« Wissen Sie, lieber Freund, das ist es mir nicht Wert. Ich will meine politische Karriere überleben.«

Misslinger stellte sich die Frauen vor, von denen Richard sprach, die in den Parteien arbeiten, den Verbänden, den Kanzleien, die allein waren, in der großen Stadt Berlin, die sich langweilten, die eine Sehnsucht hatten, eine unstillbare, tiefe, endlose, schmerzvolle, traurige, gewalttätige Sehnsucht, die berührt werden wollten, gehalten werden wollten, die gevögelt werden wollten, er stellte sich eine ganze große Stadt mit Frauen vor, die gevögelt werden wollten, von ihm gevögelt werden wollten. Er dachte an sie wie an lauter Gelegenheiten, die er nicht verpassen wollte, und dann dachte er an Selma und dann an gar nichts mehr, bis er plötzlich sagte: »Aber die Macht ...«

»Ja, die Macht«, antwortete Richard, »das ist die große Hure. Jeder will an ihren dicken Titten lutschen. Seien Sie vorsichtig. Ich habe damit meine Erfahrungen gemacht und bleibe lieber hier. Kleine Titten, kleine Probleme, verstehen Sie?« Misslinger, dem diese Vulgarität nicht angenehm war, streckte die Arme weit nach vorne und öffnete die Hände. Aber dann stützte er nur beide Ellenbogen auf das zerkratzte Holz vor ihm und trat mit dem Fuß ungeduldig gegen die dunkle Täfelung der Theke.

»Was macht man, wenn es schiefgeht?«, fragte Misslinger.
»Schief?«, wiederholte Richard, »das kommt darauf an, was

Sie damit meinen.« »Bei Ihnen wäre es doch beinahe einmal schiefgegangen«, sagte Misslinger. »Ah, die Geschichte«, Richard schlug Misslinger zweimal kräftig auf den Unterarm wie zur Strafe, dass er ihn daran jetzt erinnerte, »ja, das wäre beinahe schiefgegangen. Eines Nachts, als meine Frau schon schlief, bin ich nach Hause gekommen und habe den Fernseher eingeschaltet. Auf dem Nachrichtenband der Sendung stand: »Haftbefehl gegen Richard Söderberg.« Das stimmte zwar nicht, weil nur ein entsprechender Antrag gestellt worden war, aber ich dachte: Jetzt ist alles zu Ende. Wenn meine Mutter das liest, fällt sie tot in der Küche um. Das Trommelfeuer rund um die Affäre ging ja schon wochenlang, und so cool bin ich dann doch nicht, dass so etwas einfach an mir abprallt. Ich dachte: Das hört nur auf, wenn ich nicht mehr da bin.«

Richard schwieg. Misslinger schwieg auch. Er hatte seinem Parteifreund zwar näherkommen wollen, aber nicht so nah. Allerdings war es jetzt schon zu spät.

Richard hing über der Theke und starrte die Flasche Riesling an, die er mehr oder weniger allein in der letzten halben Stunde geleert hatte. Sein Blick schwamm in die Vergangenheit, als er mit seiner Erinnerung fortfuhr: »Ich hatte in dieser Nacht vor, in die Ostsee zu gehen. Rausschwimmen, bis die Kraft nachlässt. Darüber habe ich mit mir selber diskutiert.« Misslinger spürte, dass er irgendetwas sagen musste. »Diesen Plan haben Sie schnell verworfen.« Mehr fiel ihm nicht ein. »Ich habe noch einmal sehr unruhig darüber geschlafen«, sagte Richard, »dann war es auch gut. Bei Licht sieht alles anders aus als in der Dunkelheit.«

»Selbstmord ist auch nicht gut für die Partei«, sagte Misslinger, worauf Richard ihm einen Blick zuwarf, der deutlich machte, dass er nicht sicher war, ob Misslinger einen Scherz gemacht hatte oder das ernst meinte. »Nein, Misslinger, tatsächlich, so ein Selbstmord ist keine gute Politik, das stimmt«, sagte er schließlich.

Kapitel 9

Misslinger ist müde, aber er schläft nicht. Wie viele Tabletten hat er auf dieser Reise genommen? Er hat es vergessen. Er wundert sich nur, dass er immer noch nicht schläft. Luise ist in ihrem Zimmer, und er liegt im Bett und rechnet: Um 17.25 Uhr sind sie in Frankfurt gestartet, um 19.55 Uhr sind sie auf dem John F. Kennedy International Airport gelandet, also zwei Stunden und zwanzig Minuten später, die Zahlen entgleiten ihm wie die kleinen grünen Frösche, nach denen er als Kind auf der Wiese hinter dem Haus gegriffen hat und die er nicht halten konnte. Er weiß, dass der Zeitunterschied sechs Stunden beträgt, aber er erinnert sich nicht, ob es sechs Stunden früher oder später sind, New York liegt westlich, er ist jetzt im Westen, es verwirrt ihn, dass die Erde rund ist und dass China von Amerika aus betrachtet ein westliches Land ist, ob einem das nun gefällt oder nicht – »ob einem das nun gefällt oder nicht«, sagt Misslinger leise – und er fragt sich, wie spät es jetzt zu Hause ist, wo Frau Demirovic und ihr Hintern liegen, er ist jetzt im Westen, er hat die Sonne überholt, ihre Strahlen treffen ihn jetzt von hinten, und plötzlich begreift er, wenn es hier 2.30 Uhr ist, wie es auf dem elektrischen Wecker steht, dann ist es zu Hause schon halb neun Uhr morgens und er wäre längst wach, und darum kann er jetzt auch nicht schlafen, trotz der Tabletten und obwohl er so müde ist.

Amerika erregt ihn jedes Mal. Er zählt: Es ist das sechste Mal, dass er hier ist. Aber immer wieder bemächtigt sich seiner eine große Unruhe nach der Ankunft. Dieses Mal auch. Wer gerade in Mekka angekommen ist, schläft nicht, denkt er. Seine Augen sind halb geschlossenen. Von draußen hört er das Heulen der Sirenen von Feuerwehr oder Polizei. Er ist ein Pilger, der das gelobte Land erreicht hat und jetzt ruht. Vielleicht hätte er den Vater damals auf seinem Weg nach Rom begleiten sollen, denkt er.

Misslinger steht auf und stellt sich nackt ans Fenster. Es ist Nacht, aber beinahe so hell wie am Tag, der Himmel leuchtet grau-gelb, die Wolken hängen tief und werfen das Licht der Stadt zurück, die sich selbst erleuchtet.

Unten liegen Autoreparaturwerkstätten, Restaurants, ein Parkhaus, gegenüber, jenseits der Kreuzung, hängt an der Querseite eines alten Backsteingebäudes das über drei Stockwerke gehende Plakat einer unbekleideten Frau. Sie hat sich auf die Knie niedergelassen, hält die Hände vor die Brust und sieht Misslinger von der Seite an.

Nach Rom, mit dem Vater. Der Vater hatte sich selbst einen »spirituellen Menschen« genannt. Misslinger lächelt, während er sich die Hände wäscht. Das wollte ich wirklich nicht sein, ›ein spiritueller Mensch‹, alles andere ja, aber das nicht, denkt er.

Als er ein Kind war, war der Vater mit ihm in die Stadt nach St. Marien gefahren, unsere Kirche »Zur Schmerzhaften Mutter«, weil es in ihrem Dorf keine Kirche gab, in die sie hätten gehen können, und wenn das Wetter schön war, sind sie nach der Messe ans Meer gefahren, und an der Hand des Vaters ist er auf den enormen Stein geklettert, den sie dort kannten, und der Vater hat noch einmal die Verse seiner eigenen

Kindheit aufgesagt, natürlich auf Latein, so wie er es damals von der Nadl gelernt hatte, auf dem Hof, in den Bergen. Und mit dem Vater hat er dann in die offene See hinein das *Meerstern, ich Dich grüße* gesungen. Und Misslinger, der damals noch Franz hieß, wusste nicht, ob das schön war oder peinlich, *Rose ohne Dornen, Lilie ohnegleichen, Quelle aller Freuden.*

Im durchsichtigen Spiegel der Scheibe sieht Misslinger seinen Körper im nackten Körper der Frau auf dem Plakat. Sie kniet vor ihm. Er blickt von oben auf die sanfte Welle ihres Rückens.

Misslinger legt sich wieder hin. Aber er deckt sich nicht zu. Wie aufgebahrt liegt er nackt auf dem Bett und denkt an seinen Vater.

Der war im Heiligen Jahr 1950 geboren worden und hatte es als göttlichen Auftrag empfunden, sich in den folgenden Heiligen Jahren 1975 und 2000 auf Pilgerreise zu begeben.

Als junger Mann fuhr er mit dem Fahrrad von Paris nach Lourdes: Basilika der unbefleckten Empfängnis, Grotte, heilige Quelle, Bad und Beichte – er hat davon immer als seiner großen Bußfahrt berichtet, und Misslinger hatte gar nicht verstanden, wofür der Vater büßen sollte. Und das zweite Mal war er nach Rom gepilgert. Er war zu Fuß von San Gimignano nach Rom gelaufen, 320 Kilometer in zehn Tagen, dem Weg der alten Via Francigena folgend. Sohn und Ehefrau hatten vergeblich versucht, ihm das auszureden. Dreißig Millionen Pilger und einer von ihnen Misslingers Vater, ein katholischer Zahnarzt in der Diaspora des Nordens. Er wollte sehen, wie Johannes Paul II. die seit 25 Jahren zugemauerte Heilige Pforte öffnete. Schon zwei Jahre zuvor hatte er angefangen, davon zu reden. Da war ihm gerade das Apostolische Schreiben *Tertio millennio adveniente* untergekommen.

Mit glühenden Augen hatte er seinem Sohn dessen frohe Botschaft unterbreitet: »Mein lieber Franz, lass Dir sagen: Das kommende Jahr steht ganz im Zeichen des Sohnes!« Er hatte sogar noch den Apostel Paulus zitiert: »Weil ihr aber Söhne seid, sandte Gott den Geist seines Sohnes in unser Herz, den Geist, der ruft: Abba, Vater!«

»Abba?«

»Ja, Abba. Vater!«

Am Abend hatte Misslinger einen Zettel gefunden, den der Vater ihm hingelegt hatte. Es handelte sich um einen Ausschnitt aus einer Kirchenzeitung, den der Vater sorgfältig auf ein weißes Blatt Papier geklebt hatte. »In Jesus Christus spricht Gott nicht nur zum Menschen, sondern er sucht ihn. Die Menschwerdung des Sohn Gottes ist Zeugnis dafür, dass Gott den Menschen sucht. Gott sucht den Menschen, gedrängt von seinem väterlichen Herzen.«

Misslinger denkt jetzt, dass sein Vater ihm das vielleicht nicht hingelegt hat, weil er ihm etwas über Gott mitteilen wollte. Aber damals hatte er die Einladung einfach abgelehnt, er war 24 Jahre alt und hatte sich gefragt, warum er auf Pilgerfahrt gehen sollte. Er suchte weder Vergebung noch Erleuchtung, er wollte Geld verdienen.

Plötzlich denkt Misslinger auch über die Lüge nach. Und über die Reue.

Natürlich hat er schon oft überlegt, ob es Dinge gibt, die er bereut. Aber er ist damit nie weit gekommen. Reue? Ich bin gegen das, was geschehen ist, aber ich kann nicht dagegen sein, dass es geschehen ist. Einen Sachverhalt nicht anzuerkennen, das wäre die eigentliche Lüge. Was hat Selma dazu gesagt? Misslinger erinnert sich nicht.

Als Kind war Franz nach der Beichte mit seinem Fahrrad von der Kirche nach Hause gefahren, eine halbe Stunde lang, durch die Flensburger Südstadt, hinter der sich die Felder öffneten, an Kleintastrupda vorbei, die Eckernförder Landstraße hinunter, an der fast keine Bäume standen. Damals stürmte es in seinem Kopf: »Das bereust Du, das bereust Du nicht, das bereust Du, das kannst Du gar nicht bereuen, aber was bist Du dann, ein Lügner? Du bist ein Lügner und es geht gar nicht anders. Aber es gibt gar keine Lüge. Jede Lüge ist in dem Moment, da man sie ausspricht auch eine Wahrheit. Eine Möglichkeit. Hast Du so das Heucheln gelernt, Misslinger? Die doppelte Buchführung? Es gibt gar kein Leben ohne doppelte, dreifache, fünffache Buchführung. Es gibt kein einsträngiges Bewusstsein. Es gibt nichts ohne seinen Widerspruch. Und wenn man das nicht aushält, wenn man das durch Argumentation und Rationalität ausräumen will, dann halbiert man den Menschen, das Leben, alles.« Was Franz damals gelernt hat, davon ist Misslinger fest überzeugt, das war nicht Heuchelei – das war Bewusstseinsreichtum.

Am Morgen zieht er sich den englischen dunkelblauen Streifenpyjama an, den Selma ihm im Internet gekauft hat, geht barfuß über den Flur und klopft an der Tür seiner Tochter. Luise öffnet ihm, sie sieht in ihrem bodenlangen Nachthemd aus wie ein Kind.

Die Stadt unter ihnen ist eine große Spielzeugkulisse aus lauter bunten Würfeln, ein Durcheinander aus rostroten, ockerbraunen oder rußschwarzen Ziegelhäusern, keines so hoch wie das andere, und jedes sieht anders aus, gusseiserne Feuertreppen laufen im Zickzack die Fassaden hinauf, und die hölzernen Wassertanks auf den Dächern sehen aus wie die

Weinfässer von Riesen im Märchen. »New York«, sagt Misslinger. »Ja«, sagt Luise, »schön.«

»Schön? Es ist fantastisch. Vielleicht studierst Du hier ja später.«

Unter einem bleiernen Himmel zieht die Bowery sie nach Süden. So viele Menschen. Geschäftsleute mit teuren Schuhen, Bauarbeiter, Kellnerinnen, die vor den Restaurants Tische polieren, Obdachlose, die betteln, und Obdachlose, die das Betteln aufgegeben haben, Schulkinder, noch mal Bauarbeiter, Lieferanten, Managerinnen im ernsten Kostüm, Männer, die nur so herumstehen, Touristen, die schnell unterwegs sind, Straßenmusiker, Pflastermaler, eine jonglierende Akrobatin, hupende Autofahrer, Polizisten, Fahrradkuriere.

Erst laufen sie an lauter Geschäften für Restaurantausstattungen vorbei, eine Viertelstunde später, auf der Canal Street, sind es Juwelierläden. Luise findet ein thailändisches Kosmetikinstitut, das »fish pedicure« anbietet. Misslinger wusste gar nicht, dass es das gibt. Er sieht zu, wie seine Tochter sich in einen Stuhl setzt und ihre nackten Füße in ein Becken hält, in dem schon die Füße von vier Chinesinnen stecken. Es wimmelt darin von kleinen Fischen, die sich gleich über Luises Hornhaut hermachen. Sie lacht, weil es kitzelt. Misslinger überfliegt währenddessen das Material, das ihm das Büro für seine Rede geschickt hat.

Auf der Straße suchen sie eine gefälschte Goyard-Tasche, finden aber nur eine von Vuitton, die sie kaufen. Misslinger blickt ängstlich um sich, ob sie beobachtet werden. Luise sagt, sie sei eigentlich eher konsumkritisch, aber hier mache sie einmal eine Ausnahme. Außerdem gefalle ihr die Idee, den Markenwahnsinn durch Fälschung ad absurdum zu führen, denn diese Tasche, die sie hier gekauft haben, unterscheide sich in der Qualität von Material und Verarbeitung offensichtlich nicht oder kaum vom Original, sei aber ungefähr hundertmal billiger – das sagt sie, ohne ein Original je in der Hand gehalten zu haben oder dessen Preis zu kennen, immerhin klingt es überzeugend.

Sie durchqueren den Columbus Park und folgen der Centre Street weiter nach Süden. Längst sind die Häuser heller und höher geworden. Vor dem Gerichtsgebäude des Supreme Court bleiben sie stehen. »The True Administration Of Justice Is The Firmest Pillar Of Good Government«, liest Misslinger vor. George Washington, sagt er zu Luise: »Siehst Du, das ist doch interessant: Die Amerikaner haben von Anfang an einen Zusammenhang zwischen Recht und Regierung hergestellt.« »Ja, irre interessant«, sagt Luise, »mir tut der eine Fuß weh, ich bin nicht sicher, ob die Fische an der einen Stelle nicht zu viel gegessen haben.« Misslinger redet einfach weiter: »Andererseits ist es auch kein Wunder, dass an einem Gerichtsgebäude alles im Recht seinen Anfang findet, und nicht in der Freiheit. Verstehst Du«, sagt Misslinger, »die haben sich irgendwann Ende des achtzehnten Jahrhunderts hingesetzt und über ihre Verfassung nachgedacht. Die haben sich in Philadelphia getroffen und hatten noch keine Ahnung, wie das aussehen würde. Philadelphia, das heißt die Stadt der brüderlichen Liebe, aber da gab es ungeheuren Streit. Zum Beispiel darüber, wie viel Macht die Zentralregierung haben sollte. Was um alles in der Welt machst Du da?«

Luise hat sich an der Ecke Centre und Worth Street auf eine der schönen alten Bänke gesetzt, die hier vor einem kleinen Park stehen, und einen Schuh ausgezogen. Sie starrt entsetzt das Blut an, das am Ballen ihres großen Zehs den weißen Socken durchtränkt: »Ich werde sterben«, sagt sie, »ich werde an irgendeiner gruseligen chinesischen Infektion sterben, übertragen von einem ekligen kleinen Fisch, der erst einer dicken Chinesin und dann mir in den Fuß gebissen hat.« Misslinger kniet sich hin, zieht ihr den Socken aus, holt ein weißes Taschentuch aus feiner Baumwolle hervor und tupft behutsam den Fuß seiner Tochter ab. »Nein, Du wirst nicht sterben. Die Chinesinnen waren nicht dick und Pediküreﬁsche sind nicht tödlich.«

Als Selma damals so krank war, hat er sich so viel um seine Tochter gekümmert. Luises glücklicher Blick, wenn er sich über sie beugte. Nie hat mich jemand so glücklich angesehen, denkt er. Kinder kommen einem abhanden. Er zieht seiner Tochter den Socken wieder an und hält dabei ihren Fuß wie den einer jungen Frau.

»Also, pass auf«, sagt er, während sie langsam weitergehen: »Es gab ganz unterschiedliche Interessen, unterschiedliche Modelle. Die Handelsstaaten im Nordosten hatten andere Interessen als die agrarischen Südstaaten. Sklaven zum Beispiel – zählen die als Einwohner, wenn es um die Bevölkerungszahl geht, also um die Frage, wie viele Vertreter ein Staat ins Repräsentantenhaus schicken darf – oder als Besitz, wenn es um die Besteuerung geht?«

»Sklaven?«, fragt Luise.

»Natürlich, Sklaven. Washington hatte Sklaven, Jefferson hatte Sklaven. Ob Hamilton welche hatte, darüber wird gestritten.«

»Ich war neulich auf einer Black-Lives-Matter-Demo in Hamburg.«

»Ach echt? Das Problem haben wir doch gar nicht, ich meine, wir haben doch gar nicht so viele Schwarze, oder?«, sagt Misslinger und doziert weiter, »aber klar, diese Leute haben Politik nur für Weiße gemacht. Freiheit war ein wichtiges Thema. Aber wenn sie von Freiheit geredet haben, ging es nicht um die Schwarzen, sondern eben um die Zentralregierung und wie viel Macht sie gegenüber den Staaten haben sollte. Das war der eigentliche Streitpunkt damals. Hamilton wollte ein starkes Zentrum, er wollte Ordnung, weil er die Anarchie fürchtete. Jefferson wollte ein schwaches – ihm ging es um Freiheit, weil er die Tyrannei verabscheute.«

Misslinger kennt sich aus und er will, dass seine Tochter merkt, dass er sich auskennt, aber sie fragt: »Kennst Du viele PoCs?« »PoCs?« »People of Color, Papa.« Misslinger schüttelt den Kopf: »Nicht so richtig. Aber, wie gesagt, die spielen bei uns nicht so eine große Rolle, oder?« »Falsch. Du triffst in Deiner komischen Politikerblase keine. Wir haben jetzt zwei in der Klasse. Ich glaube, dir geht es auch immer nur um Deine Leute.«

Sie folgen der Centre Street und nehmen die Park Row am City Hall Park vorbei. Misslinger beobachtet, wie seine Tochter einfach so durch die prächtigen Straßen geht, die ihm bei seinem ersten Besuch den Atem verschlagen hatten. Die in der Luft hängenden Ampeln, der warme Rauch, der aus den Schächten der Untergrundbahn aufsteigt, die tausend Spiegel der Hochhaustürme, die sandsteinernen Kassetten der alten Bürogebäude – das nimmt Luise alles mit großer Selbstverständlichkeit hin.

Arta Demirovic:
»Wie spät ist es bei Ihnen?«

Bruno Bolognese:
»11:00 Uhr. New York. 6 Stunden :)«

Arta Demirovic:
»Ja. Hier ist Nachmittag. Ich liege im Bett und langweile mich. Und Sie?«

Bruno Bolognese:
»Ich auch.«

Arta Demirovic:
»Gucken Sie sich nicht die Stadt an?«

Bruno Bolognese:
»Ich bin im Hotel und muss arbeiten.«

Arta Demirovic:
»Sie Armer! Soll ich Sie ablenken oder in Ruhe lassen?«

Bruno Bolognese:
»Wie würden Sie mich denn ablenken?«

Arta Demirovic:
»Signor Bolognese!«

Bruno Bolognese:
»Das war nur eine Frage. Sie haben mit dem Bett angefangen.«

Arta Demirovic:
»Ah ja, stimmt.«

Sie biegen in den Broadway ein, aber Misslinger guckt gar nicht hoch.

Luise bleibt stehen. Vor ihr ist ein beschrifteter schwarzer

Granitstreifen in den Bürgersteig eingelassen. »Was ist eine Ticker Tape Parade?«, fragt sie und zeigt auf den Boden. Misslinger sagt: »Hier beginnt der Canyon of Heroes, die großen Siegesparaden finden hier statt, kennst Du nicht die Bilder? Die ganze Straße voll von weißen Papierbändern und Schnipseln, wie lauter Spinnweben und Schnee. Stell dir mal vor, wir hätten in Berlin eine Allee der Helden ...« »Bloß nicht«, sagt Luise. »Ja, siehst Du ... Du sagst: ›Bloß nicht.‹ Haben wir nicht auch mal Grund zu feiern?« »Wer ist wir?«, fragt Luise. »Na ... wir Deutschen«, sagt Misslinger.

Arta Demirovic:
»Sie kümmern sich gar nicht um mich.«

Bruno Bolognese:
»Doch, ich bin ganz bei Ihnen. Was machen Sie denn jetzt im Bett?«

Arta Demirovic:
»Wärmer.«

Bruno Bolognese:
»Wie, wärmer?«

Arta Demirovic:
»Haben Sie nie Topfschlagen gespielt?«

Das Büro ruft an. Misslingers Sekretärin fragt, wie es ihm gehe. Sie hoffe, sagt sie, er habe eine schöne Zeit. Sie klingt dabei ein wenig ratlos, findet Misslinger. Sie hat nicht verstanden, warum er als Generalsekretär so kurz vor dem Parteitag auf Reisen geht. Seinem besonderen Kalkül konnte sie nicht folgen: kurz verschwinden, innehalten, dann auftauchen und mit doppelter Wucht zuschlagen. Er hatte auch keine Lust, es ihr zu erklären. Wenn er erst einmal Vorsitzender ist, wird er sich ohnehin eine neue Sekretärin suchen. Er will dann Mitarbeiter um sich haben, die seinen Aufstieg nicht miterlebt haben. Was er für die geschätzte Kollegin tun könne, fragt Misslinger und erfährt von ein paar Interviews, die noch zu führen sind, von ein paar Geschichten aus der Parteizentrale und von Gerüchten über Walters Gesundheitszustand. Misslinger läuft beim Reden schneller, er wechselt das Gerät von links nach rechts und hat den freien Arm in der Luft. Luise gibt sich Mühe, nicht zurückzubleiben.

Als Misslinger auflegt, sagt Luise: »Das ist typisch. Wenn irgendjemand anruft, gehst Du sofort ran, ganz egal, und dann geht das stundenlang. Ah, Sie wollen mit mir über den Sinn des Lebens reden? Kein Ding. Zwei, drei Stunden? Gerne, kein Problem. Aber wenn ich Dich mal in Berlin anrufe: Sorry, Luise, bin im Einstein.«

»Erstens ist das Unsinn, Luise, und zweitens rufst Du mich nie an.«

Bruno Bolognese:
»Was haben Sie denn an?«

Arta Demirovic:
»Nein, mein kleiner Bruno, so einfach geht das nicht. Sagen Sie schön: Bitte!«

Bruno Bolognese:
»Bitte!«

Sie sind jetzt seit einer knappen Stunde unterwegs. Misslinger blickt über das wogende Meer der Köpfe hinweg, Tausende, Zehntausende, Hunderttausende, Millionen, er ist ein bisschen irritiert von all diesen Menschen, die ihn nicht kennen und die sich um ihn gar nicht kümmern. Walter schreibt ihm. »Kommen Sie gut voran? Wir alle rechnen mit Ihnen, Misslinger. Ich rechne mit Ihnen.«

Arta Demirovic:
»Ich habe eine Jeans an und einen Wollpullover und dicke Socken, es ist nämlich kalt hier.«

Misslinger versucht, mit der rechten Hand gleichzeitig das Telefon zu halten und Nachrichten zu schreiben, weil Luise sich in seinen linken Arm eingehängt hat.

Bruno Bolognese:
»Oh, das tut mir sehr leid.«

Arta Demirovic:
»Dass es kalt ist oder dass ich keine schwarze Spitzenwäsche trage, von der ich Bilder mache, die ich Ihnen schicke, damit Sie es in Ihrem Bett ein bisschen wärmer haben?«

Eine schwarze Cadillac-Escalade-Limousine zieht an ihnen vorüber. Luise bleibt mit einem Ruck stehen, dreht sich demonstrativ nach dem großen Auto um und zieht eine verächtliche Grimasse. Misslinger fragt erschrocken: »Was ist denn?« »Diese Riesendinger verpesten nur die Luft. Wer braucht so etwas? Warum werden die nicht verboten?« Misslinger lässt sein Netz-Gespräch liegen und fragt: »Bist Du jetzt radikale

Klimaschützerin?« »Ist dir das Klima egal, Papa? Außerdem ist Klimaschutz nicht radikal, sondern realistisch.« »Oha, Du hast gut aufgepasst. Aber Deine grünen Freunde, denen Du da nach dem Mund redest, wollen den einfachsten Weg gehen und alles verbieten. Erst kommen sie mit ihrem Umverteilungssozialismus und jetzt sollen alle Lebensentwürfe, die nicht in den linken Gutmenschenkram passen, mit der Verbotskeule eingebremst werden. Na, danke! Außerdem ist ein Diesel-SUV, der nur wenige Kilometer genutzt wird, ja wohl umweltfreundlicher als ein Kleinwagen, der jeden Tag bewegt wird.« Misslinger hört sich selber beim Reden zu und findet sein Argument eigentlich zu flach. Aber er ist streitbarer Laune, und wenn Luise redet wie der politische Gegner, wird sie auch so bekämpft. Aber sie antwortet: »Du meinst, Pistolen sind ungefährlich, solange man nicht damit schießt?« Vielleicht wird meine Tochter eine Linke, denkt Misslinger, es wäre schade um sie. Aber er ist dennoch guter Dinge. Weil er stolz ist, dass sie in der Lage ist, ihm in gleicher Münze zurückzuzahlen. Und weil sie ihm ideologisch noch nicht so richtig gefestigt zu sein scheint. Gegen den Flug nach New York hatte sie ja auch nichts einzuwenden. Er sieht also noch Hoffnung für Luise.

Es zieht sie die Wall Street hinunter bis zum Fluss, wo sich der Himmel öffnet. Vor ihnen liegt der East River, rechts und links an der South Street die Piers, hier gehen die Fähren zum Strand von Rockaway, zu den eintönigen Ziegelblöcken von Bay Ridge im Süden und nach Norden in die Bronx. Der FDR Drive trennt die Stadt vom Fluss, und Misslinger fragt sich, wie es sein kann, dass Hafenstädte dem Wasser den Rücken kehren.

Er ist erstaunt, dass die Gegend sich immer noch nicht von dem großen Sturm erholt hat, der vor ein paar Jahren alles verwüstet hat. Pier 17 ist eine riesige Baustelle. Er denkt, eine Stadt wie New York müsste sich doch schneller erholen. Aber vielleicht, denkt er, hat die Stadt ihre Heilungskräfte verloren, überstrapaziert, eingebüßt, ist unheilbar geworden. Misslinger nimmt seine Tochter bei der Hand und sie lässt ihn gewähren. Er versucht ihr zu beschreiben, wie es hier früher aussah.

Er sagt, er sei schon hier gewesen, als es den alten Fischmarkt an der Fulton Street noch gab. Die große Halle, die Lieferwagen, die Gabelstapler und Handkarren, die fluchenden, lachenden, schweigsamen Männer, die nie zur Ruhe kommende Bewegung zwischen der Markthalle und dem Schatten der Autobahnbrücke, unter der sich die immer neu ankommenden Kisten meterhoch stapelten. Es war die lärmende Arbeit, die ihn anzog. Der Anblick der Männer, die mit ihren Stauerhaken über der Schulter rauchend auf den Kisten voller Fisch und Muscheln und Hummern saßen, die hohen Stiefel in kleinen Rinnsalen von blutigem Eiswasser.

Er erzählt, dass dieser Markt wie ein riesiger Mund war, der den Bauch der großen Stadt mit ungeheuren Mengen an Fisch und Meerestieren gefüttert hat, und dass es solche Märke früher in allen Städten gab – ob sie mal von den Hallen in Paris gehört habe –, dass sie aber alle im Lauf der Zeit an den Stadtrand gedrängt worden seien, und was für einen Verlust die Städte damit erlitten hätten. Aber worauf es ihm dabei ankommt, merkt er, das kann er gar nicht in Worte fassen: Die Arbeit ist verschwunden. Plötzlich hasst er den Fortschritt für das, was er mit den Städten macht und mit den Menschen.

Luise hat ihm zugehört und ruft plötzlich »19!« Sie hat versucht, die Stockwerke der rostroten Ziegeltürme auf der anderen Seite des FDR Drives zu zählen. Weil die Autobahnbrücke ihr im Weg ist, kann sie nur eine Schätzung abgeben. »Public Housing«, sagt Misslinger, »billige Wohnungen, damit auch Leute mit wenig Geld in der Stadt wohnen können.« Er greift wieder nach ihrer Hand, die sie längst losgemacht hat. »Verstehst Du, was ich eben versucht habe, zu erklären? Das Neue ist immer auf den Trümmern des Alten gebaut, manchmal buchstäblich aus den Trümmern des Alten. Der Fortschritt lebt von Erschütterungen, weißt Du.«

»Ist das bei Beziehungen auch so?«, fragt Luise und sieht ihren Vater an. Er zögert. »Ach, egal«, ruft sie, »das ist eben der Circle of Life«, und dann singt sie plötzlich ganz laut, mit einer Stimme, deren Schönheit Misslinger überrascht:

It's the circle of life
And it moves us all
Through despair and hope
Through faith and love
'Til we find our place
On the path unwinding
In the circle
The circle of life.

Dazu macht sie dramatische Gesten und ein großartiges Gesicht, und sie intoniert ungeheuerlich und tanzt dabei mit ausgebreiteten Armen, weil sie 16 Jahre alt ist und auf einer Kaimauer am Ufer des East River steht und links die Brooklyn-Bridge liegt und hinter ihr die Hochhäuser der Wall Street stehen, und weil ihr Werden und Vergehen wie ein Spiel vorkommen.

Misslinger würde gerne mitsingen, aber er kennt den Text nicht, und er würde gerne mittanzen, aber er traut sich nicht. Ausgerechnet er, Franz Xaver Misslinger, der die Säle immer begeistert hat, der dafür gelobt wurde, dass er mit heiterem Schritt auf die Bühne kommt, beinahe tänzelnd, sagen die Leute. Er hat nämlich lange über den perfekten Auftritt nachgedacht und das geübt. Manche seiner Kollegen stolpern so von der Seite heran, andere tasten sich zögernd bis zum Publikum vor, manche stürmen nach vorne, einige marschieren – bei Misslinger ist es, als würden seine Füße den Boden kaum berühren. Er winkelt die Ellenbogen ein ganz bisschen an und wirft die Zehenspitzen nach vorne, aber nicht wie ein Showmaster im Fernsehen es tun würde, das wäre unpassend, bei Misslinger ist es einfach so, als würde er schweben. Aber jetzt traut er sich nicht, weil die Fröhlichkeit seiner Tochter ihn unsicher macht, die nichts anderes sein will als reine Fröhlichkeit.

Sie sind jetzt schon eine Weile unterwegs, und er schlägt Luise vor, ins Café Paris zu gehen, gleich gegenüber von den Piers. Aber sie will lieber zurück nach SoHo, sie hat sich erkundigt, Kenmare Ecke Elizabeth Street soll es ein Café geben, das sich lohnt.

»Ich hab Dir doch gesagt, dass ich hier arbeiten muss«, sagt Misslinger auf dem Weg. Luise antwortet nicht. »Ich will eine Rede schreiben, für den Parteitag im November.« Luise reagiert nicht. »Willst Du wissen, wovon sie handeln soll?« »Erzähl«, sagt Luise. »Von der Freiheit«, sagt Misslinger. »Wie?«, sagt Luise, »Freiheit so ganz allgemein?« »Ja«, sagt Misslinger. »Finde ich gut«, sagt Luise. Das lief besser, als Misslinger erwartet hatte, darum sagt er erst mal nichts mehr.

Sie nehmen ein Taxi in die Kenmare Street und setzen sich im milden Herbstlicht auf die gelben Stühle vor dem Butcher's Daughter.

»Hier ist alles auf Pflanzenbasis«, sagt Luise und telefoniert dann. Misslinger weiß nicht genau, mit wem sie redet. Einer Freundin wahrscheinlich. Sie redet viel und schnell, und sie hat dabei eine ganz andere Stimme und einen ganz anderen Tonfall und benutzt Worte der Anerkennung oder Ablehnung, die er gar nicht kennt, deren Sinn sich ihm aber aus dem Zusammenhang erschließt. Misslinger stellt fest, dass seine Tochter normalerweise vermutlich ein ganz anderer Mensch ist. Normalerweise bedeutet, immer wenn sie nicht mit ihm zusammen ist. Er kennt seine Tochter gar nicht und kann sie nur erahnen.

Am Nebentisch sitzen zwei Frauen. Die eine ist blond, elegant und kühl, die andere hat langes, leicht gewelltes, kastanienbraunes Haar, sie trägt ein schmales, mit einem farbigen Muster verziertes Lederband um den Hals. Die Frauen bemerken ihn nicht.

Er überlegt, woran das liegen könnte. Vielleicht an Luise, denkt er. Als sie klein war, hatte er registriert, dass er sich ganz unbesorgt Frauen angucken konnte, weil sie sich von einem Mann mit Kind nie belästigt fühlten. Er war darum immer gerne mit Luise ins Café gegangen. Plötzlich wird Misslinger klar, dass sie jetzt so alt war, dass man sie mit flüchtigem Blick sogar für seine Freundin halten könnte.
Er schaut weiter hinüber.

Das Lederband kommt ihm wie ein Versprechen vor. Luise sagt: »Kannst Du da mal bitte nicht so rüberstarren, das ist voll peinlich!« »Rüberstarren, spinnst Du?«, sagt Misslinger.

Er guckt auf sein Telefon.

> Arta Demirovic:
> »Finden Sie mich jetzt ganz unmöglich?«

> Bruno Bolognese:
> »Überhaupt nicht. Ich würde mir von Ihnen gerne noch ein besseres Bild machen.«

Selma will wissen, ob sich Vater und Tochter gut verstehen.

> Franz Xaver Misslinger:
> »Alles klar, Luise beschwert sich, dass ich Studentinnen hinterherstarre.«

> Arta Demirovic:
> »Sie meinen so ein Bild?«

Und schickt dazu im Anhang ein Bild von sich selber, im Bett, die Decke bis knapp über die Brust gezogen, deren Wölbung sich deutlich unter dem dünnen Stoff abzeichnet.

Selma schreibt, dass dann ja alles beim Alten sei. Misslinger lächelt.

> Franz Xaver Misslinger:
> »Ja. Sehr gut. So lernen wir uns besser kennen.«

Luise fragt, was er denn habe. Er sagt, es sei alles in Ordnung, er schreibe gerade mit ihrer Mutter.

Selma antwortet: »Wie, ihr lernt euch besser kennen? Indem Du Studentinnen hinterherguckst?«

Misslinger hat die E-Mail-Konten verwechselt. Er erschreckt. An Selma schreibt er: »Nein, ich meine überhaupt, Luise und ich, wir lernen uns hier besser kennen.«
Und an Arta Demirovic: »Ja. So lernen wir uns besser kennen.«

Arta Demirovic:
»Ich frage mich gerade, ob Sie Erfahrung mit Tinder haben?«

Die Kellnerin kommt und fragt, ob sie sich bereits entschieden haben. Sie erklärt, dass die meisten Speisen auf der Karte auf Pflanzenbasis seien. Misslinger sagt, das wisse er bereits und bestellt sich einen Saft aus Mandarinen, Orangen und Karotten. Luise nimmt einen Smoothie aus Banane, Erdnuss- und Mandelbutter, Honig, Mandelmilch und Macawurzeln.

Bruno Bolognese:
»Nein. Ist das gut oder schlecht?«

Arta Demirovic:
»Gut. Es würde nicht zu Ihnen passen.«

Bruno Bolognese:
»Ah, ja?«

Arta Demirovic:
»Es geht sehr schnell um Sex.«

Bruno Bolognese:
»Sie haben recht, das würde nicht zu mir passen.«

Arta Demirovic:
»Aber eine Freundin hat mir davon erzählt.«

Bruno Bolognese:
»Ah, ja? Lassen Sie uns das später fortführen.«

»Vielleicht willst Du mal in New York studieren«, sagt Misslinger zu Luise, und sie antwortet: »New York? Nein, ich glaube nicht. Eher Marburg oder so, und wenn Ausland, dann Shanghai vielleicht.«

Die Frauen am Nebentisch stehen auf, sie beugen sich leicht nach vorne, bevor sie den Stuhl nach hinten wegschieben, sie drehen sich, um zwischen den Tischen herauszukommen, sie strecken ihre Arme aus und biegen den Rücken durch, um ihre Taschen über die Schulter zu legen. Misslinger beobachtet das alles aufmerksam.

Er steckt sein Telefon ein. Ohne die Frauen am Nebentisch hat er gar keine Lust mehr, hier zu sitzen. Solange sie da waren, hatte sein Aufenthalt in diesem Café eine Bedeutung. Jetzt will er weg.

Sie laufen über Bleeker und Hudson bis zum Whitney Museum und nehmen dann die High Line in Richtung Norden. Misslinger erklärt seiner Tochter, wo sie hier sind, Meatpacking District. Sie bleiben am Geländer stehen und blicken hinab. »Von hier oben«, sagt Misslinger, »von diesen Brücken aus, auf denen die Güterzüge in die Schlachthöfe fuhren, konnte man das Vieh sehen, auf beiden Seiten unten in der Straße, dicht an dicht, so weit man hier überhaupt gucken kann, nach Norden und Süden, in allen Farben, Rot, Schwarz, Weiß, gescheckt, Luise, stell Dir das vor.« Und er versucht dabei, es sich selbst vorzustellen, die schreienden Bullen, die frischgeborenen Kälber, die Milchkühe, die Stiere, alle treiben ahnungslos ihrem Schicksal entgegen, ein friedlicher Strom des Todes. Er schließt die Augen, damit das Rauschen des städtischen Verkehrs zum dunklen Grollen der Tiere wird, wie ein entferntes Meer, das in den Backsteinschluchten hallt. Aber er hört nur Autos, Lastwagen und die Menschen unten in der Straße.

»Und jetzt treibt man hier Touristen durch«, sagt Luise, während sie Fotos macht.

Als sie Hunger bekommen, nehmen sie an der 28th Street die Treppe und finden an der Ecke 27th Street und 10th Avenue das Senderos Bifurcados, das ihre Aufmerksamkeit durch ein auf dem Bürgersteig aufgestelltes Schild auf sich zieht: »Garten innen«. Das niedrige zweistöckige Gebäude liegt im Schatten hoher Häuser, so dass nur noch ein dämmeriges Echo der großen Stadt in sein Inneres vordringt.

Als sie den kleinen Raum betreten, blicken sie in einen großen runden Spiegel, der hinter einer langen steinernen Theke an einer braunen Backsteinwand hängt. Der Spiegel ist leicht gewölbt, so dass der Blick zugleich in alle Richtungen gelenkt wird. Misslinger wird ein bisschen schwindelig.

Der Kellner ist ein hochgewachsener Mann, der seiner Arbeit langsam und mit gesenktem Kopf nachgeht. Misslinger bestellt Humita, danach Bacalao. »Das ist Kabeljau, der bei uns Dorsch heißt«, sagt er. Viel Hunger hat Luise nicht, und es fällt ihr nicht leicht, auf der Karte etwas zu finden. Am Ende nimmt sie Penne mit Chorizo.

»Hast Du über Freiheit mal nachgedacht?«, fragt Misslinger. Luise schweigt. »Oha«, sagt sie dann, »POG?« »Nein, im Ernst. Sag mal.« »Freiheit«, sagt Luise, und Misslinger merkt, dass sie jetzt wirklich nachdenkt, »Freiheit bedeutet, tun und lassen zu können, was ich will, und darum gibt es keine Freiheit.«

»Was?«, fragt Misslinger. »Habe ich die Möglichkeit, über mich selbst zu bestimmen?«, sagt Luise: »Jetzt gehe ich zur Schule, und dann? Universität. Beruf. Guck Dir die Leute doch an? Dreh Dich mal um. Sind die frei?«

»Ich glaube schon. Machen sie auf Dich einen unfreien Eindruck? Wenn der Staat sie einerseits schützt und andererseits in Ruhe lässt, können sie frei sein, es liegt dann an ihnen. Der Rest ist Religion.«

»Nein. Jeder dient irgendeinem Zweck, den er sich nicht selbst ausgesucht hat. Auch Du. Die ganze Freiheit besteht höchstens darin, sich auszusuchen, wie man diesem Zweck dient. Aber das finde ich nicht sehr viel.«

Misslinger hält inne. »Ich habe mir meine Arbeit ausgesucht, weil ich dazu beitragen möchte, dass möglichst nichts und niemand über das Leben eines anderen mehr Macht hat als er selbst.« »Ja, klingt erst mal toll«, sagt Luise. »Keiner soll Macht über Dich haben außer Dir selbst. Aber was heißt das dann? Woher weiß ich, dass ich tue, was ich will, und nicht, was ich muss? Da steige ich aus.« Sie kaut eine Weile schweigend auf ihrer Pasta herum. Ein solches Gespräch, denkt Misslinger, hat er mit seinem Vater nie geführt. Der hat immer doziert, nie zugehört. Er möchte wirklich, dass seine Tochter ihn versteht. Und er möchte seine Tochter verstehen. Er denkt, wenn es jetzt gelingt, dass er sie versteht und sie ihn, dann hat das eine Bedeutung, dann wird das eine Wirkung entfalten, dann wird sich etwas ändern, egal was, irgendetwas wird sich ändern.

Er sagt: »Leistung und Wettbewerb sind doch immer noch die Pfeiler unserer freien Gesellschaftsordnung, in der jeder selbst entscheidet, was er für sein persönliches Glück hält.« Und noch während er spricht, hört sich dieser Satz, den er in Reden und Interviews ganz selbstverständlich hundertmal gesagt hat, hier in diesem Restaurant, mit seiner Tochter auf der anderen Seite des Tisches, so sonderbar an, dass es ihm beinahe die Sprache verschlägt.

Er nimmt Luises Hand. Sie entwindet sich ihm und tippt ihm mit den Fingerspitzen auf den Handrücken: »Du verstehst kein Wort von dem, was ich sage, oder? Es ist doch irre. Es wird immer mehr produziert. Immer mehr Waren, immer mehr zu kaufen. Das soll doch eigentlich den Sinn haben, das Leben der Menschen besser zu machen, freier zu machen, oder? Tatsächlich aber arbeiten die Leute immer mehr, unterwerfen sich immer mehr der Arbeit. Sie verlieren Freiheit, um ihre Freiheit zu genießen, das verstehe ich nicht. Es ist doch komisch, dass der Zweck unseres Lebens darin bestehen soll, uns das Leben zu verdienen – anstatt dass das Leben selbst der Zweck ist, oder?«

»Was hat das mit der Produktion zu tun?«, fragt Misslinger.

»Die Waren, das ganze Zeug, das macht die Menschen unfrei. Und außerdem zerstört es die Umwelt, den Planeten, das Klima. Was Du Freiheit nennst, macht uns kaputt.«

»Ich habe offenbar mehr Vertrauen in den Menschen als Du«, sagt Misslinger, »in seine Mündigkeit und seine Bereitschaft, Verantwortung zu übernehmen, seine eigenen Entscheidungen zu treffen.«

Misslinger sieht seine Tochter an. Luise wirkt erschöpft.

Die feinen Schatten unter den grauen Augen, das helle, wellige Haar, Selma, alles Selma. Misslinger fragt sich, was seine Tochter eigentlich von ihm hat. Vielleicht, denkt er, hat sie die Sehnsucht von mir. Vielleicht ist die Sehnsucht in meiner Familie erblich.

»Warum gibt es Ampeln?«, fragt Luise plötzlich, »damit der Mann im SUV nicht einfach die Mutter mit dem Kinderwagen überfährt. Auf der Straße wird Deine Freiheit zur Unterdrückung. Regeln und Gesetze schützen immer die Schwächeren vor den Stärkeren. Darüber haben wir gerade im Religionsunterricht geredet. Es kann doch nicht sein, dass Du Dir darüber noch nie Gedanken gemacht hast.«

»Bullshit!«, ruft Misslinger. »Freiheit kann nie unterdrücken.«

Luise schweigt. »Egal«, sagt sie.

»Nein, nicht egal«, sagt Misslinger. »Immer, wenn einer egal sagt, ist es eben nicht egal. Du hast entweder keine Lust oder keine Argumente mehr.«

Beide schweigen. Am Nachbartisch wurde in der Zwischenzeit das Fleisch auf Holzbrettern serviert und Pinot Noir aus dem Russian River Valley. Misslinger stochert in seinem Kabeljau herum. Seine Gedanken entgleiten ihm. Sie ziehen an ihm vorüber wie Blätter in einem Fluss, die sich drehen und verschwinden. Er predigt hier sein Glaubensbekenntnis, ein anderes als jenes, das er als Kind gelernt hat. Das Gebet einer anderen Religion. Aber wo sind meine Götter jetzt?, fragt er sich.

»Wann fühlst Du Dich denn frei?«, fragt er. »Ich glaube, wenn ich Klavier spiele. Wenn ich ein neues Stück lerne und ich lese die Noten, dann weiß mein Kopf, was meine Finger tun sollen, aber sie wehren sich noch, der eine ist zu langsam, der andere zu schnell, und die Fingersätze stimmen auch nicht, aber wenn ich übe, löst sich das alles, und dann wird alles ganz klar und einleuchtend, und es kann überhaupt nur so gespielt werden, dann fühle ich mich plötzlich frei ...«

»Ja, das verstehe ich«, sagt Misslinger: »Wenn das Publikum klatscht, dann fühle ich mich auch frei.«

»Nein, ich meine ...«, will Luise gerade sagen, als der Kellner kommt und die leeren Teller abräumt. Misslinger wendet sich dem alten Mann zu und sagt: »Eine Sache noch ...« Der Kellner richtet sich auf: »Sie wollen gewiss den Garten sehen.« »Ja, wir haben das Schild gesehen ...« Der Kellner, der scharfe Gesichtszüge hat, graue Augen, einen grauen Bart, betrachtet ihn lächelnd: »Wir haben keinen Garten«, sagt er langsam. »Aber, das Schild, draußen ...?« »Wir haben es nur für Leute wie Sie aufgestellt.« Er wendet sich ab und geht.

Als er am Abend allein in seinem Zimmer ist, beschäftigt er sich mit den Bildern, die Frau Demirovic für ihn gemacht hat. Sie entsprechen in jeder Hinsicht seinen Vorstellungen. Nachts schläft er unruhig, er träumt von Selma, die ihm immer wieder sagt: »Ich bin doch schon da. Ich bin doch schon da. Ich bin doch schon da.«

Am nächsten Morgen ruft er ein Taxi, das sie zur 110th Street bringen soll. Der Fahrer will von der 1st zum Fluss hinunter und den FDR Drive nehmen, aber Misslinger sagt, er soll bei der 23. links fahren und am Park nach Norden abbiegen. Die eintönige Zivilität der Madison Avenue tut ihm gut.

Der Wagen fährt durch dichte Qualmwolken, die aus den Kanälen des Fernwärmenetzes aufsteigen. Ein System von Rohren, Leitungen und Läufen, tief unten miteinander verbunden und verknüpft, ein dichtes Netz aus Druck und Dampf, die ganze Stadt ist eine hämmernde Maschine, denkt Misslinger, nein, sie lebt, diese Leitungen durchwirken die Stadt wie Adern einen bebenden Körper.

»Hast Du die Wut gesehen?«, fragt Luise plötzlich. Misslinger dreht sich zu seiner Tochter. »Wovon sprichst du?«

»Der Mann auf der Straße, auf dem Weg zum Flughafen in Berlin, er war so unfassbar wütend, ich wusste nicht, dass es solche Wut gibt.«

Auf Höhe der 56th Street stockt der Wagen plötzlich in einer Demonstration, eine Gruppe von Frauen, vielleicht fünfzig, sechzig, hat sich vor einem Hochhaus versammelt und blockiert den Eingang. Sie halten Schilder in die Höhe. Misslinger liest immer nur dasselbe Wort: »pussy«. »This puss grabs you!«, »This pussy votes«, »Count your fingers when you grab my pussy!«

»Was ist da los?«, fragt Luise.

»Wahlkampf«, sagt Misslinger, »der Republikaner hat gesagt, man kann alle Frauen bei der »Pussy« greifen.«

»Er hat was?«

»Er hat gesagt, ›grab'em by the pussy‹, und wenn man berühmt ist, kommt man damit durch.«

»Und, stimmt das?«

»Bei uns nicht. Hier – wer weiß. Nicht jeder, würde ich sagen, er vielleicht schon.«

»Wird er Präsident?«

Während Misslinger noch über seine Antwort nachdenkt, sagt Luise: »Ich habe im Netz ein Video von dem Typen gesehen, er trägt einen gelben Anzug, redet von Chicken Wings, und um ihn herum hüpfen lauter Typen, die Eierschalenkostüme tragen und wie riesige Küken aussehen.«

Warum nicht, denkt Misslinger. Die Leute wählen, wen sie wollen. Der Markt für Wählerstimmen ist ein Markt wie jeder andere. Wer die Leute von seinem Angebot überzeugt, gewinnt. Und wenn sich die Leute für Schrott entscheiden – es ist ihre Wahl.

»Nein, er wird nicht Präsident«, sagt Misslinger, während er sieht, wie draußen die Häuser erst höher und immer höher werden und dann plötzlich wieder niedriger. Die Stadt täuscht einen immer wieder über ihre eigene Größe. Sie schweigen eine Weile. Der Wagen überquert die 110th Street und Misslinger gibt ein Zeichen, noch weiter nach Norden zu fahren. Draußen häufen sich jetzt die Leihhäuser und Donut-Läden, niedrige, zweistöckige Häuser, Buden beinahe, säumen die Straßen, überall Hotdog-Stände, Wäschereien und spanische Zahnärzte.

»Weißt Du was, Misslinger, ich glaube, Du lügst«, sagt Luise, ja, jetzt sagt sie wirklich »Misslinger« zu ihrem Vater, »ich habe keine Ahnung von diesem Typen. Du willst zwar nicht, dass er Präsident wird, aber Du glaubst es. Wir haben in der Schule darüber geredet. Der Typ ist so irre, Du willst einfach nicht, dass so einer Chef von Amerika wird, vom Westen, keine Ahnung, von allem, was Dir wichtig ist. Aber er wird es – weil alles, was Dir wichtig ist, ist im Arsch.«

Misslinger sagt nichts und guckt aus dem Fenster.

Luise fasst ihren Vater beim Arm, so dass er sich ihr zuwenden muss. Er sieht seiner Tochter ins Gesicht, sie ist ganz blass vor Aufregung und sieht ihn mit aufgerissenen Augen an, und er ist erschrocken, wie schön er sie findet: »Weißt Du noch, der tote Junge am Strand, der Flüchtling«, sagt Luise atemlos, »wann war das, vor einem Jahr, erinnerst Du Dich?«

»Der Junge am Strand, natürlich erinnere ich mich«, sagt Misslinger.

»Wenn Du über Freiheit reden willst, dann rede doch über die Freiheit von diesem Jungen«, ruft Luise so laut, dass Misslinger im Rückspiegel einen neugierigen Blick des Taxifahrers auffängt. »Wenn einer frei sein soll, dann darf doch nicht der Zufall darüber bestimmen, ob er sein Leben in Armut oder Reichtum führen kann – oder ob er im Mittelmeer ertrinken muss. Sonst ist das alles Lotto, Geburtslotto.«

»Schon mal an Nordkorea gedacht?«, sagt Misslinger und bereut es sofort. Geh doch nach drüben, hätte ich auch sagen können, denkt er, und nennt sich selber einen Idioten, weil er redet wie ein alter Mann. Aber Luise lässt seinen Satz einfach in ein Loch aus Schweigen fallen. Dann sagt sie zu ihrem Vater: »Dir sind doch die Menschen vollkommen egal.«

Misslinger blickt wieder aus dem Fenster auf die Stadt, die ihn plötzlich gar nichts mehr angeht. Man weiß nie, wann man etwas zum letzten Mal macht, denkt er. Wann habe ich meiner Tochter zum letzten Mal vorgelesen? Und habe ich schon das letzte Mal mit meiner Frau geschlafen? Wenn er sich jetzt mit dem Hintern von Frau Demirovic beschäftigen könnte, müsste er sich nicht das kindische Gerede seiner Tochter anhören. Misslinger denkt an die Bilder und findet, die Brüste von Frau Demirovic können nicht mit ihrem Hintern mithalten.

Kapitel 10

Als Selma ins Kaminzimmer kam, saß Misslinger weit zurückgelehnt im alten Behandlungsstuhl seines Vaters, den er sich als Lesesessel neben das Fenster zum Hof gestellt hatte, und studierte die *Frankfurter Allgemeine Zeitung*. Es war ein alter weißer Stuhl aus Chrom und Kunstleder, den man mit ein paar Knöpfen in jede erdenkliche Position bringen konnte. »Zio cane!«, rief Misslinger, als er Selma sah, und schlug auf die Zeitung: »Putega bin i dorcazzt!«

Selma wusste: Flüche im Dialekt der Großmutter waren ein Zeichen für den besonderen Ernst der Lage. »Hör dir das an«, rief er und las laut vor: »›George W. Bush hat Freiheit, Demokratie, Wohlstand mit null multipliziert, er hat, mit erborgten Idealen die Ideale deklassiert.‹ Weißt Du, wer das schreibt? Das ist nicht von Rosa Wagenknecht oder von Sarah Luxemburg – das ist Frank Schirrmacher, Herausgeber der altehrwürdigen *FAZ*. Scheiße! He went soft!« Die Zeitung flog in hohem Bogen in Richtung Kamin, entfaltete sich und segelte in großen, raschelnden Schatten zu Boden. Selma bückte sich, ordnete die Blätter, suchte den Artikel, der ihren Mann so wütend gemacht hatte, und überflog ihn. Misslinger drückte ein paar Knöpfe und sein Stuhl richtete sich auf. »So eine Pussy!«, er stützte die Arme auf die Knie und beobachtete seine Frau beim Lesen.

»Hier wird aber auch das *Wall Street Journal* zitiert«, sagte sie nach einer Weile: ›Es gab noch niemals eine vergleichbare Kernschmelze präsidentieller Führung. Es ist ein schrecklicher, gefährlicher Verlust, denn die ganze Welt sieht zu.‹ Glaubst Du, die drehen alle plötzlich auf links – oder war Bush vielleicht einfach ein sagenhaft schlechter Präsident?« »Ja, kann sein, und nun? Nächsten Monat ist Wahl, dann kommt ein anderer. Der Präsident ist weg, es lebe der Präsident. Das System funktioniert, es reguliert sich selbst. So what? Solche Artikel legen die Axt an das Fundament, auf dem wir stehen.«

»Ich bin nur eine einfache Kauffrau und mache in Hülsenfrüchten«, sagte Selma, »aber ich glaube, solche Artikel sind das Fundament, auf dem wir stehen!« Sie blieb mit der Zeitung in der Hand stehen und sah ihren Mann an. Misslinger sagte nichts. Er saß einfach regungslos da und sah auf seine in der Luft hängenden Füße. Er überlegte, ob er den Stuhl extra so hochgestellt hatte, damit er sich darauf wie ein Kind fühlen konnte. Er hob den Kopf und blickte nach draußen in das schon weichere Herbstlicht. Die Dankbarkeit der Besiegten ist aufgebraucht, dachte er, diese kleinen Geister, und der Glaube fehlt ihnen auch.

Sein Glaube aber sollte unerschütterlich bleiben, das nahm er sich vor. Meine Mutter hat auf den Stufen des Kapitols geweint, dachte er, während er mit den Augen einem Sonnenstrahl folgte, der von oben durch das Fenster fiel wie auf einem Verkündigungsbild. Er sah die Staubkörnchen darin tanzen. Er hatte sie sonst nie weinen sehen, aber als er mit ihr in Washington war, hat sie auf den Stufen des Kapitols vor lauter Rührung geweint. »Weißt Du, dass meine Mutter als junge Frau in Ostberlin 18 Monate in Untersuchungshaft gesessen hat?«, sagt er plötzlich. »Weil ihr Versuch des ›ungesetzlichen Grenzübertritts‹ gescheitert war. Ja! Die ungarischen Bauern, die sie am Neusiedlersee nach dem Weg gefragt hatte und die so freundlich taten, die waren gar nicht so freundlich, wie sie gedacht hatte.« »Ja, Misslinger, ich weiß. Hast Du mir ungefähr hundertmal erzählt. Aber Bush war trotzdem eine Präsidentenkatastrophe.«

Er ließ sich vom Stuhl gleiten, nahm Selma den Zeitungsartikel aus der Hand, der ihm diesen Samstagmorgen verdüstert hatte, und las laut vor: »Die westlichen Gesellschaften haben mit allem gerechnet, aber nicht mit diesem Angriff aus dem Inneren. Er ist geradezu unglaublich umfassend, beginnend mit den rhetorischen Vorbereitungen zum Krieg gegen den Irak, über die Klimapolitik, den Angriff auf die Verfassung, die alle geistigen und wissenschaftlichen Bereiche erfassenden Überwachungssysteme bis zur Implosion des Finanzsystems.«

»Ja, was sagst Du denn dazu?«, fragte Selma.

»Was ich dazu sage? Der Irak war immer ein Shithole, ob mit oder ohne Saddam. Für das Klima werden Wissenschaft und Technik eine Lösung finden. Die Überwachung ist ein Thema für die Intellektuellen, dafür interessiert sich kein normaler Mensch – und das Finanzsystem ...«, Misslinger schwieg, »... das Finanzsystem wird sich selber regulieren.«

»Wenn man Dich so reden hört, fragt man sich, wozu es überhaupt Politiker braucht ...«, sagte Selma und ging aus dem Zimmer. »Ja, ganz richtig«, rief er ihr hinterher, »mein Tun hat den Sinn, zu verhindern, dass zu viel getan wird!« Das gefiel ihm. Und weil sie nicht antwortete, rief er noch hinterher: »Es ist immer besser, nichts zu tun als das Falsche!«

Er zerknüllte die Zeitungsseite so lange, bis sie zu einer kleinen kompakten Kugel geworden war, die er mit viel

Schwung in Richtung Kamin warf. Die Zeitungskugel prallte am steinernen Sims ab und sprang zurück, Misslinger machte einen übertrieben großen Satz nach vorne, holte mit dem rechten Fuß aus und gab der kleinen Kugel einen Tritt, so dass sie endgültig im Kamin verschwand, in dem um diese Tageszeit noch kein Feuer brannte. Selma kam zurück, mit Luise an der Hand.

»Ah, Selma und Luise«, sagte Misslinger und betrachtete seine Tochter, die ihm für eine Achtjährige beinahe ein bisschen zu groß vorkam. »Weißt Du eigentlich, dass es einen Film gibt, der so heißt?« »Ja«, rief Luise, »und ich will auch mit Mama im Auto durch die Luft fliegen.« Selma verzog ein bisschen das Gesicht, als sollte er lieber nicht wissen, was sie mit ihrer Tochter im Stillen besprach. »Pass auf, kleines Mädchen«, sagte Misslinger, während er sich setzte und Luise auf seinen Schoß hob: »Das ist eine tolle Idee. Aber ihr guckt vorher, ob das Auto auch Flügel hat, ja?« Manchmal sah er in ihrem Gesicht die Gesichter der Kinder, die Selma und er nicht mehr bekommen würden.

Sie bereiteten sich darauf vor, das Haus zu verlassen und zu einem »Landmarkt« zu fahren, das war Selmas Idee. Sie fragte ihn, als er sich im Windfang den Mantel anzog, ob er ihr Gartenbuch gesehen habe. »Es hat einen grünen Einband, mit Zeichnungen vorne drauf. Ich brauche es wegen der Zwiebeln.« Misslinger hob ratlos die Arme. Im Auto stritten sie darüber, ob sie über Tarup und Munkbrarup oder über Weseby und Husby fahren sollten. Misslinger saß am Steuer, also entschied er. Es war zwar Selmas Auto, und eigentlich hatte sie fahren wollen, als sie aber ihr Gartenbuch nicht fand, hatte sie Misslinger den Schlüssel gegeben und gesagt, sie müsse unterwegs im Netz nach den richtigen Zwiebeln suchen.

Als sie in Unewatt ankamen, hatte Selma sich in ihrer ordentlichen, für Misslinger aber dennoch nicht zu entziffernden Schrift einen kleinen Zettel voller Notizen gemacht.

Nach endlosen Reihen von Körben, Honig und Filzpantoffeln fanden sie endlich den Stand mit den Blumenzwiebeln. In hohen Stapeln von hölzernen Kisten lagen dort mehr Sorten Allium, Krokusse, Hyazinthen, Narzissen und Tulpen als Misslinger sich hatte vorstellen können.

Selma griff ohne zu zögern in eine der Kisten, nahm eine handtellergroße, unförmige Knolle und gab sie Luise: »Schau, das ist eine schlafende Blume. Sogar eine Dichter-Narzisse. Nächstes Wochenende legen wir sie in den Garten ins Bett – und im kommenden Frühjahr wacht sie auf und blüht. Und wenn Du ganz nah an sie herangehst mit dem Ohr, dann erzählt sie Dir vielleicht eine Geschichte.«

Misslinger stand einen Schritt entfernt und beobachtete seine Frau und seine Tochter. Er fand, dass Luise mit ihren acht Jahren für solche Sachen eigentlich zu alt sei. Aber was wusste er? Er hatte wenig Übung mit Ausflügen zu dritt, es kam ihm vor, als begleitete er die beiden nur. Selma packte immer mehr Zwiebeln in braune Papiertüten, Narzissen, die »Jet Fire« und »Peeping Tom« hießen und Tulpen, die sie liebevoll »Miranda« und »Clara Butt« nannte, als seien es alte Bekannte. Dann fragte sie den Verkäufer noch mit großer Selbstverständlichkeit, ob er den Frühlingsstern Ipheion habe.

Es dämmerte schon, als sie, den Kofferraum voller Säcke, zurück nach Freienwill fuhren. Selma saß am Steuer und sagte ein Gedicht auf, das sie von früher kannte: *Ich bin der König Liebel und wohn im Schlosse Zwiebel / Meine Frau ist das Feinsliebchen / Meine Kinder heißen Kraut und Rübchen.* Da klingelte das Telefon, Misslinger sah Walters Namen und gab ihr mit der Hand ein Zeichen, zu schweigen. Sie deklamierte aber weiter *Ein Zinnsoldat bewacht das Schloss. / Ich hab ein schönes weißes Ross.* Misslinger hielt ihr das immer noch klingelnde Telefon hin, damit sie sehen könne, wie wichtig es sei. Sie aber sprach noch lauter als zuvor weiter: *Im Turm wohnt der Zaubrer Mogel / Der zaubert einen schwarzen Vogel.* Er nahm das Gespräch an, hörte zu und sagte endlich: »Ja, verstanden«, dann legte er auf.

Selma blickte schweigend auf die Straße. Sie fuhren durch leuchtende Felder, die einen sonderbaren Kontrast zu den schon herbstmüden Alleebäumen bildeten. Sie sagte: »Schau, Luise, wie hier Erbsen und Lupinen wachsen, das ist die Herbstsaat.« »Ich muss nach Berlin«, sagte Misslinger schließlich. »Ja, natürlich«, antwortete Selma.

»Die Finanzkrise ...«, sagte Misslinger. »Ich denke, der Markt reguliert sich selbst?« »Das würde er, wenn man ihn ließe. Aber man lässt ihn nicht. Also muss ich nach Berlin. Aber erst morgen Abend. Montag früh ist Konferenz im Kanzleramt.«

Das hatte er extra noch hinzugefügt, um ihr Eindruck zu machen. Und tatsächlich fragte sie nach: »Im Kanzleramt?«, schwieg dann aber wieder. Nach einer Weile fragte sie ihn: »Weißt Du, was der Tulpencrash ist, Misslinger?«

»Nein.« Das war gelogen, aber er wollte ihr den Gefallen tun, besser Bescheid zu wissen als er.

»Das war irgendwann im siebzehnten Jahrhundert in Holland, da haben die Kaufleute angefangen, mit Tulpenzwiebeln zu spekulieren. Und am Ende kostete eine Zwiebel so viel wie ein schönes Haus in Amsterdam an der Gracht.«

»Woher weißt Du das?«

»Wenn man Saatguthändlerin ist, weiß man so etwas. Pass auf, wie es weitergeht: Am Ende brach alles zusammen, Spekulationsblase. Wie jetzt gerade der amerikanische Immobilienmarkt. Und wie heute stand damals so viel Geld auf dem Spiel, dass es bedrohlich wurde. Also musste die Regierung Rettungsschirme für Zwiebelspekulanten aufspannen.«

»Ja, das wollen die jetzt auch machen – Banken retten mit Steuergeld. Verstaatlichung. Purer Sozialismus, aber diesmal für die Reichen. Irre! Das ist systemfremd!«

»Na gut, aber damals wäre beinahe ganz Holland pleitegegangen.«

Auf der rechten Seite konnte Misslinger schon den Sendeturm von Freienwill sehen, der aussah, als hätte man auf eine lange Nadel aus Stahlbeton eine riesige Garnspule gespießt. Misslinger war froh, dass in dieser Gegend keine Windkraftanlagen den Horizont verschandelten. Der Turm war ungefähr so alt wie Misslinger selbst, und als Kind hatte er sich manchmal vorgestellt, den Sperrzaun zu überwinden und bis zur Antennenplattform hinaufzuklettern, die vielleicht auch ein bisschen wie ein Raumschiff aussah, und von dort in die Weite zu sehen. Er wollte raus aus dem Auto und bereute es, dass er Selma hatte fahren lassen. Jetzt konnte er nur warten, bis sie zu Hause waren.

»Weißt Du, wie man das Problem am Ende gelöst hat?«, fragte sie.

»Nein.«

»Man hat die Zeit zurückgedreht bis zu dem Punkt, wo alle durchgedreht sind, und ab da hat man einen anderen Weg eingeschlagen.«

»Ich verstehe nicht.«

»Man hat rückwirkend alle Verträge ab einem bestimmten Zeitpunkt annulliert. Niemand schuldete niemandem etwas, niemand gewann etwas.«

»Glückliches Holland«, sagte Misslinger, »das geht heute nicht.« »Misslinger, ich bin auch Händlerin, aber ich kann immer nur so viel verkaufen, wie man säen und ernten kann«, sagte Selma, fuhr den Wagen auf den Hof und parkte ihn im letzten Licht der untergehenden Sonne unter der großen Linde.

Am Sonntagnachmittag nahm Misslinger um viertel nach fünf den Zug von Flensburg über Hamburg nach Berlin, die Fahrt dauerte etwa vier Stunden. Als der Zug sich gerade dem Nord-Ostsee-Kanal näherte, bekam Misslinger eine Nachricht von Selma. Es war nur ein Satz: »Du hast Deine Ideale verraten.« Misslinger sah aus dem Fenster auf den Kanal hinab, weiter hinten beluden insektenartige Kräne im Schatten hoher Getreidesilos schon tief im Wasser liegende Lastkähne. Misslinger überlegte, wovon Selma sprach, bis ihm einfiel, dass sie nicht seine Ideale meinte, sondern sich selbst.

Nach dem Zugwechsel in Hamburg hörte er in den Nachrichten von einer Pressekonferenz, die in Berlin am Nachmittag stattgefunden hatte. Ein Zitat blieb ihm im Gedächtnis: »Wir sagen den Sparerinnen und Sparern, dass ihre Einlagen sicher sind, auch dafür steht die Bundesregierung ein.« Bis zu diesem Augenblick wusste Misslinger gar nicht, dass die Einlagen in Gefahr sein könnten. Jetzt war er tatsächlich ein bisschen beunruhigt. Er las im Netz auf amerikanischen Seiten noch einmal ein paar Schilderungen der Ereignisse, die sich seit dem 15. September abgespielt hatten, als die amerikanische Investmentbank Lehman Brothers bankrottgegangen war. Die Trümmer dieses Zusammenbruchs hatten den Zusammenhang der internationalen Finanzwelt durchschlagen und feine Risse in alle Richtungen gesendet, die innerhalb von Tagen und Wochen zu großen Brüchen führten und nun drohten, das ganze Weltwirtschaftssystem in Scherben gehen zu lassen.

Ein Artikel beschrieb, wie der Zentralbankchef und der Finanzminister den Kongress in Washington besuchten und wie bei den Abgeordneten plötzlich die Ahnung durchsickerte, es könnte sich vielleicht nur noch um Tage handeln, und die Welt, wie sie sie kannten, würde enden. Über die Sprecherin des Repräsentantenhauses stand da, sie habe ausgesehen wie ein »Reh im Scheinwerferlicht«.

Misslinger hatte diese Formulierung noch nie gelesen, und sie gefiel ihm. Er blickte aus dem Fenster, der Zug war gerade irgendwo zwischen Ludwigslust und Wittenberge, die mecklenburgische Landschaft war trostlos und weit, es fehlte ihr die sanfte Lieblichkeit, die Misslingers Heimat auszeichnete, Regentropfen liefen quer über die kühle Fensterscheibe. »A deer in the headlights«, er fand, das sei ein zugleich schönes und furchtbares Bild für ein zur Erstarrung geronnenes Erschrecken. Ein Reh – oder ein Hirsch? – bewegungslos im Licht, mit dunklen, weit geöffneten, endlosbraunen Augen. Die Augen eines Tieres sind immer fremd, dachte Misslinger. Der drohende Zusammenbruch des Finanzsystems ist eine solche zivilisatorische Erschütterung, dachte er, dass man sie mit Bildern des animalischen Entsetzens beschreibt.

Um zwanzig nach neun kam er am Hauptbahnhof an und um viertel vor zehn in seiner Dienstwohnung in der Choriner Straße, wo seine Freundin auf ihn wartete.

Am Montagmorgen um halb acht hielt Misslingers Taxi vor dem Einstein Unter den Linden. Als er aus dem schweren, auberginefarbenen Wollvorhang trat, der die Eingangstür gegen die windige Straße abschirmte, erkannte ihn der Geschäftsführer des Caféhauses schon von Weitem. Misslinger ging mit großen Schritten durch den vorderen, gleichsam öffentlichen Teil des Cafés. Hier wurden von den kundigen Kellnern die Ortsfremden platziert, also alle, die das Lokal mit unsicherem Blick betraten. Sie wurden mit gleicher Höflichkeit behandelt wie die anderen Gäste, aber man achtete darauf, sie nicht mit jenen zu vermischen, die im hinteren Teil des Lokals Platz nahmen. Auf jedem Tisch stand ein kleines Schild, das ihn als »Reserviert« auszeichnete, und zwar immer.

Misslinger gehörte schon seit ein paar Jahren zu jenen Gästen, die über eine dieser stehenden Reservierungen verfügten. Der Geschäftsführer begrüßte ihn mit der herzlichen Beiläufigkeit, die den ehemaligen Protokollchef der letzten Volkskammer der DDR auszeichnete, und begleitete ihn zu seinem Platz, wo Richard schon auf ihn wartete.

»Ich sehe, dass Sie in Berlin Fuß gefasst haben«, sagte Richard, während er Misslinger, ohne aufzustehen, die Hand entgegenstreckte. »Wer hier mit Namen begrüßt wird, hat es geschafft.« »Ist das so?«, fragte Misslinger mit kaum verhohlenem Stolz und setzte sich auf die grünlederne Bank. »Tun Sie nicht so scheinheilig, mein Lieber«, sagte Richard, »Sie wurden eben von jemandem mit Namen begrüßt, den Helmut Kohl mit Namen begrüßt hat.«

»Helmut Kohl!«, wiederholte Misslinger und pfiff durch die Zähne, wobei er selber nicht wusste, ob das anerkennend oder ironisch gemeint war. »Was passiert heute?«, fragte Misslinger. »Heute – wird der Westen beerdigt, mein Lieber.

Und Sie und ich, wir dürfen dabei sein.« »Die Hypo Real ist nicht der Westen, oder?« »Nein – ist sie nicht. Darum wird sie ja auch gerettet. Der Westen dagegen – im Arsch.« Mit einem lautlosen Schritt trat in diesem Moment der Geschäftsführer heran und blieb leicht nach vorne gebeugt neben ihnen stehen, die Hände vor der Brust gefaltet, in stiller Andacht auf die Bestellung wartend.

Misslinger bestellte einen Verlängerten, Richard eine Melange. »Jetzt mal enough philosophy«, sagte Misslinger, »was passiert da gleich? Walter hat angerufen und gesagt, dass wir beide heute wegen der Finanzkrise einen Termin im Kanzleramt haben.«

»Krisentreffen, Hintergrundgespräch, Call to Arms, allgemeine Vergatterung, nennen Sie es, wie Sie wollen. Sie sind finanzpolitischer Sprecher der Fraktion, ich gelte als wirtschaftspolitischer Experte der Partei, darum sind wir hier. Von jeder Partei sind zwei Vertreter eingeladen, außer von den *Linken* natürlich. Außerdem können Sie mit dem Kanzleramtsminister rechnen, Sie werden das Vergnügen haben, einen Vertreter der Deutschen Bank zu treffen, und auch der Staatssekretär Finanzen gibt sich die Ehre«, dabei hob Richard die Arme rechts und links ein bisschen, legte den Kopf schief und tat so, als würde er im Sitzen einen Knicks machen.

Sie hatten noch ein bisschen Zeit, also verglichen sie ihre Ansichten der großen Krise. Misslinger hielt die Aufregung für übertrieben und fand, man solle den Markt sich selbst überlassen, während Richard düsterer Stimmung war: »Die Chinesen werden uns fertigmachen, so oder so. Kapitalismus plus Digitalisierung plus Diktatur – das ist unschlagbar. Da können wir nicht mithalten.«

Um halb neun zeigten sie an der Pforte des Kanzleramts ihre Ausweise, wurden zu den Fahrstühlen begleitet und fuhren in den siebten Stock, Sky Lobby. Die Hallen und Flure waren weiß und hell beleuchtet, nirgendwo gab es einen Schatten. Es lag eine große Stille über diesem Ort, so als gäbe es hier gar kein Leben. Dabei herrschte durchaus Bewegung, überall verschwand jemand hinter einer Ecke oder erschien auf einem Treppenabsatz. Aber die Menschen, die die lichthohen Räume und Gänge bevölkerten, bewegten sich schwebend, und sie verständigten sich, ohne zu sprechen. »Ich finde, es sieht aus wie in einer Klinik oder wie im Irrenhaus. Ich würde hier durchdrehen«, sagte Richard. Misslinger ging es anders. Die kalte Perfektion, mit der dieser Ort konzipiert war, entsprach seinem mitleidslosen Bild der Macht. Als sie gerade am großen Fenster standen und das majestätische Panorama bewunderten, das die Republik sich im Regierungsviertel geschaffen hatte, trat eine rundliche Frau mit Pagenfrisur und traurigen Augen an sie heran und bat, ihr zu folgen.

Sie wurden in den ein Stockwerk tiefer gelegenen kleinen Kabinettssaal gebracht. Der ovale Tisch war schon voll besetzt. Als Erster erhob sich der Kanzleramtsminister Bernhard Houdelmont, breitete die Arme aus und ging langsam und mit dem Lächeln des preußischen Staatsdieners in dritter Generation auf die beiden Neuankömmlinge zu. Er schüttelte ihnen warmherzig die Hand und sagte: »Herzlich willkommen, meine Herren, in unserem schönen Kanzleramt.« Und so wie er das sagte, klang es wie eine Melodie.

Der Nächste, der aufstand und ihnen mit schlaksiger Lässigkeit entgegenkam, war der für Finanzmärkte zuständige Staatssekretär im Finanzministerium Arne Carlsson.

Er war ein hochgewachsener, gut aussehender Mann, der beschlossen hatte, dem Ausfall seines zentralen Haupthaares durch eine radikale Tonsur des gesamten Schädels zu begegnen, was ihm etwas für einen Finanzbeamten ungewöhnlich Kantig-Aggressives verlieh. Carlsson war jene Art von politischem Beamten, der sein Leben nicht im Staatsdienst verbringen würde. Für ihn stellte das Ministerium nur eine Etappe auf seinem abenteuerlichen Weg durch das Universum des Finanzwesens dar, der zweifellos eines Tages im Vorstand einer internationalen Bank enden würde.

Schließlich sprang Paul Manackern herbei, der Deutschbanker aus Frankfurt, dessen untersetzte, stämmige Gestalt mit dem Gesicht eines Türstehers Misslinger aus dem Fernsehen kannte. Unvergessen die Szene, als Manackern vor ein paar Jahren am Rande eines Gerichtsverfahrens, das gegen ihn wegen Untreue angestrengt worden war, den versammelten Fotografen lachend den Mittelfinger entgegengereckt hatte. Das Bild hatte für Aufsehen gesorgt und war zur Ikone für die Überheblichkeit der Großbanker geworden, aber Misslinger hatte es gefallen, und auch wenn er das nicht öffentlich zugegeben hätte. Manackern nahm Misslingers Hand und zerquetschte sie beinahe mit seiner kräftigen Rechten, dabei legte er seine Linke auf Misslingers Unterarm. Bei Richard machte er es gleich so, dass er ihm zur Begrüßung beide Hände auf die Schultern legte, als seien sie ganz alte Freunde.

Richard trat kurz an das Kopfende der Tafel, beugte sich leicht vor, klopfte drei Mal auf den Tisch und sagte: »Mahlzeit, alle zusammen!« Die Vertreter der anderen Parteien, die bereits vollzählig erschienen waren, nickten ihnen freundlich zu, nur der Kollege von der SPD, ein massiger Mann mit einem kastenförmigen Gesicht und großen, tropfenförmigen Brillengläsern, rührte sich nicht. Er saß einfach ganz still mit halb geschlossenen Augen da, die Hände vor sich auf den Tisch gelegt und atmete tief und gleichmäßig.

Misslinger war der Jüngste im Saal. Er setzte sich seiner Gewohnheit entsprechend mit dem Rücken zum Fenster. Das hatte für ihn den Vorteil, dass sein Gegenüber ihn nur im Gegenlicht sah, außerdem hatte er die Tür im Blick. Richard nahm neben ihm Platz.

Der Kanzleramtsminister eröffnete die Sitzung mit der Bitte um absolute Vertraulichkeit und gab einen Überblick über die Lage an den internationalen Finanzmärkten und das Ausmaß der Krise, die durch den Zusammenbruch der Bank Lehman Brothers drei Wochen zuvor ausgelöst worden war. »Es ist wirklich eine Tragödie, ein sehr großes Unglück, ein regelrechter Tsunami.«

Der Kollege von der CDU nickte heftig: »Ein Riesenunglück!« Richard rief dazwischen: »Lieber Herr Houdelmont, es ist vor allem ein teures Unglück, nicht wahr?«

Der Kanzleramtsminister faltete die Hände vor sich auf dem Tisch so sorgfältig, als handelte es sich um vertrauliche Regierungsdokumente und sagte: »Lieber Freund, Sie wissen ja, dass wir keine Wahl hatten, als die Hypo Real Estate zu retten – den Kollaps der Finanzmärkte mussten wir verhindern. Gerade wir in Deutschland wissen, welche Gefahren drohen, wenn eine Weltwirtschaftskrise außer Rand und Band gerät, nicht wahr! Ach so – und falls Sie sich über unser Statement vom Sonntag zu der Einlagensicherung gewundert haben sollten: Keine Sorge, das war nicht rechtlich verbindlich, sondern sozusagen nur politisch. Ich meine, es versteht sich ja von selbst, dass der Staat nicht für alle Sparguthaben geradestehen kann«, fügte der Staatsminister hinzu und erntete damit viel zustimmendes Kopfnicken, nur der Kollege von der SPD saß weiter regungslos mit halb geöffneten Augen da.

Misslinger drehte sich um und sah über die Schulter aus dem Fenster. Hinten lag der Tiergarten und davor ragten die Spitzen eines großen Theaterzelts in die Höhe. Es war nicht nur ein Zelt. Es waren viele, in verschiedenen Größen. Eine kleine Zeltstadt sah Misslinger von hier oben. Sein Blick folgte den geschwungenen Linien der pagodenförmigen Konstruktionen. Auf einmal begannen die Zacken und Pfeiler ihn zu verwirren. Sein Blick versuchte, dem Auf und Ab der Sichelschwünge der blendend weißen Zelte zu folgen, die sich vor dem unordentlichen Grün der Bäume scharf abzeichneten, aber seine Augen schmerzten ihn. Er wandte sich wieder dem Gespräch zu.

Staatssekretär Carlsson führte gerade das Wort: »Ich möchte noch hinzufügen, dass es nicht so ist, dass wir nicht auch alle – und das trifft auch auf mich zu – kein Lehrgeld gezahlt haben. Aber es ist relativ einfach ex post, wenn immer irgendwo ein Fachhochschulprofessor aus Lüneburg sagt, er hat schon im Jahre 2002 über Immobilienmärkte geschrieben, dass das irgendwie gefährlich sein könnte.«
Misslinger blickte sich wieder um. Draußen kam ein starker Wind auf. Die Bäume des Tiergartens wurden von Böen erfasst und schwankten hin und her wie Seegras in der Dünung. Es war Misslinger, als geriete jetzt alles in Bewegung, als könnte sich nichts diesem Sturm entziehen, der die Welt vor dem Fenster erfasste. Misslinger sah den Vertreter der Grünen an, der jetzt das Wort ergriff. Er verstand, dass diese Männer versuchten, sich der Krise entgegenzustellen, zu retten, was zu

retten war, aber er konnte ihnen nicht helfen. Er stützte beide Hände vor sich auf den Tisch und schloss die Augen, der Raum sollte aufhören, sich zu bewegen. Das Dröhnen seines eigenen Blutes wurde lauter als die Stimmen der anderen. Niemand achtete auf ihn.

»Sie sind doch in diese Rettungsaktion regelrecht hineingestolpert«, sagte der Grüne, der als Einziger im offenen Hemd am Tisch saß, »Ich verstehe nicht, warum man sich im Bundesfinanzministerium nicht gründlicher vorbereitet hat. Man hätte einen Krisenstab bilden können, um schneller reagieren zu können. So aber wurden zunächst Garantien von 35 Milliarden bereitgestellt, eine Woche später noch mal 15 Milliarden – jetzt sind wir auf dem Weg in die Verstaatlichung.«

»Hört, hört«, sagte Richard, »und das aus Ihrem Mund, lieber Kollege!«

Misslinger konnte nicht länger sitzen bleiben. Er stand auf und trat ans Fenster.

»Wir werden da in einen sehr großen sauren Apfel beißen müssen, keine Frage«, antwortete der Kanzleramtsminister und warf Misslinger einen fragenden Blick zu: »Da ist es besser, man beißt nur kleine Stückchen ab, sonst verschluckt man sich noch, und das wollen wir nicht.«

»Ach was, der Herr Manackern hat Sie beim Pokern an die Wand gespielt, das ist alles«, sagte der Grüne.

Da er nun direkt angesprochen war, musste sich auch der Banker äußern: »Ich will mal vorausschicken«, sagte Manackern, »dies ist wirklich das einzige Land der Erde, in dem diejenigen, die Erfolg haben und Werte schaffen, deswegen vor Gericht gestellt werden. Vergessen Sie nicht: Das Verlangen der

Anleger nach strukturierten, höher verzinslichen Wertpapieren in einer Phase hoher Liquiditätsüberschüsse und geringer Renditen hat diese ganze Entwicklung doch sehr begünstigt. Aber lassen Sie sich in diesem Zusammenhang nicht irritieren: Die internationale Finanzgemeinde ruft nicht den Staat zu Hilfe. Schon gar nicht die Deutsche Bank! Die Banken bekennen sich vielmehr zu ihrer eigenen Verantwortung. Ich würde mich schämen, wenn wir in der Krise Staatsgeld annehmen würden.«

»Lieber Manackern!«, sagte Houdelmont und hob beschwörend die Hände. Manackern schwieg. Misslinger stand immer noch am Fenster und starrte gebannt auf die wogende See der weißen Zeltplanen und die windgebeutelten Bäume. Er spürte Richards Hand, die ihn am Arm berührte. Er drehte sich um, legte Richard kurz die Hand auf die Schulter, nickte der Runde zu, entschuldigte sich und verließ den Raum. Er wusste nicht, wie ihm geschah.

Draußen wartete die untersetzte Frau mit den traurigen Augen. »Kann ich Ihnen helfen?«, fragte sie in einem näselnden Ton, der ihre Brandenburger Herkunft verriet, und faltete dabei die Hände vor dem Bauch. Ihm war die Brust so eng, dass er Mühe hatte zu sprechen, er machte eine suchende Geste, und sie wies ihm den Weg zu den Toiletten.

Misslinger verschloss die Tür hinter sich und ließ kaltes Wasser über seine Handgelenke laufen. Es half nichts. Er wich seinem Blick im Spiegel aus. Das Finanzsystem auf dem Spiel, der Westen, vielleicht die ganze Welt. Vielleicht dachte er, bin auch ich von diesen Erschütterungen erfasst? Er ließ das Becken mit Wasser volllaufen und tauchte sein Gesicht hinein. Das half. Er nahm ein Handtuch und trocknete sich ab.

Misslinger schloss leise die schwere, mit hellem Holz getäfelte Tür hinter sich, der Gang war menschenleer, er trat an ein hohes Fenster und blickte auf die vor ihm liegende Stadt. Luft, dachte Misslinger und suchte nach einem Griff, um das Fenstern zu öffnen.

»Oh, da werden Sie kein Glück haben«, sagte eine Stimme hinter ihm. Misslinger blickte sich um und sah die Angestellte von vorhin. »Das hier ist das deutsche Kanzleramt.« Ihre hängenden Mundwinkel waren zu einem spöttischen Lächeln verzogen. »Sie wissen doch, dass kein anderes Land so dichte und so schöne Fenster bauen kann.«

Als Misslinger den Konferenzraum betrat, sagte Houdelmont gerade: »Darf ich abschließend noch darauf hinweisen, dass am Mittwoch die Herausgeber und Chefredakteure der wichtigsten deutschen Medien ins Kanzleramt eingeladen sind. Wir werden Sie über die Lage informieren und bitten, auch weiterhin zurückhaltend zu berichten und keine Panik zu schüren.«

Misslinger nahm neben Richard Platz, der ihm einen sonderbaren Blick zuwarf. Misslinger nahm seine Kraft zusammen und sagte: »Ich hoffe, ich habe nichts verpasst. Aber darf ich fragen, wie Sie das meinen?«

Houdelmont antwortete beiläufig. »Na ja, wir werden sie freundlich bitten, sie auffordern, es ihnen nahelegen, wie immer Sie das nennen wollen.«

»Und das funktioniert?«

»Aber ja, das funktioniert sehr gut. Es ist doch so: Auf dem Weg hierher feiern die Journalisten noch ihre Unabhängigkeit und sind fest entschlossen, sich von uns nichts sagen zu lassen. Dann setzen wir sie hier in diesen Saal und erklären ihnen, was für das Land und die Leute – immerhin ihre

Leser – das Beste ist. Und sie sehen es ein. Bitte, das ist keine Bevormundung, das ist Aufklärung. Hier geht es nicht um Politik. Es geht um Tatsachen. Und wenn sie nachher rausgehen, sehen sie die Dinge wie wir und schreiben genau, worum wir sie gebeten haben. Beziehungsweise, in diesem Fall schreiben sie eben nichts.«

Und dann lehnte er sich mit einer weit ausholenden Geste beider Arme in seinem schwarzen Konferenzstuhl zurück, blickte nach oben und sagte fröhlich: »Was meinen Sie, warum wir die Decken hier sieben Meter hoch gemacht haben?«

»Ja, sieben Meter«, sagte der Vertreter der CDU strahlend, während sein Kollege von der SPD weiterhin regungslos danebensaß.

Misslinger und Richard verließen das Kanzleramt. Windstöße schlugen Kaskaden von Blättern aus den Bäumen. Die Böen erreichten sogar die tief unten geschützt liegende, sonst nur von den Fahrgastschiffen in Unordnung gebrachte Oberfläche des Spreewassers und versetzten sie in zitternde Bewegung. Misslinger lief schneller. Richard hatte Mühe mitzuhalten. Schweigend passierten sie die Schweizer Botschaft, ließen das Paul-Löbe-Haus rechts liegen, nahmen die Treppen hinunter zum Fluss und wandten sich nach rechts. Sie unterquerten die beiden lichthoch übereinander liegenden Fußgängerbrücken, die sich, wie mit einem feinen Stift gezeichnet, schmal und hell gegen den blau durchwölkten Himmel abhoben.

Die Menschen, die da oben hin und her gingen, sahen von unten aus wie die schattenhaften Figuren aus Architektensimulationen. Überhaupt sah diese ganze, aus sanft grauem Beton errichtete Berliner Regierungswelt mit ihren geraden Linien, den kühlen Flächen, den klaren Formen, wie eine riesige Simulation aus. Das wirkte beruhigend auf Misslinger.

Als sie zu den lang geschwungenen Treppen kamen, die zum Reichstagsgebäude hinaufführten, setzte er sich auf eine der Stufen. Richard blieb vor ihm stehen, zündete sich eine Zigarette an und blickte Misslinger schweigend an.

»Hier endet etwas«, sagte er plötzlich.

Misslinger zögerte. Richard schüttelte den Kopf, dann sagte er: »Uns fliegt alles um die Ohren – und was machen wir?« Er warf seine Hand über die Schulter. »Das ist wie in diesem Film mit Tom Cruise, kennen Sie den? Er ist Anwalt und arbeitet für die Mafia, ohne es zu wissen. Da gibt es eine Szene, ein Mann sitzt im Garten im Liegestuhl, im Hintergrund läuft der Rasensprenger, so ein Ding, das sich dreht. Der Typ hat in der einen Hand eine Flasche Bier, in der anderen eine Zigarette, er hat gerade eine schlimme Nachricht bekommen, man versteht sofort, der ist jetzt erledigt ... er redet irgendwas und dann kommt der Sprenger und macht sein ganzes Bein nass, aber er merkt es gar nicht ...«

Plötzlich war Misslinger froh, dass Richard das sagte, denn nun wusste er genau, was er entgegnen musste. Die mögliche Katastrophe war eine Prüfung. So wie man früher ein Erdbeben oder den Zusammenbruch einer Brücke als Prüfung des Glaubens betrachtete, dachte er, und wie es in der Epistel heißt: »Wachet, stehet im Glauben, seid männlich und seid stark!«, so stark wollte er sein. »Fangen Sie jetzt auch an?«, sagte er in einem entschiedenen Ton. »Diese Krise wird vorübergehen wie alle anderen auch. Wir dürfen nicht aufhören, daran zu glauben, verstehen Sie nicht? Es ist alles eine Frage des Glaubens.«

»Ah ja?«, sagte Richard, trat seine Zigarette aus und machte Misslinger mit dem Kopf ein Zeichen, zu gehen: »Jedem Hartz-IV-Empfänger wird heute gesagt, Du bist für Dich selbst verantwortlich, Du bekommst vom Staat ein paar Hundert Euro, und davon musst Du leben«, sagte er, während sie die Treppe nach oben liefen und das Reichstagsgebäude vor ihnen aus dem Boden auftauchte: »Und dann gibt es Bankmanager, die beziehen achtstellige Gehälter und brauchen trotzdem eine Ethikkommission, die ihnen sagt, welche Geschäfte sie machen dürfen und welche sie bleiben lassen sollten? Dass das kein normaler Mensch mehr versteht, ist doch klar. Ich bin da bei den Buddenbrooks: *Mache deine Geschäfte bei Tag stets so, dass du nachts gut schlafen kannst.* Mehr braucht man nicht.«

Er wird alt, dachte Misslinger, er fängt an zu moralisieren. »Der Umstand, dass wir nicht alle Bewegungen des Marktes verstehen, bedeutet nicht, dass sie falsch oder erratisch sind«, sagte er zu Richard: »Es gibt keinen besseren Steuermann als den Markt. Man darf ihm nicht ins Ruder greifen.«

»Es ist bemerkenswert, dass ein so aufgeklärter Mensch wie Sie doch der mythischen Sehnsucht verfällt. Sie sind in Wahrheit ein Romantiker«, sagte Richard.

Sie standen auf dem Friedrich-Ebert-Platz, zwei Männer im dunkelblauen Anzug, sie gehörten zum Personal der Regierungsmaschine und bewegten sich hier mit solcher Selbstverständlichkeit, dass Touristen und Passanten an ihnen vorbeiströmten, ohne von ihnen Notiz zu nehmen. Richard hatte noch einen Termin in der Parlamentarischen Gesellschaft, Misslinger wollte zurück in die Choriner Straße. Als sie sich voneinander verabschiedeten, holte Richard eine kleine Pillendose aus seiner Jackentasche und sagte: »Wegen vorhin: Machen Sie sich keine Sorgen. Das kommt bei jedem vor. Nächstes Mal nehmen sie vorher eine von diesen.«

Kapitel 11

Ende Mai 2013 saß Misslinger am alten Löschteich, der abseits hinter dem früheren Stallgebäude lag. Er hatte seine Schuhe und Strümpfe ausgezogen, obwohl es dafür noch zu kalt war. Aber er wollte seine Füße unbedingt in die großen gelben Kissen aus Sumpfdotterblumen sinken lassen, die in den letzten Tagen am Teichrand aufgeblüht waren. Während er in der Zeitung las, dass die Staatsanwaltschaft Hamburg Haftbefehl gegen einen Bischof beantragt hatte – ein Bischof im Knast, das wäre mal was, dachte Misslinger –, versuchte er, sich die kleinen gelben Blumen zwischen die Zehen zu klemmen. Hinter sich hörte er, wie Selma und Luise miteinander spielten. Das Telefon klingelte. Misslinger hörte Walters Stimme: »Kommen Sie her. Jetzt gleich. Kommen Sie!« »Wohin?«, fragte Misslinger. »Zu mir!«, rief Walter laut, »zu mir müssen Sie kommen, lieber Misslinger. Jetzt gleich!« Dann schmetterte er noch ein fröhliches: »Sie wollen doch nichts bereuen!« hinterher und legte auf.

Misslinger blickte auf den Teich, in dem sich der kühle blaue Frühlingstag spiegelte. Er konnte kleine rote Fische sehen, wie sie durch die Äste der Hoflinde flogen, und die Flugzeuge schwammen quer durch den See und verschwanden bei den Schwertlilien. »Himmelsteich« hatte sein Vater das kleine Gewässer früher genannt. »Komm, wir gehen zum Himmelsteich.« Wenn sie dann zusammen am Ufer saßen, war Franz auf eine angenehme Weise verwirrt. Sie saßen nebeneinander im Schatten der Weißdornhecke, eingehüllt in den Duft ihrer Blüten und das Summen der tausend Bienen, die hier wohnten, und der Himmel war unten und oben zugleich, aber es kam Franz vor, als könnte er ihn niemals besser sehen als in diesem Spiegel.

»Ich will in den Himmel springen«, soll er ein paar Mal gerufen haben. Das hatte ihm jedenfalls seine Mutter erzählt. Misslinger erinnerte sich daran nicht. Er erinnerte sich nur an die große Vorsicht der Mutter, die sie aus dem Osten mitgebracht hatte und die manchmal wie eine Angst war.

Darum war es Franz streng verboten, allein zum Himmelsteich zu gehen, und weil er sich daran nicht hielt, musste der Vater einen kleinen Zaun um den Teich bauen, und als die Mutter Franz dabei erwischte, wie er über den Zaun kletterte, drängte sie den Vater so lange, bis der den Teich trockenlegen ließ. Das ist gar nicht so einfach bei einem Himmelsteich, der hatte nämlich, das erfuhr Franz erst viel später, seinen Namen nicht darum, weil er den Himmel in sich trug, sondern weil der Himmel ihn mit seinem Regen nährte und weil er sonst keine anderen Zuflüsse hatte. Eine Firma wurde beauftragt, die mit einem großen Wagen kam, der für Franz aussah wie ein Fass auf Rädern, überall waren dicke Schläuche befestigt, Franz stand im Schatten der Linde und sah, wie sie in seinen Teich gehängt wurden und ihn mit schmatzenden Geräuschen aussaugten, dabei krümmten sie sich und bäumten sich auf wie Tiere, wie große Würmer.

Gurgelnd verschwand sein Himmel in dem schmutzig gelben Lastwagen, und als kein Wasser mehr übrig war, das dauerte lange, und nur Schlamm zurückblieb, und schmierige Steine und trübe kleine Pfützen, in denen es nichts zu sehen gab, lagen mitten in der modrigen Fläche ganz viele Fische und bebten, und sie, die vorher im Wasser geleuchtet hatten wie kleine rote und orangefarbene Sterne zwischen den Stängeln der Seerosen, lagen da jetzt zuckend im Schmutz, und Franz kam ganz langsam näher und sah zu, wie sie erstickten, und er sagte kein Wort.

Später, als die Eltern fortgezogen waren, ließ Misslinger den Teich, der längst zu einem Stück Wiese geworden war, und an dessen Vergangenheit nur das an dieser Stelle auf den ersten Blick ungewöhnliche Vorkommen jener gelben Blumen erinnerte, wiederherstellen, sogar noch erweitern und mit einem künstlichen Zufluss versehen, so dass er auch in den regenarmen Jahren, die zunahmen, nie wieder trockenfiel.

Als Misslinger ins Haus kam, begann Selma mit ihrer schönen Stimme fröhlich zu singen: *If you're going to San Francisco, be sure to wear some flowers on your feet ...* und zeigte auf Misslingers immer noch nackte Zehen, zwischen denen noch ein paar gelbe Blüten hingen, die er so mochte.

»Walter will, dass ich zu ihm komme. Jetzt«, sagte Misslinger.

Selma hörte auf zu singen. Ihr Gesicht, das eben noch die reine Fröhlichkeit war, fiel in sich zusammen. Sie sah ihn eine Weile wortlos an, so, als schweiften ihre Gedanken ab und als dächte sie an etwas ganz anderes.

Währenddessen kam es Misslinger so vor, als sammelte sich das ganze Licht in dem niedrigen Zimmer in ihrem Haar, das dadurch beinahe die Farbe der gelben Blumen annahm, die zwischen seinen Zehen steckten. Dann richtete sich Selma auf und erklärte ihrem Mann mit jener Ruhe, die er kannte und fürchtete, dass jetzt Wochenende sei, Samstag um genau zu sein, noch genauer, der erste Samstag seit zwei Monaten, an dem sich Misslinger zu Hause befinde, dass sie seinetwegen auf ihr Volleyballtraining verzichtet habe, was, wie er zweifellos wisse, an jedem Samstag stattfinde und ihr sehr, sehr wichtig sei, sie sei nämlich eine Teamspielerin und das Team gehe immer vor, ob ihm eigentlich klar sei, was es bedeute, in einem Team zu spielen, und dass Walter ein rücksichtsloser Machtmensch sei, was jeder sofort erkenne, der ein einziges Wort mit ihm wechsele, und dem sich ganz und gar anzuvertrauen ein großer Fehler sei, auf den sie ihn immer wieder hingewiesen habe, was er aber vorgezogen habe zu ignorieren, zweifellos zu seinem Schaden, wenn nicht heute, dann morgen.

Misslinger erwiderte, sie wisse genau, dass er gar keine Wahl habe, als Walters Ruf zu folgen, da er, Walter, die sogenannte graue Eminenz der Partei sei, und in sechs Wochen werde der neue Generalsekretär gewählt, er sei nicht der einzige Bewerber, sie wisse, was das für ihn bedeute, worauf Selma antwortete: »Sechs Wochen? Genauso lange haben wir nicht mehr miteinander geschlafen.«

Als er die Tür öffnete und auf den Hof trat, leuchtete ihm die Sonne ins Gesicht und der Frühling wollte ihn anspringen wie ein junger Hund. Aber Misslinger ging einfach zum Auto.

Er brauchte für die 600 Kilometer nicht mehr als fünf Stunden. Den Wagen parkte er direkt vor Walters kleiner Garage. Da es sich um eine sehr dringende und eilige Angelegenheit handelte, fühlte er sich dazu berechtigt. Er fuhr mit voller Absicht ein bisschen zu schnell in die Einfahrt und bremste scharf wie bei einem Noteinsatz, er sprang aus dem Auto, klappte die Wagentür hinter sich zu, ohne sich umzudrehen, und lief mit schnellen Schritten auf das niedrige, zweistöckige Haus zu, das sich tief unter sein spitzes schwarzes Schieferdach duckte.

Traudl Schergen öffnete die Tür. Sie lächelte Misslinger, den sie schon lange kannte, fröhlich an und umarmte ihn fest. »Ah, da schau her«, sagte sie in ihrem freundlichen Münchner Ton, »Franz, kommen Sie uns auch einmal wieder besuchen.« Und dann summte sie fröhlich: *Hätte ich Sie heut' erwartet, hätte ich Kuchen da.* Und machte dabei leicht kreisende Bewegungen mit ihren Hüften, die Misslinger unangebracht fand. Er erklärte, dass es sich keineswegs um einen zufälligen Besuch handelte, sondern dass Walter dringend um seine Anwesenheit gebeten hatte. »Und wenn Walter ruft, dann komme ich natürlich«, sagte Misslinger ein bisschen lauter als nötig. Traudl Schergen machte ein bekümmertes Gesicht: »Davon weiß ich ja gar nichts«, sagte sie und zog Misslinger ins Haus.

Als Misslinger im Wohnzimmer stand, kam Walter gerade durch die Terrassentür aus dem Garten herein. Er trug ein kariertes Hemd aus festem Stoff, die wenigen Haare lagen wirr in der Stirn und seine langen dünnen Beine steckten in alten Cordhosen, die er offensichtlich nur im Garten trug. In Misslingers Augen machte Walter eine ziemlich lächerliche Figur.

Walter sah Misslinger beiläufig an, nickte mit dem Kopf und sagte, während er sich die Gummistiefel auszog: »Misslinger. Das ist ja eine nette Überraschung. Was machen Sie denn hier, mein Lieber?« Misslinger antwortete in einem Ton, als sei er noch beim Militär: »Walter, Ihr Ruf ist mein Befehl. Was kann ich für Sie tun?« Walter hielt einen winzigen Moment inne, aber vielleicht kam das daher, weil sein Stiefel festsaß, den er jetzt verzweifelt mit beiden Händen loszuwerden suchte, und zwar so, dass er sich mit angewinkeltem Knie am Sofa abstützte, den Oberkörper so stark verdrehte, wie er nur konnte, und versuchte, den Stiefel vorne und hinten gleichzeitig zu packen und sich vom Fuß zu ziehen. Misslinger machte sich ernsthaft Sorgen, der alte Mann könne jeden Moment umkippen. Walter sagte schließlich, ohne von seinem Stiefel abzulassen: »Ja, was können Sie denn für mich tun?« Misslinger fühlte sich auf einmal sehr unwohl, er zögerte kurz und sagte: »Ich weiß nicht. Sie haben angerufen, ich bin gekommen.« Jetzt richtete sich Walter zu seiner ganzen hageren Größe auf und sah Misslinger aufmerksam an: »Ich habe Sie angerufen? Wann habe ich Sie denn angerufen, lieber Freund?«

»Heute Vormittag, gegen elf Uhr. Und Sie haben gesagt, dass ich sofort zu Ihnen kommen soll.« Walter lächelte ihn freundlich an: »Habe ich Ihnen auch gesagt, warum?« »Nein«, sagte Misslinger, »nur, dass es dringend ist.« Misslingers Augen brannten und in seinem Kopf flirrte es. Walter stellte die Stiefel, die er endlich ausgezogen hatte, ordentlich nebeneinander auf das kupferfarbene Gitter der vor dem Fenster im Fußboden eingelassenen Heizung, trat zwei Schritte auf Misslinger zu, fasste ihn am Arm und sagte: »Misslinger, jetzt mal im Ernst, ich habe keine Ahnung, wovon Sie reden, aber das ist auch nicht wichtig, oder? Ich kann nur leider jetzt gerade gar nichts mit Ihnen anfangen, denn gleich kommt der Minister P. zu mir.« Der Minister P., Misslinger dachte, wie lächerlich Walter manchmal sein konnte.

Während Walter ihn aus dem Raum führte, kam Traudl herein und stellte ein Tablett mit Tee und Keksen auf den Tisch, es war die Art staubiges Gebäck, wie Misslinger es von den Regionalkonferenzen seiner Partei kannte. Ihm fiel auf, dass vier Tassen auf dem Tablett standen, Walter erwartete also noch mehr Leute, als er gesagt hatte. Warum hatte er dann nur vom Minister P. gesprochen? Misslinger wusste natürlich, um wen es sich handelte. Ein Mitglied des Bundeskabinetts, mit dessen Partei man, so der Plan, nach den nächsten Wahlen eine gemeinsame Regierung bilden wollte, um endlich den Weg aus der Opposition herauszufinden. Wie konnte ein Treffen, bei dem es doch sicher um solche Fragen gehen musste, ohne ihn, Misslinger, stattfinden, der sich berechtigte Hoffnungen auf den Posten des Generalsekretärs machte? Auf dem Weg nach draußen versuchte er sich vorzustellen, wen Walter noch eingeladen haben könnte und was die Agenda sei, dieses Wort wiederholte er in seinem Kopf, »die Agenda«. Er fühlte sich so, als könnte er etwas Unabwendbarem entkommen, wenn ihm eine Antwort einfiele, bevor sie die Tür erreicht hätten. Misslinger hielt inne und tat so, als betrachtete er ein Bild, das auf einer Anrichte in der Diele stand, während er dachte, dass mit diesem Treffen doch wohl auch Walters Anruf zusammenhängen musste. Walters Anruf musste eine Einladung zu diesem Treffen gewesen sein.

Dann überlegte er, dass Walter gar nicht wissen konnte, wann Misslinger bei ihm ankommen würde. Eine halbe Stunde später und Misslinger wäre rechtzeitig zu diesem Treffen erschienen. Walter wusste ja, dass Misslinger das Wochenende zu Hause im Norden verbrachte. Er konnte sich also ausrechnen, dass Misslinger eigentlich sechs Stunden für die Fahrt brauchen würde. Nun hatte Misslinger die Strecke aber in fünf Stunden bewältigt und war zu früh gekommen.

Warum hatte er sich nur so beeilt? Das war ein Fehler. Er hätte sich denken können, dass Walter die Zeit, die Misslinger für die Fahrt benötigte, schon einberechnet hatte. Walter hatte Kanzler und Präsidenten kommen und gehen sehen und sie alle überlebt, und so jemand sollte nicht in der Lage sein, die Zeit, die man für eine einfache Autofahrt aus dem Umland von Flensburg an den Rhein braucht, in seinen Plänen zu berücksichtigen? Misslinger musste beinahe über seine eigene Dummheit lachen. Er hätte sich am liebsten bei Walter dafür entschuldigt, dass sein verfrühtes Erscheinen die Pläne für dieses Treffen nun erschwert hatten. Sicher hing es mit der empfindlichen Natur des Treffens zusammen, dass Walter sich verklausuliert ausgedrückt hatte und sich auch jetzt bedeckt gab.

Als sie vor der Tür standen, war Misslinger schon viel leichter ums Herz. Er bemerkte, dass der Frühling hier gegenüber dem Norden drei, vielleicht sogar vier Wochen Vorsprung hatte. Überall war eine lebendige, mit Händen zu greifende Heiterkeit in der Luft. Er überlegte, wie er Walter ohne Aufdringlichkeit mitteilen konnte, dass er die Situation verstanden habe und sich gerne irgendwo in der Nähe bereithalten könne, bis seine Anwesenheit bei dem gleich bevorstehenden wichtigen Treffen notwendig sei, als Walter ihn fragte: »Haben Sie einen Hund?«

»Wir haben einen Terrier«, sagte Misslinger überrascht.

»Einen Terrier. Wie hübsch! Was denn für einen?«

»Parson Jack Russel.«

»Das ist doch wundervoll. Verbringt ihre Tochter viel Zeit mit ihm? Sie haben doch eine Tochter?«

»Ja, Luise liebt diesen Hund sehr.«

»Wunderbar«, sagte Walter. »Ich möchte, dass Sie etwas tun, Misslinger, nicht für mich, sondern für sich selbst. Wollen Sie das?«

»Ja, sicher, ich weiß nicht, es kommt darauf an, oder?«, sagte Misslinger.

»Ich möchte, dass Sie einen kleinen Käfig kaufen, wie man ihn zum Transport von Hunden benutzt, oder eine Tasche. Verstehen Sie?«

»Ja, ich verstehe, so etwas haben wir bereits, weil wir mit dem Hund hin und wieder zum Tierarzt fahren müssen.«

»Zum Tierarzt. Genau«, sagte Walter, »ich möchte, dass Sie Ihren Hund in diesen Käfig stecken oder in diese Tasche – was ist es denn nun?«

»Eine Tasche«, sagte Misslinger leise, »mit Henkeln zum Festhalten und einem kleinen Gitter vorne, damit er Luft bekommt und rausgucken kann.«

»Wunderbar. Eine Tasche ist viel besser als ein Käfig. So eine Tasche brauchen wir. Und haben Sie in Ihrem Garten einen hohen Baum?«

Misslinger wurde übel. Er wollte in sein Auto steigen und davonfahren. Stattdessen antwortete er ebenso leise wie zuvor: »Ja, wir haben eine alte Linde im Hof. Aber hinter dem Haus steht eine Esche, die ist noch höher.«

»Hoch ist gut, lieber Misslinger!«, sagte Walter. »Ich möchte, dass Sie ein Seil nehmen und es über einen hohen Ast Ihrer Esche werfen. Und wissen Sie, was Sie dann tun?«

Misslinger stand wie erstarrt da, blickte nach vorn und antwortete nicht.

»Sie binden das eine Ende an die Tasche, in der Ihr Hund sitzt, und das andere Ende nehmen Sie in die Hand. Und dann ziehen Sie Ihren Hund in die Höhe!«

Walter lehnte sich schweigend an Misslinger, beinahe ließ der alte Mann seinen Kopf auf die Schulter des Jüngeren sinken. So standen sie eine Weile nebeneinander vor Walters Tür. Dann brachte Walter seine Lippen ganz nah an Misslingers Ohr und flüsterte: »Bis ganz nach oben, Misslinger, so weit es geht!«

Misslinger setzte zu einer Frage an. Aber Walter machte ein Zeichen mit der Hand und sagte nur: »Sie werden es tun und Sie werden mich dann anrufen.«

Sobald er auf der Autobahn war, meldete er sich bei Selma, die ihn umgehend fragte, was so dringend gewesen sei, dass er am Samstagvormittag den weiten Weg an den Rhein habe zurücklegen müssen. Misslinger antwortete, dass sich im Kaukasus irgendetwas anbahne und das Gespräch mit Walter sich um die Frage gedreht habe, wie man sich gegenüber Russland positionieren wolle, worüber er, Walter, partout nicht am Telefon reden wollte, was er, Misslinger, zwar für Unsinn halte, aber sie wisse ja, Walter sei das, was man alte Schule nennen könne. Das war – was jede gute Lüge auszeichnet – alles entweder wahrscheinlich oder sogar wahr, in jedem Fall aber vollkommen einleuchtend, und darum glaubte Selma ihrem Mann aufs Wort.

Misslinger sagte ihr, mit seiner Ankunft sei nicht vor Mitternacht zu rechnen, da die Verkehrsverhältnisse im Vergleich zum Vormittag deutlich angespannter seien. Sie erkundigte sich, ob er für eine weitere so lange Fahrt nicht zu müde sei, was er verneinte, und er erklärte ihr, er werde die Nacht im Gästezimmer verbringen und sie solle nicht auf ihn warten.

Als Misslinger am nächsten Morgen aufwachte, schliefen Selma und Luise noch. Die Sonne war gerade aufgegangen und stand noch niedrig. Er ging nach unten und nahm den kleinen Hund auf den Arm, der ihm entgegengelaufen kam, und griff mit der anderen Hand nach der schmalen schwarzen Tasche.

Barfuß ging Misslinger durch das taukalte Gras, um ihn herum war es ganz still, nur aus der Tasche hörte er das leise Winseln seines Hundes. Im Schuppen lag ein Seil. Er band ein Ende fest um einen schweren Schraubenschlüssel, griff nach Seil, Tasche und Schlüssel und lief hinüber zu der alten Esche. Es war ein großer, alter Baum, der letzte seiner Art in der Gegend. In vielleicht fünf Meter Höhe ragte ein Ast quer aus dem mächtigen Stamm. Misslinger brauchte drei Versuche, um den Schraubenschlüssel und das Seil hinüberzuwerfen. Als er den zurückschwingenden Schlüssel mit der rechten Hand auffangen wollte, traf ihn das Werkzeug mit großer Wucht unterhalb des Daumengelenks. Der Schmerz ließ Misslinger innehalten. Er stand im Frühnebel unter dem hohen Baum. Ihm fiel auf, dass das schwarze Astwerk über ihm noch ganz kahl war, während sich die schöne Linde im fahlen Licht schon in mildes Grün hüllte. Er fuhr mit der Hand die elefantenhafte Haut des schrundigen Stammes entlang und schloss die Augen.

Wo der Vater herkam, standen früher auch ein paar Eschen, auf den Wiesen oberhalb des Hofs der Nadl, das waren die Schneitelbäume, mit deren Laub in trockenen Jahren das Vieh gefüttert wurde. »Stell Dich beim Schneitelbaum unter, wenn ein Gewitter kommt, der wird Dich schützen«, hatte die Nadl gesagt, und der Vater hatte genickt, aber die Mutter hatte ihn danach beiseitegenommen und ihm ins Ohr geflüstert, dass er das auf gar keinen Fall tun solle, weil das nichts als Aberglaube sei und gegen Aberglauben sei nichts einzuwenden, solange er ein gewisses Maß nicht übersteige, wie beispielsweise bei seinem Vater, man müsse aber dagegen strikt vorgehen, wenn der Aberglauben lebensgefährlich werde – und das sei hier erkennbar der Fall. Die Schneitelbäume hatten ausgesehen wie gemütlich belaubte Säulen. Misslingers Esche war ganz anders, sie war sehr hoch und schlank und sie griff mit ihren langen schwarzen Ästen in den Himmel.

Misslinger schämte sich vor dem Baum.

Aber dann zog er an dem Seil, erst langsam, dann schneller, Griff für Griff mit großer Ruhe, als sei es das Normalste von der Welt, eine Aufgabe, die erledigt werden musste. Die

Tasche hob sich langsam in die Höhe und drehte sich dabei langsam hin und her. Als sie auf der Höhe seiner Augen war, traf ihn kurz der Blick seines Hundes. Misslinger wusste nicht warum, aber er musste lachen, als er die verdutzte Visage des Tieres sah, das gar nicht wusste, was da mit ihm geschah. Den nächsten Griff tat er darum gleich schneller, und mit einem Ruck raste die Tasche weiter nach oben. Misslinger hörte, wie das Winseln zu einem Jaulen wurde und das Jaulen zu einem Bellen, und er sah von unten, wie der Hund sich nun von der zunehmenden Höhe in blanke Panik versetzt hin und her drehte, um seinem engen Gefängnis zu entkommen, und dabei lachte er laut.

Als die Tasche oben angekommen war, schlang Misslinger immer noch lachend das Seil um den Baum, band es fest, und trat ein paar Schritte zurück. Oben zappelte und kläffte der Hund und unten stand Misslinger, stemmte die Hände in die Hüften, legte den Kopf in den Nacken und besah sich lachend sein Werk. Dann rief er Walter an. »Und?«, fragte Walter. »Ja«, sagte Misslinger. »Haben Sie verstanden, worum es geht?« »Ja«, sagte Misslinger, »ich habe es verstanden.« »Das ist gut«, sagte Walter, »ich wusste, dass ich mich in Ihnen nicht geirrt habe.« Und dann legte er auf.

Misslinger ließ den Hund dort oben hängen und ging durch das nasse Gras zurück zum Haus. Es war heller geworden, und als er zurückkehrte sah er Selma am Fenster stehen. Sie würde ihn nicht verstehen, dachte er.

Sechs Wochen später wurde Misslinger zum Generalsekretär gewählt, zum jüngsten in der Geschichte der Partei.

Kapitel 12

226 West 46th Street, 19 Uhr abends. Die Sonne ist schon über dem Hudson untergegangen, aber das Imperial, das Lunt-Fontanne, das Marquis-Theater und die Scientology-Kirche leuchten taghell. Vor dem Richard-Rodgers-Theater reicht die Schlange der Wartenden beinahe bis zum Broadway. Ungeheures Gedränge und große Aufregung, alle machen ein Gesicht, als seien sie auserwählt: »Hamilton« ist Monate im Voraus ausverkauft. Das Generalkonsulat hat geholfen, sonst hätte Misslingers Sekretärin keine Karten bekommen. »Müssen Sie sehen«, hatte sie gesagt, als sie die Reise vorbereitete: »Ich habe für Sie recherchiert! Keine Filmstars, kein Stepptanz, keine Spezialeffekte – und trotzdem ein Riesenhit. Ich beneide Sie und Luise!«

»City lights«, sagt Misslinger und blickt sich um. Hinter ihnen hört er eine Gruppe Touristen aus Deutschland. Ein Mann tippt ihm auf die Schulter: »Ich kenne Sie doch. Hab Sie zwar nicht gewählt, aber ich finde Sie gut.« »Das ist doch schon mal ein Anfang«, sagt Misslinger und lacht. Der Mann und seine Begleitung lachen auch. Luise zieht den Kopf ein, während ihr Vater ein Stück größer wird.

Misslinger macht sich nicht viel aus Musicals. Er war früher ein paarmal mit Selma in der Oper, und wenn er eine Freundin hat, geht er mit ihr hin und wieder in den Friedrichstadtpalast, weil er da niemanden trifft, den er kennt. Aber er vertraut seiner Sekretärin, und außerdem war er dankbar für jeden Hinweis, was er mit Luise in New York machen soll. Die Stadt ist vor allem ein großes Versprechen. Wenn man erst mal da ist, langweilt man sich schnell. Misslinger hat das schon erlebt. Also war er froh, Luise mit einer Broadway-Show überraschen zu können.

Er hat das so gemacht: Morgens beim Frühstück hat er ihr einen Zehn-Dollar-Schein zugeworfen und gesagt: »Überraschung!« Sie nahm das Geld und antwortete: »Hey, toll, zehn Dollar, danke. Ich geb's auch nicht alles auf einmal aus!«

»Hint, hint ... der Schein ist ein Hinweis auf unser Programm heute Abend!«

Sie zuckte mit den Schultern, und er war ein bisschen enttäuscht, dass sie nicht neugieriger war. »Wer ist auf dem Schein abgebildet?«, hat er sie gefragt. Sie untersuchte das knittrig grüne Papier: »Mann, komische Frisur, Hamilton, keine Ahnung.«

»Luise, Hamilton war der erste amerikanische Finanzminister, und jetzt gibt es ein Musical über ihn, da gehen wir hin.«

»Das ist ... faszinierend.«

»Ja, oder? Mit Kabinettssitzungen von Hamilton und Jefferson, Schulden, Außenpolitik, Politik ... und alles wird gesungen.«

»Aha«. Dann beschäftigte sie sich wieder mit ihrem Telefon.

Misslinger fand seine Einleitung eigentlich ganz witzig. Aber weil seine Tochter nicht reagierte, beschloss er, es anders zu versuchen:

»Es ist die Geschichte eines Waisenkinds, das es in der amerikanischen Revolution ganz nach oben schafft, in einen Sexskandal verwickelt wird und im Duell stirbt.«

»Das klingt schon besser.«

»Siehst Du! Und alle werden von Schwarzen oder Latinos gespielt, Hamilton, Jefferson und Washington. Und die Kabinettsitzungen sind als Rap Battles inszeniert.«

»Rap Battles? Wow.«

»Obama war auch schon da und total begeistert.«

»Alles gut, ich bin überzeugt.«

Das Theater ist ein niedriges altmodisches Gebäude, direkt daneben ragt ein Wolkenkratzer rücksichtslos in die Höhe. Gerade als sie am Eingang ihre Karte zeigen, hört Misslinger hinter sich den deutschen Touristen, der eben noch so freundlich schien, sagen: »Diese Politiker, alle gleich, arrogantes Pack. Und dann so eine junge Freundin!« Misslinger zuckt nicht einmal zusammen. Die Leute sind Ratten, denkt er. Er überlegt nur, ob er richtigstellen soll, dass es sich um seine Tochter handelt. Bei Facebook oder in irgendeinem Blog könnte morgen stehen: »In New York gesichtet: Franz Misslinger in junger Begleitung.« Und das müsste er dann wahrscheinlich richtigstellen. Aber als er merkt, dass Luise nichts gehört hat, sagt er nichts. Sie kaufen Popcorn, weil alle das so machen, und setzen sich auf ihre Plätze am Rand der vierten Reihe. Ein steiles Halbrund aus Plüschsesseln, messingglänzende Geländer, antikisierende Fresken an der Decke und beleuchtete Säulen, eine samtrote Mischung aus Art déco und Jugendstil, enger und kleiner als Misslinger erwartet hatte, jeder Platz ist besetzt.

Das Bühnenbild ist schlicht: hinten eine Backsteinmauer, Seile, die vom Schnürboden hängen, eine Galerie aus rohem Holz, kein Vorhang. Es wird dunkel. Von der Seite betritt ein Mann die Bühne, er trägt Weste, Kniehose und Rock, dazu schwarze Schaftstiefel.

How does a bastard, orphan, son of a whore and a Scotsman, dropped in the middle of a forgotten spot in the Caribbean, by providence impoverished in squalor, grow up to be a hero and a scholar?
Misslinger hat keine Ahnung, wer da singt. Anstatt sich einzulesen, hat er den ganzen Tag lang mit Frau Demirovic Nachrichten gewechselt. Aber Luise hat während des Mittagessens bei Katz – sie hat ein Pastrami-Sandwich gegessen, er ein Reuben, und während er mit zwei Pfund Corned Beef, Käse, Sauerkraut und russischem Dressing kämpfte, hat er immer wieder gestöhnt: »Jeder Bissen ein Bauchschuss!« – gründlich recherchiert. »Das ist Aaron Burr«, flüstert sie, »der erschießt Hamilton am Ende.« Sie ist tatsächlich aufgeregt, im Dämmerlicht der Bühnenbeleuchtung sieht Misslinger ihre Wangen ganz gerötet. Und sie greift nach seinem Arm. Am Anfang sitzt er noch ganz starr da, weil er es nicht gewohnt ist, seiner Tochter so nah zu sein.

Hamilton wird von einem fischäugigen Mann mit hohem Haaransatz gespielt, den Misslinger gleich ganz lächerlich findet. Luise klärt ihn auf: »Mann, das ist der Typ, der das Musical geschrieben hat, jeden einzelnen Song. Miranda heißt der. Nicht so schlecht, finde ich!«

My name is Alexander Hamilton
And there's a million things I haven't done
But just you wait, just you wait. Und irgendwann fallen auch die

Worte, deren Magie seit so vielen Generationen nicht nachgelassen hat: *In New York you can be a new man.* Da ist Misslinger ganz hingerissen. Unweigerlich erinnert diese Figur auf der Bühne ihn an sich selbst. So war auch ich, denkt er, so möchte ich wieder sein.

Und während sich da vorne diese Geschichte entfaltet, von Liebe und Freundschaft, von Rivalität und Macht, vom Schicksal der jungen Revolutionäre und dem Aufstieg ihrer jungen Nation, sinkt Misslinger immer friedlicher in seinen Sessel, und manchmal berührt er die Hand seiner Tochter, die sie nicht wegzieht, und das macht ihn glücklich.

In der Pause stehen sie mit ihren Gläsern in der Hand neben zwei Männern, die sich unterhalten. Der eine, in seinen Sechzigern, mit hoher Stirn und Professorenbrille, macht so große Gesten, dass er Misslinger beinahe den Drink aus der Hand schlägt. Er entschuldigt sich nur flüchtig, weil er so in das Gespräch mit seinem Gegenüber vertieft ist, einem kleineren, rundlichen Mann mit Unmengen von wuscheligem schwarzem Haar, dessen Gesicht von einem dichten Bart bedeckt wird. Er trägt Jeans und ein buntes Hemd in einem irgendwie afrikanischen Look. Misslinger macht Luise ein Zeichen, dass sie zuhören soll. »Die amerikanische Revolution war erst einmal eine Sache der Worte«, sagt der Ältere, »große Worte der Prinzipien, der Auflehnung gegen die imperiale Unterdrückung, der Anklage gegen Betrug und Täuschung, der Suche nach der guten Regierung – und immer stand das ganze Schicksal der Nation auf dem Spiel. Finden Sie nicht, dass das Musical exakt die Kunstform ist, das alles zu fassen?«

»Absolut! Miranda tut das Gleiche, was Rap Künstler immer gemacht haben«, sagt der Wuschelige: »Was wir da hören, ist die ungezähmte Sprache der Jugend, hungrig, ehrgeizig. Genauso stelle ich mir diese Einwanderer damals vor. Das ist die Stimme des Rap und besser lassen sich die Gründerideale nicht beschreiben. Die Revolution war der reine Hip-Hop!«

Jetzt macht der Professor, so nennt Misslinger ihn für sich, dem Jüngeren einen Vorhalt: »Hip-Hop – na ja, das ist ziemlich verwässert, oder? Gezähmt, brav ... Viel Musical, wenig Straße, würde ich sagen.«

Der Wuschelkopf schüttelt wortlos den Kopf: »Miranda beherrscht die Sprache des Hip-Hops, aber er nutzt sie für sein Musical. Die mehrsilbigen Reime, die detailversessenen, überquellenden Takte, die Assonanzen – man hört schon, woher seine Inspirationen kommen. Außerdem versteht er Rap als Wettkampf, als Battle. Die Szenen mit Hamilton und Jefferson hätten ja aus Eminems *8 Mile* stammen können.«

Der Professor, der ein unförmiges dunkles Jackett trägt, eine verbeulte helle Cordhose und ein kariertes Hemd, das Misslinger vielleicht auf einem Ausflug aufs Land tragen würde, aber nicht an einem Abend auf dem Broadway, ist nicht erfreut, weil der andere offenbar mehr Ahnung hat, also sagt er nur: »Miranda ist für mich ein Geschichtenerzähler, kein Rapper ... sagen wir, ein Geschichtenerzähler in einer Zeit, in der Rap ein sehr lautes Megafon ist.«

Während er das sagt, drehen sich die beiden um und machen sich auf den Weg zur Bar: »Da gehen sie hin, auf dass ihre klugen Gedanken mit ein paar Gläsern noch klüger werden«, sagt Misslinger. Luise sagt, sie habe nicht alles verstanden. »Das war doch ganz einfach«, sagt Misslinger, »es ging um die prädominierende Subdominante in der afroamerikanischen Populärkultur, oder so.« Misslinger trinkt sein Glas aus. Leute, die von einer Sache deutlich mehr verstehen als er, sind ihm unsympathisch.

»Ganz lustig«, sagt Luise, »anti-intellektuell, aber ganz lustig.« »›The Message‹ habe ich auch erkannt, so ist es nicht«, sagt Misslinger. Und dann fängt er an zu singen:

It's like a jungle sometimes
It makes me wonder how I keep from going under
It's like a jungle sometimes
It makes me wonder how I keep from going under …

Dazu macht er merkwürdige Tanzbewegungen, hier, mitten in der Lobby des Richard-Rogers-Theatres. Die Leute, die in den Saal zurückdrängen, machen einen Bogen um sie und lächeln, Luise macht ein entsetztes Gesicht. Aber Misslinger sieht auch, dass sie ein bisschen stolz auf ihren Vater ist, der diesen Raum so für sich einnimmt.

Den Rest des Stücks verfolgen sie schweigend gemeinsam, wie zwei Menschen, die es gewohnt sind, viel Zeit miteinander zu verbringen. Nur zweimal flüstern sie noch leise: Als es um das Reynolds Pamphlet geht, neigt sich Luise ihrem Vater fragend zu. »Das war der erste politische Sexskandal der Moderne«, sagt Misslinger, der sich da ein bisschen auskennt: »Ehebruch, Erpressung, der Versuch, die Oberhand über die öffentliche Meinung zu erlangen – alles dabei, ganz ohne Internet.« Und zum Ende hin, in einer Szene, in der Burr und Hamilton Briefe austauschen, und der Ton der Schreiben an Schärfe zunimmt, bis Burr sagt:

Then stand, Alexander
Weehawken. Dawn
Guns. Drawn,

und Hamilton antwortet:
You're on, da fragt Misslinger seine Tochter ganz aufgeregt: »Duellieren sie sich jetzt?«
»Ja.«
»Scheiße.«

Als das Stück zu Ende ist, klatschen sie so lange wie die anderen klatschen und stehen auf, als die anderen aufstehen. »Warum hat er denn bloß in die Luft geschossen?«, fragt Misslinger, während sie das Theater verlassen. »Wegen der Ehre oder so«, sagt Luise, »er dachte bestimmt, der andere macht es genauso und beide gehen nach Hause.« »Oh Mann«, sagt Misslinger. Im Taxi schreibt er eine Nachricht an Selma: »Wir waren eben im Musical. Hamilton. Das war ein gelungener Abend.« Sie schläft jetzt, aber sie soll das ruhig morgen früh gleich als Erstes lesen.

Er hat einen Tisch bei Lucien bestellt, East 1st, Ecke 1st Avenue. »Französischer wird es in New York nicht«, sagt Misslinger zufrieden, als der Kellner sie zu ihren Plätzen gebracht hat. Luise darf sich auf die mit rotem Leder gepolsterte Bank setzen, den Rücken zur Wand, die mit Hunderten kleiner Fotos behängt ist und so gelbstichig aussieht, als würde hier noch geraucht. Misslinger nimmt auf einem der bunt geflochtenen Stühle Platz, wie er sie aus dem Café de Flore in Paris kennt.

Als sie bestellen, will er sich einen Scherz daraus machen, die Namen der Gerichte, die auf der Karte in französischer Sprache stehen, mit amerikanischem Akzent auszusprechen. Er bestellt also Muhlmarlinjärtraditionell für sich und einen Luudömährl für Luise, wechselt aber für den Rest der Bestellung lieber ins Englische, als der Kellner ihn in fließendem Französisch nach seinen weiteren Wünschen fragt.

»Und, wie fandst Du es?«, fragt Luise.

»Na gut, es ist Theater«, sagt Misslinger, »aber ich könnte mir vorstellen, dass diese Gestalten, die wir eben gesehen haben, den echten Leuten von damals näher sind als die Staatsheiligen, als die sie in den Geschichtsbüchern beschrieben werden. Ich meine, wir nennen sie Founding Fathers. Aber in Wahrheit waren das Abenteurer, Revolutionäre, Rebellen. Ich will jetzt nicht in das Geschwurbel unserer schlauen Freunde von vorhin einsteigen: Aber dieser harte Rhythmus, dieses nach vorne Treibende der Musik, des Sprechgesangs, das passt schon ganz gut zum Herzschlag einer Nation im Moment ihrer Geburt.«

»Wow«, sagt Luise und ist wirklich beeindruckt. »Gibt es da etwas, was Du lernen kannst?«

»Wie lernen?«

»Für Deinen Job, Du bist Politiker...«

Misslinger blickt an die gelbe Wand hinter Luise, lauter glückliche Paare und fröhliche Menschen, die lachend an langen Tafeln sitzen. »Schieß beim Duell niemals in die Luft«, sagt er.

»Nee, mal echt.«

»Ja, ganz echt«, sagt er: »Immer auf die Schlagader!«, und haut sich selber mit der Handkante an den Hals. Ein bisschen betrunken ist er und bedauert es, dass er nur mit seiner Tochter hier ist. Er wäre in der Stimmung, eine große Runde zu unterhalten. Luise spielt eine Weile mit ihrer goldenen Kette, dann schüttelt sie den Kopf und isst weiter. Offenbar kann sie sich nicht vorstellen, dass ihr Vater ihr gerade eine ehrliche Antwort gegeben hat. Plötzlich packt ihn das schlechte Gewissen. Was man lernen kann, denkt er... »Wenn ich jetzt pathetisch wäre«, sagt er dann, »also sehr pathetisch, dann würde ich sagen: Die Geschichte von

Washingtons freiwilligem Rückzug, das ist wirklich wichtig. Wie sie singen: ›Learn to say goodbye‹! Der friedliche Übergang der Macht, das ist die große Errungenschaft der liberalen Demokratie, verstehst Du? Das kann einen schon stolz machen.«

»Als Du so alt warst wie ich jetzt, wusstest Du da schon, was Du später machen willst?«, fragt sie plötzlich.

»Als ich so alt war wie Du jetzt, wollte ich vor allem meinen Vater ärgern«, antwortet er. »Das musst Du aber nicht so machen.«

Luise spielt wieder mit ihrer Kette.

»Schade, dass ich keine Schwester habe – oder wenigstens einen Bruder.«

Sie dreht den kleinen Anhänger zwischen den Fingern hin und her, der von Misslingers Großmutter kommt. Auf der einen Seite ist der heilige Laurentius mit dem Gitterrost zu sehen, auf dem er gegrillt wurde, auf der anderen die heilige Margarethe mit dem Schwert, mit dem sie geköpft wurde. »Warum fällt dir das jetzt ein?«, fragt er, während er überlegt, was der Heilige der Bäcker und Köche und die Schutzpatronin der Schwangeren und der Gebärenden für seine Tochter tun können. »Ich weiß nicht, nur so, weil ich über solche Sachen mit ihr reden könnte. Und überhaupt, man ist dann nicht so allein.«

Als Misslinger später in seinem Bett liegt, kann er nicht schlafen. Ein Lied von Aaron Burr geht ihm nicht aus dem Kopf: In dem Stück ging es gerade um die Frage, warum nicht New York die Hauptstadt der neuen Republik wurde, sondern Virginia, also der Süden, das Rennen um die Capital gemacht hat. Burr singt:

No one else was in
The room where it happened
The room where it happened
No one really knows how the game is played
The art of the trade
How the sausage gets made
We just assume that it happens
But no one else is in
The room where it happens.

Hamilton tritt auf und sagt, er wolle etwas schaffen, dass ihn überdauere und fragt, was Burr vom Leben erwarte. Und Burr antwortet:

I wanna be in the room where it happens. Und die Musik wird schneller und die Tänzer um ihn herum bewegen sich plötzlich ganz anders als bisher. Und dann schreit er wie verrückt: *I wanna be in the room where it happens.*

Immer wieder: *I wanna be in the room where it happens. I wanna be in the room where it happens.*

Teil II

Kapitel 13

Sie stehen mit ihren Koffern an der Ecke Bowery und East 3rd Street ein paar Schritte von ihrem Hotel entfernt vor der grün gekachelten Fassade des Chez Jamin und warten auf den Mietwagen, der ihnen hier hingebracht werden soll.

Es geht ein leichter Wind nach Norden. Der Himmel ist wolkenlos und von einem besonderen Blau, klar und kalt und tief. Wenn es in dieser Gegend mehr Bäume gäbe, wären sie jetzt alle wie große Pinsel in dieses wolkenlose Licht getaucht. Aber die Bäume werden ja noch kommen, und sie werden so herbstheftig leuchten, wie Misslinger es erwartet und wie es ihn an daheim erinnert. Überhaupt wird ihn vieles an daheim erinnern. »Ist Amerika nicht schön!«, ruft er, »Long Island ist genau wie Sylt, weißt Du?« Aber Luise antwortet nicht. Sie hat sich in der Zwischenzeit auf einen der hölzernen Restaurantstühle gesetzt und liest ein Buch, während ihr Vater erfüllt ist von der ganzen amerikanischen Schönheit.

Misslingers Blick fällt auf eine Hausecke, an der der Wind ein paar Blätter gefangen hat, sie ändern wie ein Schwarm Vögel alle im selben Moment die Richtung, werden hierhin gezogen und dahin, als würden sie an unsichtbaren Fäden gezogen, und bewegen sich doch immer nur im Kreis. Misslinger kann den Blick nicht abwenden. Mitten in dieser rostbraunen Herde tanzt ein weißes Stück Papier, es dreht sich, hebt sich, fällt wieder herab, reiht sich bei den Blättern ein, löst sich wieder von ihnen. Misslinger fragt sich gerade, wie weit dieses weiße Stück Papier es noch bringen wird, in welche Höhe. Da kommt ein schwarzer Vogel, packt das Papier und fliegt still davon. Plötzlich spürt Misslinger eine große Enttäuschung, er weiß nicht warum, aber er ist froh, dass sie jetzt aus New York herauskommen.

Er wendet sich seiner Tochter zu, die, den Blick auf ihr Buch geheftet, vor dem französischen Restaurant sitzt und sich nicht rührt. Andere Mädchen in ihrem Alter würden jetzt ihren Instagram-Account durchforsten. Aber Luise liest ein Buch, den zweiten Band des *Mann ohne Eigenschaften*. Den zweiten Band! Misslinger fragt sich, ob seine Tochter, wenn sie sich so demonstrativ auf einen Restaurantstuhl setzt, am Straßenrand, und den zweiten Band des *Mann ohne Eigenschaften* liest, während sie nur auf einen Wagen wartet, damit etwas deutlich machen will. Zum Beispiel, dass sie den ersten Band schon gelesen hat. Also schon ein paar Hundert Seiten Musil hinter sich hat. Misslinger hat nie eine Zeile von Musil gelesen. Seine Tochter aber hat offenbar nicht nur den ersten Band des *Mann ohne Eigenschaften* gelesen, es hat ihr so viel Spaß gemacht, dass sie auch noch den zweiten liest. Misslinger liest eigentlich keine Bücher. Er erklärt das damit, dass ihm die Zeit fehle. Er hat sich darum eine App heruntergeladen, mit der kann er ein Buch, das 350 Seiten hat, in ungefähr einer Viertelstunde lesen. Als er das Selma erzählt hat, hat sie gelacht und ihn beglückwünscht.

Ein großer grauer Wagen biegt um die Ecke und hält direkt vor ihnen. Im Wechsel gegen ein Trinkgeld und einen Blick in Misslingers Papiere reicht ihm der Angestellte der Mietwagenfirma den Schlüssel. Als Luise aufsteht, macht Misslinger einen Schritt auf sie zu, und sie hängt sich in seinen Arm. Gemeinsam sehen sie zu, wie der Angestellte der Mietwagenfirma die Koffer in das viel zu große Auto verlädt.

Misslinger macht einen selbstbewussten Eindruck, obwohl er einen solchen Wagen noch nie gefahren hat und schon gar nicht in einer so großen Stadt. Große Dinge machen große Leute größer, denkt er und steigt ein und fährt ohne viele Umstände los. Seine Tochter ist ganz unbeeindruckt und Misslinger bedauert, keinen Sohn zu haben, mit dem er ein Gespräch über Autos führen kann.

»Jetzt fahren wir ans Meer!«, sagt Luise, nachdem sie aus der Bowery in die Delancey Street eingebogen sind und in Richtung Williamsbridge fahren. »Ja, jetzt fahren wir ans Meer«, sagt Misslinger.
»Ist das Wetter da so wie hier?«
»Die Leute hier sagen, draußen am Atlantik kann das Wetter ganz anders sein. Aber ich glaube, es wird schön.« Seine Tochter macht ein zustimmendes Geräusch und lehnt sich zurück.
»Gleich kommt die Brücke über den Fluss«, sagt er, »dann nehmen wir den Brooklyn Queens Expressway, biegen nach Osten auf die Interstate 495, und dann fahren wir einfach immer geradeaus, bis es nicht mehr weitergeht.« »Das hört sich gut an«, sagt Luise.
Misslinger beobachtet seine Tochter aus dem Augenwinkel. Gestern war er noch sicher, dass dieser Ausflug nur misslingen kann und wäre lieber in New York geblieben. Sie fahren durch Gegenden, die ihn mit ihren gesichtslosen Häusern aus rotem Ziegel an Kiel erinnern. Aber Kiel ist einigermaßen überschaubar, das hier dagegen ist schier endlos.

Als Luise einschläft, nimmt Misslinger sein Telefon und diktiert ein paar Sätze, die er in seiner Rede unterbringen will.

»Der Liberalismus ist die umfassendste Alternative zu jeder Form der Unfreiheit.«

»Wir machen Politik für die Menschen, die sich von der Zukunft etwas erhoffen, und nicht für die, die sich vor der Zukunft fürchten.«

»Je größer die Herausforderung, umso athletischer muss gesprungen werden.«

»Wir haben ein Gewissen, aber wir verfügen nicht über letzte Gewissheit.«

Morgen wird er sich hinsetzen und das alles aufschreiben. Luise wird einen halben Tag ohne ihn auskommen müssen. Er denkt nach. Dann fällt ihm noch ein: »Der Wohlfahrtsstaat ist wie ein Fäustling: Er wärmt die Hand, aber er schränkt die Freiheit ein.« Das gefällt ihm: »Freiheit für die Finger«, sagt Misslinger und freut sich.

Er denkt an Luises Bemerkung über den toten Jungen am Strand. Er hatte ihr das nicht sagen wollen, aber als er ein Kind war, hatte er sich einmal ins Wasser gelegt, am Strand, im Sommer, und sich nicht bewegt und gewartet, was passiert. Die Wellen hatten seine Füße hin und her geworfen und dann im Sand begraben, das Wasser war kühl und salzig in seinem Gesicht, der Sand brannte an seinen Wangen, aber er wollte nicht aufstehen, bevor ihn jemand bemerkt hatte. Er hatte da vielleicht fünf Minuten gelegen, vielleicht viel länger, woher soll Misslinger das heute wissen, er war ein Kind damals, er hatte da ganz still gelegen, so wie die Fische im alten Löschteich am Ende ganz still dagelegen hatten, und so wie damals wartete er auch am Strand auf die Stimme seiner Mutter, die ihm jedoch, als er sie hörte, ganz fremd vorkam, denn da war nur ein Schreien, aber er rührte sich nicht, weil sich die Fische ja auch nicht mehr gerührt hatten, sondern er wartete. Er hörte ihre Schritte, wie sie angerannt kam, durch das Wasser, den Strand entlang, gleich würde sie bei ihm sein, dann wollte er sich umdrehen und sie überraschen, aber sie war mit einem Satz bei ihm gewesen, hatte sich auf ihn geworfen, ihn herumgerissen und dann hatte er in ihr Gesicht gesehen und es hatte schrecklich ausgesehen, verzerrt vor Furcht und Entsetzen, die Augen weit aufgerissen und rot von Tränen. Die Mutter sah grässlich aus. Und weil er selber erschrocken war, hatte er wohl ein schiefes Grinsen im Gesicht, das weiß er nicht mehr, er glaubt sich daran zu erinnern, dass man ihm das später so erzählt hat, und die Mutter, die eben noch halb wahnsinnig vor Schrecken gewesen war, wurde es nun vor Wut. Sie packte ihn und rüttelte ihn und schrie ihn an, was in ihn gefahren sei, dass er ihr ein solches Leid antun wolle, und warum um alles in der Welt er ihr solche Angst habe machen wollen, und schüttelte ihn, bis er wirklich angefangen hatte zu weinen, das weiß er noch genau, wegen der großen Ungerechtigkeit, die ihm widerfahren war.

Er überlegt, ob das tote Kind in seiner Rede eine Rolle spielen sollte.

Auf dem Long Island Expressway steuert er den großen Wagen durch Reihen alter Bäume und niedriger Häuser, an Sportplätzen vorbei und Autohäusern, Lagerhallen und Wohnblocks, die nicht enden wollen, weil die große Stadt nicht enden will. Diese Straße wurde mitten durch das Leben der Menschen gebaut, denkt Misslinger, bei uns brauchen die Leute Lärmschutzwände. Er hält den Verlauf dieser Straße nicht für ein Zeichen der Gleichgültigkeit gegenüber den Menschen, die hier leben, sondern für eines ihrer Stärke. Man hat sich nicht über sie hinweggesetzt, sondern auf ihre Kraft vertraut, diese Straße nicht nur auszuhalten, sondern wertzuschätzen, Misslinger ist ganz begeistert darüber, dass diese Straße die Menschen, die hier wohnen, nicht leiden lässt, sondern sie mit der Energie verbindet, die das ganze Land durchzieht, mit dem Ehrgeiz, mit dem Appetit. »Dieser Appetit«, sagt Misslinger laut, »dieser Hunger!«

Er ist beinahe ein bisschen enttäuscht, als er irgendwann merkt, dass selbst diese Stadt müde wird und nachlässt. Sie sträubt sich noch gegen die Bäume, die dichter werden, die Felder und Wiesen, die sich rechts und links jetzt weiter erstrecken, sie wehrt sich noch mit Tankstellen und Eisenbahnanlagen, aber schließlich gibt sie auf, und dann sind sie endlich auf dem Land.

Der Wald leuchtet in ganz unwahrscheinlichen Farben. Rot und Gelb, aber es ist ein sonderbares Rot, ein irrsinniges Technicolor-Scharlachrot und ein grelles, beinahe chemisches Gelb. Es sind immer die Farben, die ihn berühren, denkt Misslinger. Nie Geräusche oder Gerüche, immer Farben. Seit er ein Kind war. Dieses Scharlachrot und dieses Chemiegelb, sie sprengen jedes erwartbare Maß, denkt er, die Natur ist überhaupt maßlos, in der Fülle ihrer Einfälle geradezu unglaubwürdig. Darum muss die Erfindung auch immer ein bisschen wahrscheinlicher sein als die Wirklichkeit, wenn sie glaubhaft sein will.

Misslinger findet, dass die Wirklichkeit gar nicht so selten unglaubhaft ist. Und dass man sie, wäre sie eine Erfindung, häufig zurückweisen würde, weil sie auf eine ganz und gar unwahrscheinliche Art und Weise vom Zufall geprägt sein kann. Misslinger findet das beruhigend, ja befreiend. Er fühlt sich wohl bei der Vorstellung, dass ein ungeheurer Raum des Möglichen ihn umgibt. Die unwahrscheinlichsten Dinge geschehen immerzu. Und dann muss er an seinen Vater denken, den großen, hageren Mann aus St. Jakob im Pfitschtal, der aus einer dieser vielen Möglichkeiten eine Wirklichkeit gemacht hat und an der Flensburger Förde landete. Das ist unwahrscheinlich genug, findet Misslinger.

Der Vater hatte nie erzählen wollen, wie es dazu kam, dass er von seiner sonnigen Alm hinabgestiegen war in die weite nördliche Ebene. Er hat wegmüssen von daheim, hat er einmal gesagt, und das hatte wirklich dringlich geklungen. Die Mutter hatte geantwortet: »Du ›hast wegmüssen‹« – und dabei hatte sie ein bisschen seinen südlichen Singsang nachgemacht – »weil Du ein Bumser warst.« Aber das hatte sie, soweit Misslinger sich erinnert, wirklich nur einmal gesagt, nicht häufiger, weil der Vater auf einmal ein sehr ernstes Gesicht gemacht hatte, so dass Franz, der nicht wusste, was ein »Bumser« war, zumindest verstand, dass es sich da um etwas handelte, womit man besser keine Scherze machte. Franz dachte, es sei vielleicht etwas Unanständiges. Aber eigentlich hätte seine Mutter das Wort dann nicht in seiner Gegenwart benutzt.

Im Rückblick, später, hat Misslinger es sich so erklärt, dass sein Vater als junger Mann offenbar ein Südtiroler Separatist gewesen ist, der Strommasten in die Luft gesprengt hat oder vielleicht Schlimmeres. Misslinger hat sich auch gedacht, dass es schon ziemlich schlimm gewesen sein muss, was der Vater auf dem Kerbholz hatte, dass er so weit »hat wegmüssen«, vom Pfitschtal bis an die Förde. Die anderen, die Südtirol damals verließen, sind nach Bayern gegangen, nur Misslingers Vater ging in den Norden. Er hatte, dachte Misslinger später, wahrscheinlich Helfer aus Deutschland.

Ein- oder zweimal war es passiert, dass sie zusammen ferngesehen hatten, und ein bekannter, sehr christlicher Politiker tauchte auf dem Bildschirm auf und der Vater sagte: »Den kenne ich noch!« oder »Der kam immer mit dem Motorrad und hatte besonderes Gepäck dabei!«, und dazu lachte er und schüttelte den Kopf. Franz wusste nicht, wovon die Rede war, aber er war stolz, dass sein Vater Leute aus dem Fernsehen kannte.

Eigentlich war es also doch nicht auf einen unwahrscheinlichen Zufall, sondern auf durchaus nachvollziehbare Ursachen zurückzuführen, dass es den Vater aus dem tiefen Bergtal an die nördliche Küste verschlagen hatte. Er selber hatte ohnehin immer darauf bestanden, seinen Lebensweg als Ergebnis einer notwendigen Verknüpfung zu verstehen – allerdings hatte er dabei weniger die logistischen Linien der deutschen Separatistenhelfer im Sinne als vielmehr die tiefen Verwebungen des Schicksals: »Franz, ich musste hierherkommen, um Deine Mutter kennenzulernen«, pflegte er zu sagen, »denn sonst wärest Du nie geboren worden und ich könnte jetzt nicht mit Dir reden! Das ist logisch, oder? Nichts geschieht aus Zufall, sondern alles geschieht, wie Gott es will, wie es sein muss und sinnvoll ist!«

Für den Vater gab es keinen Unterschied zwischen dem Willen Gottes und der Macht des Schicksals. Im Gegenteil. Das Horoskop und seine Deutung waren für ihn ein Bild dessen, wie der Mensch von Gott gedacht ist. An Sonne und Mond könne, das war seine Überzeugung, der Christ wie an himmlischen Buchstaben den Text von der Schönheit Gottes lesen. Und die Konstellationen der kosmischen Gestirne waren ihm die göttliche Andeutung dessen, was sich im Mysterium des menschgewordenen Logos enthüllt und vollendet hat. Seine Frau pflegte zu sagen, sie verstehe kein Wort von dem, was er da rede, und die Idee, dass der Himmel sozusagen Gottes Pinnwand sein solle, überzeuge sie gar nicht. Er nannte sie dann liebevoll »meine Materialistin aus dem Osten« und erinnerte sie daran, dass es bekanntlich ein Stern war, der den Heiligen Drei Königen den Weg zur Krippe gewiesen habe. Aber sie konnte nun mal mit der Religion ebenso wenig anfangen wie mit den Horoskopen und glaubte nur, was sie sah, also änderte dieser Hinweis für sie nichts.

Sie duldete die Marotte des Vaters, weil sie keine besonderen Auswirkungen auf das praktische Leben der Familie hatte. Hin und wieder legte der Vater warnende Zettel auf den Tisch, auf denen etwa stand: »Heute 13.00 bis morgen 14.00 Uhr kosmische Störungen! Neumond!«, und einmal, als Franz fünf oder sechs Jahre alt war, mussten die geplanten Ferien abgesagt werden, weil die Astrologin Elizabeth Teissier für den Sommer Regenstürme, Erdbeben und Vulkanausbrüche vorhergesagt hatte.

»Wo wohnen wir eigentlich?«, fragt Luise, die inzwischen aufgewacht ist. »Wir wohnen auf einer Insel, die an einer Insel hängt, die an einer Insel hängt«, sagt Misslinger und freut sich über diese gelungene Formulierung. »Danke«, sagt Luise, »jetzt weiß ich Bescheid.«

Misslinger ist aber noch nicht fertig. »Gut, ich sage Dir, wohin wir fahren: Manhansack-aqua-quash-awomak.« Er hat den Algonquin-Namen für Shelter Island eigens auswendig gelernt, nur für diesen Moment, aber Luise ist nicht erfreut, sie winkt entnervt ab und sieht in die andere Richtung. Er nimmt ihre Hand und sagt: »Es bedeutet: Eine Insel, geschützt von Inseln. Darum Shelter Island. Das ist doch ganz hübsch, oder?« »Ja, das ist hübsch«, sagt Luise besänftigt.

»Siehst Du«, sagt Misslinger zufrieden, »also, wir setzen mit der Fähre nach Shelter Island über und fahren dann über Little Ram Island nach Ram Island – soweit ich mich erinnere.« »Weiter weg ging es wohl nicht?«, fragt Luise. »Nein«, sagt Misslinger, »weiter weg ging es nicht.« »Ist das Hotel schön?«, fragt Luise und zieht wie geistesabwesend mit dem Rücken der rechten Hand eine Linie an der Fensterscheibe der Autotür, als wolle sie den Verlauf der Bäume nachzeichnen, die draußen vorbeiziehen. »Das Hotel ist sehr schön, wie alles hier, alles aus Holz, mit Veranda, davor eine große Wiese, alte Bäume ... Und außerdem haben sich da nach dem Krieg lauter Wissenschaftler getroffen, und über Quantenphysik diskutiert.« »Auch Einstein?« »Einstein? Gute Idee. Aber keine Ahnung. Dazu stand auf der Hotel-Seite nichts.« »Wenn Einstein nicht dabei war, will ich da nicht hin«, sagt Luise, und Misslinger ist nicht sicher, ob sie das ernst meint.

Die Laubbäume sind schon den Pinien und Fichten gewichen, und dann gelangen sie ans Meer. Es ist noch nicht der offene Ozean, sondern nur der Long Island Sound, aber es ist immerhin Meerwasser, das riecht Misslinger gleich, als er das Fenster öffnet. Am Hafen in Greenport, wo sie die Fähre nehmen wollen, fallen ihm wieder die Leitungen auf, die an schiefen Holzmasten über die Straße hängen. »Vielleicht hätten sich hier nach dem Krieg lieber Elektriker als Quantenphysiker treffen sollen«, sagt Luise. »Jedes Land hat seine eigene Mischung aus Perfektion und Vernachlässigung«, antwortet Misslinger.

Die Fähre soll sie über den nördlichen Arm des Peconic Rivers nach Shelter Island bringen. Das Ufer der Insel liegt gegenüber, Misslinger schätzt die Entfernung auf einen knappen

Kilometer. Im verwaschenen Dunst sieht er dort drüben die schmale sandgelbe Linie des Strandes und die ausgefranste Silhouette der Bäume und dazwischen das graue Wasser des Atlantiks, unruhig, übersät mit feinen weißen Streifen von Gischt, der Wind hat zugenommen und der Himmel sich verfinstert. Die Leute in der Stadt hatten recht, an der See kann das Wetter ganz anders sein, und Misslinger überlegt, wie lange die Fahrt mit der Fähre wohl dauern wird. Er bringt den Wagen noch vor der Spur zum Stehen, in die sie sich einreihen sollen, und sucht im Netz nach einer Angabe, wie lange die Fahrt dauert, aber er findet nichts, plötzlich kommt ihm die Fähre ziemlich klein vor und die Wellen viel zu hoch. Es können nicht mehr als zehn Minuten sein, keine Viertelstunde, denkt Misslinger, aber wenn die Fähre den Schutz des kleinen Hafens verlässt, was ist dann mit dem Seitenwind, der zwischen Festland und Insel durch den Sund pfeift? Misslinger, der selber ein Boot besitzt, kann sich schon vorstellen, was der Seitenwind anstellen kann. Seine Angst nimmt zu. Seine Tochter wird ungeduldig und fragt, warum sie jetzt nicht einfach auf die Fähre fahren, die da vorne liegt und wartet und die sonst sicher ohne sie ablegen wird, und wer weiß, wann die nächste geht, und so schön sei es hier auch nicht und außerdem sei das Wetter deutlich schlechter als in New York, und warum sie überhaupt diesen Ausflug hier machen müssen, wenn man stattdessen in einer so interessanten Stadt hätte bleiben können. Misslinger nimmt eine halbe Tablette. Er überlegt sich, dass das zwar unsinnig ist, weil die Wirkung erst einsetzen wird, wenn sie bereits wieder an Land sind, sollte es aber unterwegs Probleme geben, könnten diese ihm nichts anhaben.

Widerstrebend fährt Misslinger den großen Wagen auf die kleine Fähre. Zwei junge Männer kümmern sich um die

Abfertigung, karge, wortlose Typen in gelbem Ölzeug. Auf ihren kräftigen Unterarmen, die aus den zu kurzen und zu weiten Ärmeln ragen, sieht Misslinger die Adern.

Misslinger und seine Tochter bleiben im Wagen. Er schließt die Augen. Der Wagen bebt. Er spürt den Druck der Böen, die die Fähre erfassen und quer versetzen. Der Kapitän dreht das kleine Schiff beinahe in den Wind, um den Kurs zum gegenüberliegenden Hafen zu halten. Misslinger will das alles gar nicht so genau wissen. Neben der Fähre stehen die Möwen im Wind, der sich jetzt beinahe zum Sturm steigert. Die Fahrt dauert doppelt so lange wie Misslinger erwartet hat. Aber die Tablette beginnt zu wirken, das erleichtert ihn.

Als sie die Fähre verlassen, ist Misslinger ohne Sorgen. Das Mittel hindert ihn nicht beim Fahren, es erleichtert ihm das Denken, seine Gedanken werden freier. Während er den großen Wagen mit spielerischer Leichtigkeit durch eine Landschaft lenkt, die wie ein großer Garten aussieht – Luise liest wieder ihr Buch und er hat das Gefühl, als flögen sie nur so an diesen gepflegte Wiesen vorbei, an den wohlgeschnittenen Hecken und den alten Bäumen, und dann liegen da plötzlich rechts und links strahlend weiße Holzhäuser, die von ihren zweifellos gottgefälligen Bewohnern mit strahlend weißen Holzzäunen umgeben wurden –, macht sich Misslinger noch mehr Gedanken über den Willen Gottes. Weiß Gott, was er will und was werden wird?, fragt sich Misslinger, während er peinlich genau auf die Geschwindigkeitsbegrenzung achtet. Wenn Gott nur seinem eigenen Plan folgt, denkt Misslinger, wäre auch Gott nicht frei. Und wenn Gott die Welt wirklich nur mit der Fingerspitze berühren würde, denkt Misslinger, wenn wir also von Gottes Willen gar nichts wissen könnten, dann hätte Gott uns vor eine unlösbare Aufgabe gestellt, wenn wir seinen Willen vollstrecken sollen – denn wie sollten wir von diesem Willen irgendetwas wissen?

Andererseits kann es aber auch nicht sein, dass wir diesen Willen erforschen und ausloten und berechnen können, denn sonst könnten wir am Ende Gottes Willen berechnen, also den Heilsplan entschlüsseln und uns zu Diensten machen, und dann wüssten wir nicht nur, was Gut und Böse ist, sondern auch, was Vergangenheit und Zukunft sind.

›Die Sterne drängen, aber sie zwingen nicht‹, hat sein Vater gesagt, und das wird ja wohl auch für Gott gelten, dass er drängt, aber nicht zwingt. Misslingers Gedanken kreisen. Selma war ihm keine große Hilfe gewesen, wenn er über so schwierige Dinge nachdachte. Sie kam aus Kiel und fand, es sei ein bisschen viel verlangt, wenn sie zusätzlich zu den Gedanken, die sie sich über die Entwicklung der Preise für Saatgut machen musste – »Du kannst dir vielleicht ausmalen, welche Konsequenzen es hat, dass die Chinesen jetzt auch Brötchen und Croissants essen wollen?« – auch noch was Kluges über Gott und das Schicksal sagen sollte. Eigentlich war sie wie seine Mutter.

Im Rückspiegel sieht er plötzlich einen Wagen, der viel zu dicht auffährt, einen rostroten Pick-up, der sich nähert, wieder zurückfällt, wieder aufholt und nach rechts und links federt, als sei der Fahrer betrunken.

Misslinger würde gerne bremsen, fürchtet aber eine erratische Reaktion des anderen, also fährt er etwas langsamer, aber stetig weiter, beide Hände am Lenkrad. Die Straße vor ihnen führt leer und schnurgerade durch einen dichten Wald, der rote Wagen setzt zum Überholen an, Misslinger ist erleichtert und verringert die Geschwindigkeit, der Wagen ist jetzt neben ihm, Misslinger blickt aus den Augenwinkeln zur Seite, er erkennt, dass es sich bei dem Fahrer um einen Schwarzen handelt. Das erschreckt ihn, weil er hier keinen Ärger mit einem Schwarzen haben will. Auch nicht mit einem Weißen, aber erst recht nicht mit einem Schwarzen. Während der Wagen an ihnen vorüberzieht, überlegt Misslinger, ob der Mann bewaffnet ist. In dem Moment hört er seine Tochter aufschreien, die es vor ihm gesehen hat, den Schatten, der von rechts aus dem schwer zu durchschauenden Dickicht des frühherbstlichen Waldes herausspringt, eben in dem Moment, da der rote Wagen vor ihnen wieder einschert, sofort bremsend, aus der Spur geratend, hin und her schwankend, beinahe kippend, der schwarze Schatten und der rote Wagen, dann ein lauter Knall, dumpf und abscheulich. Der rote Wagen kommt quer auf der Straße zum Stehen, Misslinger bremst so schnell und hart er kann, die automatischen Systeme übernehmen die Kontrolle über das schwere Fahrzeug, halten es in der Spur, verhindern ein Ausbrechen der Reifen, und kurz bevor der Wagen in das große, rote, sich ungeheuer schnell nähernde Hindernis rast, das ihm den Weg versperrt, kurz bevor der gewaltige Kühler in die Flanke dieses Hindernisses bricht, sie zertrümmert und zermalmt, kommt das Auto zum Stehen, der Motor stirbt ab und es herrscht nur noch Stille.

Kapitel 14

Misslinger blickt auf die Uhr. Es ist erst zwei Uhr. Im Rückspiegel sieht er, wie die Sonne schon in Richtung Horizont flieht. Über ihnen ist der Himmel von schweren Wolken verdunkelt, aber hinten klart es auf, und das Licht des Tages bricht von Westen her in den Wald und bahnt sich seinen Weg durch die Bäume. Alles um ihn herum ist erleuchtet, alles schimmert im lila Licht seiner Kindheit. Er blickt um sich. In den warmen Strahlen der Herbstsonne sieht er tanzende Insekten und in dem dichten Unterholz, das links und rechts die Straße säumt, hinter dem die hohen Stämme alter Bäume aufragen, ist überall Leben und Bewegung, die Sträucher atmen, die Büsche singen, die Meisen kommen und gehen, da ist ein gelber Zeisig, eine grau-rote Drossel, oben am Baum ein schwarz-weiß gescheckter Specht. Es liegt eine große Ruhe über dem Augenblick, als habe einer die Zeit angehalten. Die Vögel stehen in der Luft. Dort vorn ist die dunkle Stelle, aus der eben dieser Schatten hervorgebrochen ist. Es sind Zedern, die da stehen, oder Wacholderbäume. Misslinger kann es nicht genau erkennen. Was für ein schöner Wald, denkt er.

Ohne die Tabletten, denkt er, wäre ich jetzt wahrscheinlich viel erschrockener, und fragt sich, wie spät es jetzt eigentlich zu Hause ist. Gleich elf Uhr abends. Was Selma wohl macht. Er sieht nach seiner Tochter. Luise zittert ein bisschen, also tröstet er sie. Er sollte Selma anrufen. Seit sie hier sind, hat er nicht mit seiner Frau gesprochen, und er hat seine Tochter nicht einmal gefragt, ob sie mit ihrer Mutter gesprochen hat. Also bleibt er einfach im Auto sitzen und schreibt Selma eine Nachricht: »Wie geht es Dir? Wir sind auf dem Weg ins Hotel. Shelter Island ist sehr schön. Sand, Wald, Meer. Es sieht alles ein bisschen aus wie bei uns zu Hause in Angeln. Ich denke an Dich.«

Was für ein schöner Wald, denkt er noch einmal.

Dann öffnet er die Wagentür, steigt aus und geht langsam zu dem quer auf der Fahrbahn stehenden Auto. Der Fahrer sitzt hinter dem Lenkrad und rührt sich nicht, ein paar Meter weiter liegt ein großer, regloser Körper. Misslinger hat noch nie einen Hirsch aus solcher Nähe gesehen. Er tritt heran und betrachtet aufmerksam das tote Tier. Der Hals ist nach hinten gebogen, die Augen sind offen und leer und aus der Nase rinnt ein wenig Blut. Misslinger sieht von oben auf den Körper herab und es tut ihm leid, dass er für das Tier gar nichts empfindet. Er kann es nicht. Wenn er von oben auf etwas herabsieht, kann er nichts empfinden. Höchstens Neugierde. Er würde gern das Fell berühren.

Er wendet sich dem Fahrer zu, der unverletzt zu sein scheint, aber immer noch in seinem Wagen sitzt und keine Anstalten macht, sich zu rühren. »Kann ich etwas für Sie tun?«, fragt Misslinger durch das offene Fenster, der Mann wendet ihm den Kopf zu, blickt ihn an, antwortet aber nicht. Misslinger bleibt am Fenster stehen. Der Mann hat einen eigenartig runden Kopf, eine hohe Stirn und schmale Augen, Misslinger fallen auch die hochgeschwungenen und für einen Mann dieses

Alters ungewöhnlich ausdrucksvollen Augenbrauen auf, die seinem Gesicht etwas Weiches, beinahe Weibliches verleihen. Seine Haare sind ganz weiß.

Plötzlich sagt der Mann: »Sie hätten diesen Hirsch überfahren, wenn ich Sie nicht überholt hätte. Aber das ist in Ordnung. Sie schulden mir nichts. Für mich bedeutet es etwas anderes, diesen Hirsch überfahren zu haben, als es für Sie bedeutet hätte. Und für ihn übrigens auch, glauben Sie mir. Aber es ist doch so: Ich habe es auf mich genommen, diesen Hirsch für Sie zu überfahren. Meinen Sie, das war ein Zufall? Es hat einen Grund, dass ich diesen Hirsch überfahren habe, den sonst Sie überfahren hätten. Doch, doch. Sie haben eine Tochter, stellen Sie sich vor, was es für Ihre Tochter bedeutet hätte, wenn Sie diesen Hirsch überfahren hätten, hier, in diesem Wald. Ich sehe Ihnen an, dass Sie es sich nicht vorstellen können. Sie kommen aus dem Ausland. Egal. Ich habe ihn überfahren, nicht Sie.«

Misslinger fühlt einen leichten Schwindel. Die Stimme des Mannes hat ihn überrascht, sie ist melodisch, weich und leicht, wie ein Tuch, das man sich um die Schulter legt, und die Augen sind von großer Tiefe.

Und plötzlich spürt Misslinger ein sonderbares Gefühl der Erleichterung: Nicht er hat dieses Tier getötet, sondern der andere. Er ist schuldlos geblieben. Andererseits hat der Mann gerade selbst von Schuld gesprochen. Er hat zwar ausdrücklich gesagt, dass Misslinger ihm gegenüber in keiner Schuld stehe, aber indem er das sagt, hat er auf die Schuld erst aufmerksam gemacht.

Jedenfalls hat der Mann natürlich recht: Wenn er Misslinger nicht in eben diesem Moment überholt hätte, hätte nicht er, sondern Misslinger diesen Hirsch überfahren. Vielleicht wäre es Misslinger aber auch gelungen, dem Hirsch auszuweichen oder rechtzeitig zu bremsen? Vielleicht hätte der Hirsch überlebt, wenn Misslinger sich nicht hätte überholen lassen? Misslinger denkt kurz daran, dass es ein paralleles Universum geben kann, in dem weder er noch der Mann den Hirsch überfahren haben, in dem der Hirsch noch lebt, während Misslinger mit Luise über ihre Schule redet, von der sie bisher nicht sprechen wollte. Misslinger wäre jetzt gerne in diesem anderen Universum. Er denkt aber auch, dass es noch ein anderes Universum geben kann, in dem sich dieser Unfall zwar zugetragen hat, aber anders, in dem beide Autos miteinander kollidiert sind und kein Insasse ungeschoren davonkam. Misslinger denkt an ein wachsendes, schwindelerregendes Netz auseinander- und zueinanderstrebender und paralleler Zeiten. An ein Webmuster aus Zeiten, die sich einander nähern, sich verzweigen, sich scheiden in endloser Fortsetzung, und in denen alles, was möglich ist, irgendwo und irgendwann auch wirklich ist, und er fragt sich, was eigentlich dann aus der Freiheit wird.

»Ich hole mal das Warndreieck«, sagt Misslinger, und muss das ungewohnte Wort eine Weile in seinem Kopf suchen, bis ihm einfällt, dass es sich um die genaue englische Entsprechung des deutschen Begriffs handelt. »Das brauchen Sie nicht«, sagt der Mann und steigt aus dem Wagen, »hier kommt niemand.« Er geht zu dem auf der Straße liegenden Hirsch und Misslinger folgt ihm. Diesmal fällt ihm das große Geweih auf, das er eben gar nicht beachtet hatte. Er war ein paarmal daheim zu einer Jagd eingeladen, es gibt viele Mitglieder seiner Partei, die jagen gehen, die Gewehre haben, und er weiß darum, was ein Achtender ist. Dem toten Hirsch fehlt an der rechten Seite die Hälfte des Geweihs, vielleicht ist sie beim Unfall abgebrochen, denkt Misslinger und schaut sich um. Der Mann kniet sich neben den Hirsch und berührt ihn sanft am Hals, er beugt sich zu dem toten Tier hinab, und es sieht wirklich so aus, als flüstere er ihm etwas ins Ohr. »Helfen Sie mir«, sagt der Mann und macht Anstalten, das Tier auf die Ladefläche seines Autos zu heben. Misslinger greift nach den Hinterläufen, als habe er nie etwas anderes getan, und gemeinsam verstauen sie das totenschwere Tier auf dem Pick-up.

»Woher Sie kommen, das können wir ja später besprechen, sagen Sie mir erst, wohin Sie wollen«, fragt der alte Mann, während er behutsam die Ladeklappe schließt. Ein Hirschbein, das noch im Weg ist, hebt er mit einer sanften, beinahe zärtlichen Bewegung der Hand. Es beruhigt Misslinger, dass der Fahrer des Wagens, der den Unfall verursacht hat, jetzt so sorgfältig vorgeht. Vielleicht wundert er sich darum nicht über die Worte des Mannes, die ihm unter anderen Umständen seltsam hätte vorkommen müssen.

»Also, wohin wollen Sie?«, fragt der Mann noch einmal und stellt sich direkt vor Misslinger auf. Er trägt eine karierte Filzjacke wie ein Holzfäller und ist groß und trotz seines hohen Alters keineswegs gebeugt. Seine freundliche Stimme wärmt Misslinger so, als sei er aus dem kühlen Schatten in die Sonne getreten. Misslinger nennt den Namen des Hotels. Der Mann lächelt ihn an: »Ah, natürlich, da haben sich die Leute getroffen, die die Atombombe gebaut haben. Was wollen Sie denn da?«

»War Einstein auch dabei?«, fragt Luise, die plötzlich hinter ihrem Vater auftaucht und jetzt immerhin wissen will, ob dieser Mann mehr weiß als ihr Vater.

»Nein«, sagt der Mann: »Einstein war nicht dabei. Er hatte Schnupfen.«

Luise sieht ihren Vater triumphierend an. »Einstein hatte Schnupfen?«, sagt Misslinger, »Sie wissen ja gut Bescheid!«

»Ich bin mein ganzes Leben hier«, sagt der Mann leise, »und vor mir meine Eltern und deren Eltern auch. Aber natürlich sind meine Leute nicht von hier, das sieht man ja, oder? Eigentlich ist niemand richtig von hier, oder? Hier gibt es nur Einwanderer, und manche sind nicht freiwillig gekommen.« »Natürlich«, sagt Misslinger.

»Wissen Sie was«, sagt der Mann plötzlich lebhaft, »ich will nicht aufdringlich sein, aber Ihr Hotel ist wirklich in keinem guten Zustand. Ehrlich gesagt, bin ich gar nicht sicher, ob es überhaupt geöffnet ist. Kommen Sie doch mit mir!«

»Mit Ihnen?« Misslinger hält sich am Wagen fest. »Wohin sollen wir denn mit Ihnen kommen?« »In mein Hotel«, sagt der Mann lächelnd, »also, es ist nicht mein Hotel, ich verwalte es nur, ich bin der Hausmeister, mein Name ist Max«, und damit streckt er Misslinger zum ersten Mal, seit sie hier stehen, die Hand entgegen. Misslinger nimmt sie wie im Traum, sagt seinen Namen und dann: »Aber wir haben doch eine Buchung.« »Eine Buchung?«, sagt der Mann lachend, »sind Sie sicher? Prüfen Sie das ruhig noch mal nach.«

Misslinger sucht die Nachricht seines Büros heraus, in der die Nummer des Hotels enthalten ist, und ruft da jetzt selber an. Aber es meldet sich niemand. Es läuft nicht mal ein Band. Misslinger sieht seine Tochter an, aber die zuckt nur mit den Schultern. »Kommen Sie«, sagt Max, »es ist nicht weit. Fahren Sie mir einfach nach. Wenn es Ihnen nicht gefällt, kehren Sie wieder um. Es ist ja noch nicht spät«, und er will schon zu seinem Wagen gehen. »Moment«, sagt Misslinger, »wohin fahren wir denn?« Er ist selber überrascht, dass er dem Vorschlag des Fremden schon zugestimmt hat. »Nach Baccalieu«, sagt der Mann, »Sie wissen doch, Shelter Island ist Manhansack-aqua-quash-awamoc ...« »... eine Insel geschützt von Inseln«, ergänzt Misslinger, »ja, das weiß ich.« »Sehen Sie«, sagt Max, »und Baccalieu ist eine von diesen Inseln. Aber keine Sorge, wir brauchen keine Fähre, es gibt eine Straße. Eine Sache noch«, sagt er, während er sich schon abwendet, »machen Sie sich keine Gedanken, wenn Ihr Navigationssystem Sie hier im Stich lässt. Baccalieu ist aus irgendwelchen Gründen auf den elektronischen Karten nicht richtig erfasst.«

Sie folgen dem Wagen. Die Straße zieht sich ruhig und gleichmäßig durch den Wald, die Bäume über ihnen werden dichter. Von links fällt noch hin und wieder die Sonne durch das Laub und lässt es in hundert Farben Grün leuchten. Dann schließt sich ein dichtes Geflecht aus Ästen und Blättern um sie und es wird beinahe ganz dunkel. Sie fahren durch einen Tunnel aus schwarzem Grün, ganz still und leicht bewegen sie sich mit ungewissem Ziel in diesem waldigen Schlauch immer weiter vorwärts. Misslinger fährt sehr aufmerksam, er schaut nach rechts und links, es soll nicht noch ein Tier geopfert werden. Am Rand der Straße stehen niedrige Holzzäune, mit denen hier die Grundstücke begrenzt sind, aber man sieht die hinter den Bäumen verborgenen Häuser nicht, und es ist auch nirgends ein Mensch zu sehen. Misslinger ist von seiner Tablette doch ein bisschen müde, und nach der langen Fahrt fallen ihm beinahe die Augen zu. Wie kam der Hirsch auf die Insel?, fragt er sich. Wurde er in diesen Wäldern geboren? Oder ist er vom Festland herübergeschwommen? Misslinger versucht sich vorzustellen, wie ein schwimmender Hirsch aussieht. Ein schwimmender Hirsch im Mondlicht, der sich vom Festland kommend der Insel nähert, aus dem Wasser auftaucht, immer größer wird, sich silbrig schimmernd abzeichnet gegen den schwarzen Himmel.

»Hier ist es gruselig«, sagt Luise. »Abwarten«, antwortet ihr Vater, der sich eigentlich ganz wohlfühlt.

Weiter vorn führt die Hauptstraße in einem sanften Bogen nach rechts, aber der Wagen vor ihnen fährt einfach geradeaus. Der Wald öffnet sich, der lichte Tag hat sie wieder, der Weg wird schmaler, und plötzlich führt eine einspurige Teerstraße über einen schmalen Damm hinaus aufs Meer. Misslinger lacht, als er sieht, dass der kleine, weiß umrandete Punkt, der auf dem Bildschirm in der Mittelkonsole des großen Wagens ihren Standort markiert, den Ram Island Drive verlassen hat und nun eigentlich im Meer zu schwimmen scheint. Es sieht tatsächlich so aus, als bewegten sie sich mitten im Wasser.

Auf der rechten Seite muss irgendwo das Ufer des Mashomack Preserve liegen und vor ihnen die Sanddüne von Cedar Point, beides ein paar Kilometer weit weg, und es ist zu diesig, um etwas zu erkennen. Links liegt das offene Meer.

An den Spuren im Asphalt und den Auswaschungen am Rand, wo ein schmaler unregelmäßiger Streifen aus hellem Sand verläuft, der auf der dem Meer zugewandten Seite immer wieder von Haufen aus weißem Kies und grauschwarzem Schotter unterbrochen wird, die hier aufgeschüttet wurden, um der Erosion vorzubeugen, kann Misslinger erkennen, dass der Damm bei Hochwasser regelmäßig überflutet wird. Auf beiden Seiten wachsen niedrige Büschel aus Wacholder und Dünengras.

»Siehst Du«, sagt Misslinger zu seiner Tochter, »hier geht das Meer rüber, das ist Seeküste, hier kommt alles rein.«

Luise weiß nicht, wovon ihr Vater spricht. »Findest Du diesen Mann nicht sonderbar?«, fragt sie. »Du meinst Max«, sagt Misslinger. Das klingt so, als sei der Hausmeister, der vor ihnen in seinem roten Pick-up fährt, einen toten Hirsch auf der Ladefläche, von dem hin und wieder ein Teil in die Höhe ragt, ein alter Freund. »Er war doch sehr freundlich zu uns.« »Ja«, sagt Luise, »und wenn er ein Psychopath ist? Alle Psychopathen sind erst mal freundlich. Wieso fahren wir ihm hinterher?« »Du wolltest nicht in unser Hotel, weil Einstein nicht da war«, sagt Misslinger, und weil er Luise ansieht, dass sie sich wirklich Sorgen macht, sagt er noch: »Mein Lieschen, es ist doch alles in Ordnung. Wir fahren da hin, gucken es uns an, und wenn es nicht schön ist, fahren wir zurück.«

Am Fuß einer Wiese, die sich rechts der Straße einen sanften Hang hinaufzieht, steht plötzlich zwischen zwei weiß lackierten Pfeilern ein großes, dunkelgrünes Schild, auf das wie von einem Kind ein schöner, grauer Fisch gemalt ist, und darüber steht in schnörkeliger Schrift der Name ihres neuen Hotels zu lesen: Baccalieu Inn. Das Gebäude, zu dem eine kurze Auffahrt aus hellem, gestampftem Sand führt, ist, wie die meisten Häuser, die Misslinger und Luise hier bisher gesehen haben, ganz aus Holz gebaut, hat aber, was in dieser Gegend ungewöhnlich ist, eine gelb gestrichene Fassade aus Holzschindeln, die dem zweistöckigen Hotel etwas Gemütliches verleiht. Sonst sind hier ja alle Häuser in strahlendem Long-Island-Weiß gestrichen, das in der Sonne die Augen blendet.

Aber das Baccalieu-Inn sieht so aus, als habe man ihm eine warme gelbfransige Strickweste angezogen, um es gegen den Wind zu schützen, der von der See her kommt, und zusätzlich ist es von dichten Büschen aus wilden Rosen umgeben, die zu dieser Jahreszeit von roten und orangefarbenen Hagebutten nur so strotzen und mit ihrem süßen Duft die warme, salzfeuchte Luft durchdringen und die so um seine Flanken gewachsen sind, als seien sie lauter behagliche, bunte Kissen, zwischen denen es sich das Hotel bequem gemacht hat. Es ist, das merkt Misslinger als er aussteigt, hier viel wärmer, als er erwartet hat.

Das Hotel blickt von der Anhöhe in alle Richtungen über das Meer, das im herbstweichen Licht des Nachmittags mit tanzenden Funken übersät ist. Vier weiße Möwen stehen über dem Haus im Wind, als wollten sie es bewachen. Und auf der dem Meer zugewandten Seite sieht Misslinger einen hohen Zuckerahorn aufragen, der in allen Farben des Herbstes leuchtet. Er schätzt das Gebäude auf die Wende vom 18. zum 19. Jahrhundert, ein klassizistisches Landhaus mit einem holzgeschnitzten, säulenbewehrten Giebelportal und strengen Dreiecksgiebeln über den schlank aus dem Dach aufragenden Gauben.

Luise muss zugeben, dass sie so einen Ort noch nie gesehen hat. Sie hat mit etwas Düsterunheimlichem gerechnet, etwas zwischen *Twin Peaks* und *Stranger Things*, nicht mit einer solchen Spätsommerheiterkeit. Da Misslinger ihre Erleichterung gesehen hat und dass sie beinahe ein bisschen verzaubert ist, tut er so, als überließe er ihr die Entscheidung und sagt: »Wenn Du willst, suchen wir uns etwas anderes.« Er hat, er weiß auch nicht warum, längst beschlossen, dass sie hierbleiben werden.

Luise, die in solchen Situationen nicht viele Worte macht, gibt ihrem Vater mit einem Blick zu verstehen, dass man sich ruhig einen Eindruck verschaffen könne, bevor eine Entscheidung zu treffen sei, dass sie allerdings geneigt sei, einen Aufenthalt in diesem Haus in Betracht zu ziehen, freilich erst, wenn auch das Innere des Hotels ihren Erwartungen entspreche. Misslinger wundert sich erneut darüber, dass seine

Tochter – und seine Frau – es schaffen, umfangreiche Sachverhalte in einen einzigen Blick zu fassen.

An der Vorderseite des Hotels sieht Misslinger eine breite Veranda, wie er sie aus vielen Filmen kennt, und da stehen, wie er es erwartet hat, tatsächlich zwei Schaukelstühle, in die man sich setzen und über das Meer blicken kann. Als sie die Eingangshalle betreten, ist ihnen, als kämen sie nach Hause: ein großer Kamin, eine freundliche alte Uhr, die vor langer Zeit stehen geblieben ist, links liegt das Esszimmer mit ein paar Tischen und schönen, alten Windsor Chairs, rechts eine Bibliothek mit alten, roten Ledersesseln und noch einem Kamin, an den Wänden hängen Bilder von Segelschiffen und Leuchttürmen, eine weiß lackierte Treppe führt nach oben in den zweiten Stock. Selma würde das alles »sehr gediegen« nennen und dabei ein belustigtes Gesicht machen, aber Misslinger sagt nur: »Hier ist es aber gemütlich.« Die Stühle fallen Misslinger nur deshalb auf, weil Selma sie so mag und gerade neulich vier Stück gekauft hat, für einen übertriebenen Preis, wie Misslinger fand.

»Ich muss etwas erledigen«, sagt Max, der ihnen die Tür geöffnet hat, »setzen Sie sich auf die Veranda, genießen Sie den Ausblick, das sind die letzten schönen Tage, glauben Sie mir«, und dann fährt er mit dem Wagen davon. Misslinger sieht noch den wie lebendig auf der Ladefläche zuckenden Hirsch. Aber das sind nur die Bodenwellen. Er bleibt allein mit Luise zurück, denn außer ihnen, so sieht es aus, ist hier niemand. Luise sagt: »Hier ist es schön, hier können wir bleiben«, setzt sich in einen der Schaukelstühle und holt ihr Buch heraus. Misslinger nimmt den anderen Stuhl und positioniert ihn so, dass er seine Tochter, die lesend neben ihm sitzt, mit der leichten Bewegung seines Fußes sanft schaukeln kann. Sie tut so, als bemerke sie es nicht, und lässt ihn gewähren, was ihn glücklich macht. Dass er sie schaukelt und sie sich schaukeln lässt, ist mehr, als sie beide gewohnt sind.

Er prüft den Eingang seiner Nachrichten. Seit gestern morgen hat Misslinger nichts mehr von Frau Demirovic gehört. Selma hat auf seine Nachricht von vorhin nicht geantwortet, und das Büro hat sich auch nicht gemeldet. Aber eine Nachricht von Walter ist gekommen.

»Misslinger, geht es Ihnen gut? Ich höre gar nichts von Ihnen, die Basis ist unruhig, ihre Konkurrenz schläft nicht, und es sind nur noch drei Wochen bis zum Parteitag. War es eine gute Idee, dass Sie ausgerechnet jetzt in die Ferien gefahren sind? Sie sehen, ich sorge mich um Sie. Das habe ich immer getan. Und ich fühle mich verantwortlich für Sie. Das werde ich immer tun. Ihr treuer W.«

Misslinger blickt auf. Vor ihm liegt das Meer. In nordwestlicher Richtung sieht er knapp unter dem Horizont einen Leuchtturm zwischen zwei Inseln im Wasser stehen, er muss Max danach fragen, nach Osten kreuzt ein Segelboot gegen den Wind, um nach Hause zu kommen, von der offenen See weg in den Schutz der Inseln und der Küste. Es ist so ungewöhnlich warm hier, denkt Misslinger, »Mikroklima«, sagt er halblaut.

»Warum hörst Du auf?«, fragt Luise.

Misslinger nimmt das Schaukeln wieder auf und versucht jetzt, sich einen Reim auf Walters Nachricht zu machen. Es war Walter gewesen, der ihm geraten hatte, sich vor dem Parteitag rar zu machen und eine Reise anzutreten. Und jetzt soll es ungeschickt gewesen sein, wegzufahren? Als ob sich Misslinger darüber keine Gedanken gemacht hätte. Als ob er sich nicht gefragt hätte, wie es wirke, wenn er wenige Wochen vor dem Parteitag für eine Woche mit seiner Tochter nach Amerika reise. Aber er war zu dem Schluss gekommen, dass er mit dieser Reise ein Zeichen der Stärke setzte, ein Zeichen der Freiheit – und ganz abgesehen davon, konnte er sich so auch als aktiver Vater präsentieren, er hatte ja Leute, die dafür sorgten, dass das auch nicht unbeachtet blieb. Seine Partei wendet sich ausdrücklich an selbstbewusste, berufstätige Frauen. Und die freuen sich über Männer, die mitmachen.

»War es eine gute Idee, dass Sie ausgerechnet jetzt in die Ferien gefahren sind?«

Misslinger schaukelt Luise schneller.

»Sie sehen, ich sorge mich um Sie.«

Er schaukelt sie schneller.

»Es fehlt noch, dass Walter mir sein volles Vertrauen ausspricht«, denkt Misslinger, »sein vollstes Vertrauen, sein randvollobervolles Vertrauen.«

»Nicht so schnell«, sagt Luise.

Misslinger stoppt.

Das Segelboot hat jetzt südlichen Kurs genommen und wird gleich hinter der Landzunge des Mashomack Preserve verschwinden.

Misslinger sieht von seinem Stuhl auf der Veranda aus das Boot im stetigen Wind. Die vollen Segel streifen beinahe das Wasser, so sehr neigen sich Rumpf und Mast zur Seite. Der Segler steht im Heck, das Ruder in der Hand, hoch aufgerichtet über dem Boot, das unter ihm liegt. Misslinger bewundert diesen Segler, wie er da kerzengerade in seiner eleganten, hölzernen Kieljacht steht, die, im Wind liegend, durch die lange Dünung schneidet, die zu kippen droht, aber nicht kippt, nicht kippen kann, so viel weiß Misslinger vom Segeln, je stärker der Wind drückt, desto stärker drückt das Boot zurück, und es ist, als gäben sich Wind und Boot gegenseitig Halt, und so könnte das Boot immer weiter fahren, der Segler müsste nie wenden, aber wenn er einen Fehler macht oder das Meer, das seinen eigenen Regeln gehorcht und sich raushält aus der Abmachung zwischen Wind und Boot, mit einer großen Welle schlägt, dann entlädt sich die ganze heikel gebändigte Kraft mit unmäßiger Wucht, und mit einem Mal kann alles in Stücke gehen, Mast und Segel und Boot. Misslinger wäre jetzt gerne dieser Segler.

Als Max nach zwanzig Minuten zurückkehrt, ist die Ladefläche leer. »Ich habe etwas zu essen mitgebracht«, sagt er fröhlich, »ich mache Ihnen gedämpfte Venusmuscheln und Hummer. Sie mögen doch Muscheln und Hummer? Natürlich. Sonst wäre Sie ja nicht hier, oder?«

Kapitel 15

»Lieber Walter, meine Damen und Herren. Ich bin Franz Xaver Misslinger und ich sage immer, bei mir hört das Scheitern mit dem Namen auf.« Der erste Satz steht. Den ändert er nicht. Die Reverenz an Walter kann auch bleiben. Aber ein bisschen kürzer. Es genügt, ihm einen Gruß zuzuwerfen, im Vorübergehen, man muss nicht stehen bleiben und sich verbeugen. Die Zeiten sind vorbei.

Misslinger sitzt an einem kleinen Tisch aus grobem grauem Holz am Fenster und sieht kurz vor Sonnenaufgang über das unruhige Meer nach Osten. Luise schläft noch. Auf einem Hocker neben dem Tisch liegt ein Gezeitenkalender. Misslinger blättert darin herum: Für Samstag, den 15. Oktober 2016 steht dort: Beginn der astronomischen Dämmerung 05:29, Beginn der nautischen Dämmerung 06:01, Beginn der bürgerlichen Dämmerung 06:33. Bürgerliche Dämmerung, das gefällt Misslinger, das hat er noch nie gehört. Er sieht auf die Uhr. Noch zehn Minuten, denkt er, dann setzt die bürgerliche Dämmerung ein – und was kommt dann? Die Revolution des Tages?

Er will sich jetzt endlich auf seine Rede konzentrieren.

Bruno Bolognese:
»Sind Sie da?«

Arta Demirovic:
»Natürlich.«

Bruno Bolognese:
»Was machen Sie?«

Arta Demirovic:
»Ich habe frei, sitze auf dem Balkon und genieße die Sonne. Und Sie? Früh wach …«

Bruno Bolognese:
»Ich arbeite an meiner Rede.«

Arta Demirovic:
»Ich würde Sie gerne reden hören. Sie haben eine schöne Stimme. Ich habe ein Video von Ihnen gesehen. Wenn Sie jetzt hier wären, könnten Sie mir etwas ins Ohr flüstern.«

Bruno Bolognese:
»Was würden Sie denn gerne hören?«

Arta Demirovic:
»Etwas Unanständiges.«

Bruno Bolognese:
»Was ist denn unanständig?«

Arta Demirovic
»Fällt Ihnen nichts ein?«

Bruno Bolognese
»Wie sehen Ihre Brüste aus? Beschreiben Sie sie für mich.«

Arta Demirovic:
»Sie sind nicht sehr groß, eine kleine Hand voll, zart und weich. Ich mag die Größe meiner Brustwarzen und auch den kleinen, dunkelrosa Hof, der sie umgibt.«

Bruno Bolognese:
»Berühren Sie sie.«

»Brustwarzen«, das Wort hätte er jetzt lieber nicht gelesen. Im Sommer, in Köln, bei der Partei-Veranstaltung, hatte Richard ihm eine Geschichte über Brustwarzen erzählt, aus seinem Garten. Richard hatte im Frühjahr eine Geflüchteten-Familie aufgenommen, ein Mann, seine Frau, zwei Kinder, immerhin vier Leute aus Syrien, die hatte er in dem kleinen Gartenhaus untergebracht, das am Rande seines Grundstücks stand. Misslinger hatte das gar nicht gewusst und war beeindruckt. Die Familie war aus Aleppo entkommen, hatte sich über die Türkei nach Griechenland durchgeschlagen und war von dort nach Deutschland gewandert, zu Fuß, die ganze Strecke, mit zwei kleinen Kindern.

Der Mann war in Syrien Grundschullehrer gewesen. Aber was hilft das am Stadtrand von Kiel? Also arbeitete er bei Richard im Garten. Ein großer, schöner Garten, Misslinger kannte ihn gut, weitläufig, mit alten Rhododendren und gepflegten Beeten. Der Rasen war gesund und grün und scharf gemäht, und die Hecken waren säuberlich geschnitten.

Es gab da auch, hatte Richard erzählt, zwei Buchsbäume, sicher einen Meter fünfzig hoch, die waren kugelrund geschnitten. Richtig große, pralle, runde Bälle waren das, einer rechts vom Weg, einer links. Und oben hatten sie Knubbel, es saßen da kleine Bälle auf großen Bällen. Das ist eine ganz klassische Form, Buchsbäume zu schneiden, hatte Richard gesagt, die gab es schon immer, sie stammt aus Frankreich oder aus England, jedenfalls ist sie klassisch. Und eines Tages kommt Richard nach Hause und die kleinen Knubbel auf den großen Knubbeln sind weg, abgeschnitten, auf beiden Seiten, rechts weg, links weg.

Misslinger hatte damals in Köln ein fragendes Gesicht gemacht, weil er die Geschichte nicht verstanden hatte. »Mann, Misslinger, das war mein Geflüchteter, kapierst Du es nicht«, hatte Richard gesagt, »die Dinger haben ihn an Brüste erinnert und an Brustwarzen. Riesige grüne Brustwarzen auf riesigen grünen Brüsten. Er kam damit nicht klar und hat sie darum abgeschnitten.« Misslinger hatte damals lachen müssen, aber jetzt tut ihm die Geschichte plötzlich leid, wegen Richard, wegen der Buchsbäume und wegen des Geflüchteten, der aus dem heißen, strengen Syrien ins feuchte, dunkle Schleswig-Holstein kommt und dort auf riesige grüne Brüste trifft, denen er nur mit der Heckenschere beikommen kann.

Von dieser Rede hängt meine Zukunft ab, denkt Misslinger und blickt wieder aus dem Fenster. Da ist ein langer weißer Bootssteg, der ihm bisher nicht aufgefallen ist. Ein Mann steht am Ende. Das kann nur Max sein, denkt Misslinger, wir sind ja allein im Hotel. Plötzlich beginnt der Mann weit ausholende Bewegungen mit den Armen zu machen. Was tut der da? Er sieht aus, als würde er in die Luft schlagen. Vielleicht wirft er etwas ins Wasser. Aber Misslinger kann nicht sehen, was. Die Sonne steigt langsam über den Horizont und hangelt sich an den bläulich schimmernden Wolken empor.

Selma:

»Misslinger, was ist mit Dir? Luise hat mir von dem Unfall geschrieben. Ihr habt einen Hirsch überfahren? Wolltest Du mir das verheimlichen? Sie sagt, ihr seid in einem schönen Hotel auf einer Insel, die auf keiner Karte verzeichnet ist. Gib zu, das hast Du alles so eingefädelt, weil Du möglichst weit wegwillst. Von mir? Von uns?«

Er sieht seine Notizen durch. »Lebensgefühl«, »Wunsch nach Selbstbestimmung«, »Schaffenskraft«, »Lust am persönlichen Fortschritt«. »Ich war an den Quellen. Ich komme gerade aus den Vereinigten Staaten zurück.«

Er blickt wieder auf. Nichts als Himmel und See. Er hat den Hirsch nicht überfahren. Wie kommt Selma darauf? Von Weitem rollt der Ozean heran, aus dem Osten kommen die Wellen, von daheim. Er ist selber wie eine Welle herangespült worden, ein Stück Treibholz auf einer Welle.

Franz Xaver Misslinger:

»Ich erzähle Dir das in Ruhe, wenn ich zurückkomme. Hier ist es ungewöhnlich schön. Ich blicke auf den Ozean, Selma. Wenn ich weiter gucken könnte, würde ich Dich sehen. Wir waren noch nicht am Strand. Aber ich habe das Gefühl, je näher ich dem Wasser komme, desto weiter entferne ich mich.«

Man geht immer so lange in eine Richtung, wie es geht, denkt Misslinger. Dann muss man umkehren. »Warum«, fragt er sich, »gibt das ruhelose Meer denen Ruhe, die es betrachten?« »Und die See wird allen neue Hoffnung bringen, so wie der Schlaf die Träume bringt daheim«, sagt Misslinger leise und weiß nicht mehr, aus welchem Film er das hat.

Es klopft an der Tür. Luise tritt ein, ohne auf seine Antwort zu warten. »Telefonierst Du?«, fragt sie. Misslinger dreht sich um. »Warum fragst Du?« »Weil ich Deine Stimme gehört habe.«

»Ich rede mit mir selbst«, sagt er.

»Das machen nur sehr alte, sehr verrückte oder sehr unglückliche Leute«, sagt Luise.

»Such dir was aus«, sagt ihr Vater und dreht sich wieder zum Fenster: »Geh schlafen, es ist zu früh zum Aufstehen.«

»Ich habe Dich schnarchen gehört, die Wände sind wie Papier.«

»Das tut mir leid«, sagt Misslinger.

Misslinger arbeitet noch zwei Stunden, die Frage von Frau Demirovic, ob ihr Schoß ihn nicht mehr interessiere, lässt er unbeantwortet. Dann steigen Vater und Tochter die hölzerne Treppe hinab und setzen sich in dem großen Speisesaal als einzige Gäste zum Frühstück. Es ist ein warmer Tag, die hohen, weißen Fenstertüren zur Terrasse stehen offen, helle Vorhänge mit blauen Streifen wehen im Wind, und von der Anhöhe, auf der das Hotel steht, kann man über die sanften Inseln und Halbinseln sehen und über die niedrigen Höhenzüge der Landzungen dieses ozeansüchtigen Archipels. Alles ist dicht mit Ahorn, Eichen und Erlen bewachsen und lodert da draußen im Licht der Morgensonne feuerrot und grellgelb, es ist ein einziges herbstmächtiges Leuchten.

»Das ist der Indian Summer«, sagt Misslinger zu Max, der Pfannkuchen und Spiegelei bringt. »Ja, der Indian Summer. Es wird ein schöner Tag. Ich kann Ihnen die Liegestühle auf die Terrasse bringen, da haben Sie es windgeschützt.« Der alte Hausmeister geht, ohne eine Antwort abzuwarten, in den

Garten, Misslinger sieht, wie er sich hinten an zwei großen, weiß lackierten Holzstühlen zu schaffen macht. »Willst Du ihm nicht helfen?«, fragt Luise. Misslinger, der findet, für diese Arbeit werde der Hausmeister bezahlt, will eigentlich nicht, aber noch weniger will er bei seiner Tochter einen schlechten Eindruck machen. Max wuchtet gerade einen der großen Stühle in Richtung Terrasse, als Misslinger seine Hilfe anbietet und den zweiten Stuhl nehmen will. Aber das sorgfältig gearbeitete Möbelstück mit den breiten Armstützen und der fächerförmig nach hinten geneigten Rückenlehne ist schwerer als gedacht, und Misslinger staunt über die unerwarteten Körperkräfte des alten Mannes. Gemeinsam tragen sie den zweiten Stuhl. »Schöne Stühle«, sagt Misslinger. »Adirondack Chairs«, sagt Max.

»Adirondack? Indianische Stühle im Indian Summer?« »Ja, richtig«, antwortet Max: »Adirondacks, Taconics, Mahoosucs, Poconos – so heißen hier in der Gegend die Berge.«

»Alles indianische Namen.«

»Natürlich.«

»Na ja, sonst ist ja auch nicht viel übrig von den Native Americans, außer den Namen«, sagt Misslinger, ohne darüber nachzudenken.

»Nicht viel?«, ruft Max, »die Namen sind alles!«

Misslinger will das Thema gerne wechseln und sieht über das offene Meer, jetzt fällt ihm auf, dass man von hier zwei Leuchttürme sehen kann, einen im Norden, einen zweiten weiter weg, im Westen. »Was sind das für Leuchttürme?«, fragt er. »Da über die Gardiners Bay können Sie Orient Beach sehen, und da, im Westen, hinter der Tobaccolot Bay kann man gerade noch Montauk Point erkennen«, antwortet Max.

Dann stellt er sich ganz dicht neben Misslinger, dem die körperliche Nähe des Fremden weniger unangenehm ist, als er erwartet hatte. »Ich zeige Ihnen noch etwas, das sollten Sie sehen, wenn Sie schon hier sind«, sagt er, und Misslinger lässt seinen Blick dem ausgestreckten Arm des alten Hausmeisters folgen und kann weiter rechts in der bunt gescheckten Silhouette des äußersten Ausläufers von Long Island gerade eben noch einen hellen Fleck ausmachen: »Sehen Sie da?«, sagt Max, »das ist Montauk Station.« »Und was ist Montauk Station?« fragt Misslinger. »Beinahe nichts. Nur eine alte Radarstation der Armee«, sagt Max, wendet sich ab und geht lachend davon.

»Was machen wir heute?«, fragt Luise, als ihr Vater wieder am Tisch sitzt. »Wir besuchen einen Freund«, sagt Misslinger.

Wenn man Misslinger gefragt hätte, ob er viele Freunde habe, hätte er ein glänzendes Lachen aufgesetzt und entschlossen »Natürlich!« geantwortet und gleich damit begonnen, lauter Leute aufzuzählen, die alles waren, nur keine Freunde. Auch Robert Halder konnte man nicht wirklich so nennen. Misslinger hatte ihn überhaupt nur zweimal getroffen, das erste Mal vor beinahe zwanzig Jahren anlässlich seiner ersten Amerika-Reise, damals hatte sein Luftwaffenkamerad ihm den Arzt und Forscher vorgestellt, der dessen Onkel war, und dann noch einmal, als Halder kurz nach Beginn der Wirtschaftskrise des Jahres 2008 wegen einer Erbsache in Deutschland war. Allerdings hatten Misslinger und Halder in einem regelmäßigen Briefwechsel gestanden.

Wenn Misslinger also seiner Tochter gesagt hätte, er wollte einen alten Geschäftsfreund besuchen, dann wäre das zutreffender gewesen. Heute allerdings gab es keine Geschäfte mehr, die man mit Halder hätte machen können. Er hatte sich schon vor Jahren von seiner Arbeit zurückgezogen und lebte in der Nähe in einem schönen alten Haus am Wasser. Es gibt für Misslinger also keinen wirklichen Grund, Halder zu besuchen, und eigentlich tut Misslinger nichts ohne Grund.

Er freut sich, wieder in den schweren Ford steigen zu dürfen. Seit es ihm gelungen ist, den großen grauen Wagen bei dem Unfall rechtzeitig zum Stehen zu bringen, ohne dabei die Kontrolle zu verlieren, fühlt er sich hinter diesem Lenkrad wie zu Hause. Luise sitzt in ihrem schönen gelben Kleid neben ihm, ihre hellbraune Jacke aus Cordjeans hat sie mit einem lässigen Schwung hinter sich geworfen, an dem Misslinger erkennt, dass sie guter Laune ist. Sie sieht aus, wie Selma damals ausgesehen hat, als sie sich am Weststrand getroffen haben. Sie hat das gleiche blonde Haar. Flachs oder Schilf, denkt Misslinger.

Draußen wieder die lange gerade Straße, die wie mitten durchs Meer führt. Ihm fällt die schöne Einsamkeit auf. Luise hat zur Abwechslung nicht ihr Buch in der Hand, sondern ihr Telefon. Aber es funktioniert nicht. Auf der kleinen Halbinsel gibt es kein Netz, und das Hotel ist schon außer Reichweite.

Ungeduldig tippt sie auf ihrem Gerät herum und schlägt es auf ihren nackten rechten Oberschenkel. Für Luise zerfällt die Welt in zwei Zustände, jenen mit Netz und jenen ohne, und der Ohne-Netz-Zustand ist nur eine kurze Zeit ohne wachsende Nervosität zu ertragen. Während sie den geraden, sandigen Damm passieren, gleiten sie von einem Zustand in den anderen.

Sobald sie wieder im Netz ist, durchstöbert Luise ihren Instagram-Account, Misslinger kann das aus dem Augenwinkel sehen. Sie heißt dort »the_little_mademoiselle« und teilt ständig Bilder von Kuchen und Schuhen. Nur Kuchen und Schuhe, immer abwechselnd, die Schuhe sind hochhackig, bunt, flach, elegant, aus Stoff, aus Leder, mit bunten Bommeln oder glitzernden Pailletten, und die Kuchen sehen eigentlich genauso aus. Misslinger findet den Instagram-Namen seiner Tochter nicht so passend. Aber er weiß nicht, wie er ihr das sagen soll. Er ist sich nicht sicher, ob all ihre Follower nur auf der Suche nach Schuhen und Kuchen sind.

Auch das Radio funktioniert jetzt wieder. Vorher war auf jedem Kanal nur weißes Rauschen zu hören gewesen, jetzt kann Misslinger die Nachrichten einschalten.

Drei Wochen vor den Wahlen findet sich die Kampagne der Republikaner in schwerem Gelände. Mehrere Frauen berichten von sexuellen Belästigungen durch den republikanischen Kandidaten, der seinerseits von »Lügen, Lügen, Lügen« spricht und sagt, die Frauen, die sich öffentlich äußerten, seien gar nicht sein Typ.

In Florida sagte der Kandidat: »Diese Wahl wird darüber entscheiden, ob wir eine freie Nation sind oder ob wir nur die Illusion von Demokratie haben, und in Wahrheit von einer kleinen globalen Interessengruppe kontrolliert werden, die das System manipuliert hat – und unser System ist manipuliert.« Er kämpfe gegen eine globale Machtstruktur, die die Arbeiterklasse ausbeute, die dem Land seinen Reichtum raube und den Profit in die Taschen einiger großer Konzerne und Politiker lenke. Misslinger wundert sich, wie selbstverständlich in den USA von der »working class« die Rede ist.

Die New York Times sagt, die Demokratin habe eine 89-prozentige Chance, die in drei Wochen stattfindenden Wahlen zu gewinnen.

»Siehst Du«, sagt Misslinger, »er wird doch nicht gewählt.«

»Wer?«, fragt Luise, die nicht zugehört hat.

»Der Grab'em by the Pussy-Man. Er wird nicht gewählt, kam eben im Radio.«

»Bist Du sicher?«, fragt Luise.

»Sicher?«, fragt Misslinger zurück und schweigt.

Die Fähre braucht nur wenige Minuten, um den Peconic River zu überqueren. Weil er das wusste, hat Misslinger morgens nur eine Tablette genommen. Sie fahren nach Süden durch North Haven, biegen nicht nach links in Richtung Sag Harbor ab, sondern halten sich rechts, dann geht es ein Stück auf einer schmalen Straße, die auf einem niedrigen, aus schwarzen Steinen aufgeworfenen Damm durch das ruhige Wasser der Noyack Bay nach Bay Point führt, einer weiteren der vielen kleinen Inseln und Halbinseln dieser Gegend.

Das Auto fährt an geschnittenen Hecken, geharktem Kies und gemähten Rasen entlang, am weißen Fahnenmast steht das sternengesprenkelte Banner, und rechts und links schrundige Holzpfähle, an denen wieder einmal schwarze Telefonleitungen kreuz und quer über die Straße hängen. Am Ende des Harbor Drives gibt es keine Häuser mehr, da sind nur noch hohe, alte Bäume und eine perfekt gestutzte Wiese, dann links eine Einfahrt zwischen zwei strahlend weißen Holzsäulen. Vom Haus ist nur ganz hinten die Silhouette des Dachs zu erkennen, mit grauem Schiefer gedeckt, zwei Giebel, zwei Schornsteine aus altem, rotem Backstein. Über eine kurvige Kiesauffahrt unter alten Bäumen nähern sie sich dem zweistöckigen Gebäude. Wieder eine Veranda, ein säulenbewehrter Vorbau, eine Fassade aus hellgrau gestrichenen Holzschindeln – das Haus sieht aus, wie alle Häuser hier aussehen, ein bisschen eleganter vielleicht, und Misslinger mag das alles, aber er fragt sich, warum es ihn so kalt lässt, als seine Tochter ruft: »Oh Gott, ist das hier spießig.«

»Tais-toi«, sagt Misslinger.

»Ta gueule«, sagt seine Tochter, und das gefällt ihm.

Rechts und links des mildgrünen Garagentors wachsen wieder große Büsche hagebuttenleuchtender Rosen, wie Misslinger sie von zu Hause kennt. Er steigt aus dem großen Wagen, geht zu einer der sich üppig wölbenden Pflanzen und pflückt eine Handvoll der strahlenden Früchte. Er zeigt sie seiner Tochter: »Guck, daraus hat die Nadl früher Marmelade gemacht, Hetschepetsch. Schade, dass Du sie nicht mehr kennengelernt hast. Sie hätte dir gefallen.« Luise sagt nichts, nimmt ihrem Vater ein paar der Früchte aus der Hand, sie wirft eine hoch in die Luft und fängt sie mit ihrem Mund auf. Misslinger versucht, sich an die Nadl zu erinnern. Aber das einzige Bild, das ihm in den Sinn kommt, ist die wütende kleine Frau, die auf dem dreckigen Feldweg liegt und ihn losschickt, Hilfe zu holen. Er hat lange gebraucht. Und als die Männer endlich da waren, war die Nadl schon ganz schwach, da konnte sie nicht mehr mit ihm schimpfen und hat kein Wort mehr gesagt. Luise spuckt die Hagebutte aus und sagt: »Aber an die Marmelade kann ich mich erinnern«, dann geht sie auf ihren Vater zu, als wollte sie ihn umarmen, steckt ihm aber im letzten Moment die haarigen Kerne der Früchte, die sie in ihren Handflächen zerdrückt hat, in den Kragen seines Hemdes, sie dreht sich geschickt aus seinen geöffneten Armen und lacht ihn aus. Misslinger bewegt sich nicht, weil er den gleich unweigerlich einsetzenden Juckreiz hinauszögern will, er steht ganz still und schließt die Augen und atmet den sandigen Duft der Rosen ein, der über dem in der Sonne glänzenden Kies steht.

Dann schimpft er auf seine Tochter, versucht sich die Hagebuttenkerne aus dem Hemd zu schütteln, das er zu diesem Zweck aus der Hose ziehen muss, dreht und windet sich dabei hin und her, schimpft weiter und bemerkt gar nicht, dass Robert Halder längst in seiner geöffneten Tür steht und ihm aufmerksam zusieht.

Misslinger hält inne, lacht selbst, sortiert sich endlich und läuft auf Halder zu. Sein Auftritt ist ihm so unangenehm und seine Freude so groß, dass er gar nicht gleich bemerkt, wie sehr sich der Mann verändert hat. Halder geht langsam die dreistufige Holztreppe hinab und stellt sich vor Misslinger auf. Der Abstand zwischen den beiden Männern beträgt ungefähr anderthalb Unterarmlängen, aber dennoch berührt Halders Bauch beinahe den von Misslinger. So dick ist er. Dieser Bauch ist es, der Misslinger nun am meisten auffällt, nicht das herzliche Lachen oder die weit nach hinten gewichenen Haare oder die weichen, jeder festen Arbeit vollkommen entwöhnten Hände, oder der freundliche Blick, hinter dem sich, würde man die fröhliche Höflichkeit des Gastgebers abziehen, vielleicht eine leise Traurigkeit verbirgt. Es ist der Bauch. Er springt einem sofort ins Auge, denkt Misslinger, und fragt sich, wie er ihn überhaupt übersehen konnte. Halder besteht gleichsam nur noch aus Bauch. Misslinger findet darum auch gar keine Worte. Aber das macht nichts, weil Halder so viel redet und so freundlich ist, vielleicht bemerkt er Misslingers Befangenheit gar nicht. »Mein lieber Misslinger«, sagt Halder also, »es ist so eine große Freude, Sie endlich zu sehen. Sie sind in guter Form, ich muss schon sagen!«

»Sie sehen auch sehr gut aus«, sagt Misslinger ohne viel Überzeugung. Halder lacht und sagt: »Sie sind doch Politiker und dann so ein schlechter Lügner? Sie denken, ich sollte mich mal eine Runde unter unsere Eismaschinen legen und meinen kleinen Freund hier wegfrieren, oder?«, und dabei schlägt er sich auf den Bauch. Misslinger hebt die Hände zu einer abwehrenden Bewegung, aber Halder legt ihm einen Arm um die Schulter und will ihn zum Haus bringen. Da sagt Misslinger: »Warten Sie, ich stelle Ihnen meine Tochter vor, Luise.« Halder entschuldigt sich bei Luise für seine Unhöflichkeit, aber sie reicht ihm freundlich die Hand und macht eine angedeutete Verbeugung. Misslinger ist stolz auf seine schöne Tochter, hängt sich bei ihr ein und folgt Halder ins Haus.

Es ist alles sehr ordentlich, ein bisschen kühl, findet Misslinger, er bemerkt auch die Details, auf die hier viel Wert gelegt wurde, Vasen, Lampen, kleine Bilder, Aschenbecher, Bildbände, es ist alles sehr dekorativ, das ist das Wort, das ihm dazu einfällt. In den beiden großen Räumen, die beinahe die gesamte Fläche des Erdgeschosses einnehmen, stehen mit grauem Samt bezogene Knoll-Ottomanen und aufwendig gepolsterte, altrosafarbene Chesterfield-Sessel um niedrige Couchtische aus altem thailändischem Tropenholz – Misslinger kann das alles einordnen, er kennt sich ein bisschen aus, weil Selma ihm das eine oder andere beigebracht hat, und er schätzt darum, dass Halder vieles aus Europa hat kommen lassen.

Aus einem der Designmöbel erhebt sich unerwartet ein großer dunkelhaariger Mann, der vielleicht etwas jünger ist als Misslinger.

»Das ist Matthew, er hilft mir – mit dem Garten, mit dem Haus, mit meinem Leben, seit meine Frau und ich uns getrennt haben«, sagt Halder: »Sie haben sie damals kurz kennengelernt, wenn ich keinen Fehler mache?« Misslinger nickt, obwohl er sich an Halders Frau nicht erinnert. Halder steht neben dem jungen Mann und legt ihm die Hand auf die Schulter. Misslinger sieht, wie zwischen ihren Beinen ein großer dunkler Hund hin und her läuft. »Und das hier ist Rupert«, sagt Halder und streichelt das unruhige Tier.

Auf der Terrasse ist ein großer Tisch gedeckt, Misslinger zählt sechs Plätze. »Sie haben es schön hier«, sagt er. »Ich habe mich hier zurückgezogen«, antwortet Halder, »meine Praxis ist geschlossen, das Institut habe ich verlassen, meine Patente habe ich verkauft, die Firmenanteile abgegeben.« »Und die Wohnung in Boston?«, fragt Misslinger, während er an dem Carrot Juice-Mimosa nippt, den Matthew auf einem kleinen Silbertablett gebracht hat – mit moussierendem Weißwein für Misslinger und Halder, ohne für Luise und sich selbst. »Die hat meine Frau. Aber das ist in Ordnung. Es war für sie nicht leicht«, sagt Halder.

Luise, die ein paar Schritte in den Garten gemacht hatte, kommt zurück und sagt: »Sie haben hier ja die schönsten Blumen!« Sie zieht ihren Vater am Ärmel die zwei Stufen von der Terrasse hinab auf den peinlich gestutzten Rasen, um ihm alles zu zeigen, was sie sich hier schon erobert hat. Misslinger will ihre Hand fassen, aber sie entzieht sich und läuft voraus. Das Grundstück ist groß und liegt direkt am Wasser, der Rasen fällt zum Ufer hin ab, am Steg, der durch einen schmalen Schilfgürtel führt, ist ein schönes blaues Motorboot befestigt, auf der anderen Seite des Sunds liegt die waldige Uferlinie von North Haven. Misslinger sieht seine Tochter in ihrem gelben Kleid den Abhang hinablaufen wie einen tanzenden Schmetterling, den er fangen möchte.

Aus dem Schatten zweier alter Wacholderbäume leuchten mehrere große, bunt bepflanzte Rabatten hervor. Misslinger ist überrascht, dass die Beete von stabilen Drahtzäunen umgeben sind. Sie ragen mindestens drei Meter in die Höhe, und es sieht aus, als sollten sie die Blumen am Ausbrechen hindern. Wie vielfarbige Vögel sitzen hinter diesem Gitter liebenswürdige Rudbeckien in fröhlichem Gelb, hohe Astern von sanftem Rosa, Sonnenbraut und Dahlien in kräftigem Orange. Misslingers Blick versinkt in den weichen Formen und den warmen Farben von Chrysanthemen, Hortensien und Herbstanemonen, die sich ihm üppig entgegenwölben. Er hängt seine Finger in den Zaun, rüttelt an dem drahtigen Netzwerk und ruft: »Ich will hier rein!«

»Das ist Amerika, mein Freund«, sagt Halder, der hinter ihm herangekommen ist: »Alles, was schön ist, muss bewacht und beschützt werden. Und die Zäune werden immer höher und immer enger.«

»Ich verstehe nicht«, sagt Misslinger.

»Das glaube ich Ihnen. Aber hier haben wir es mit Rehen zu tun. Sie sind überall in der Gegend. Wir werden ihrer nicht Herr. Sagt man das so? Sie fressen einfach alles.«

»Ah, bei uns würde man wahrscheinlich einen Zaun um das Grundstück machen und nicht um die Beete«, sagt Misslinger vorsichtig.

»Sehen Sie«, antwortet Halder gutmütig, »und wir hier haben schon beinahe kapituliert. Aber Sie wissen ja, was man sagt: Amerika ist immer zehn Jahre voraus ...«

Halder schlägt einen Bootsausflug vor, es sei ein guter Tag dafür, man habe Glück mit dem Wetter, heute Abend oder morgen werde es ein Gewitter geben, das könne man mit ein bisschen Erfahrung an der Farbe des Himmels schon erkennen, außerdem hätten die Dienste es vorhergesagt. Nach der Rückkehr, sagt er, wolle man zusammen essen, er habe außerdem eine besondere Überraschung für Misslinger und Luise: Es werde nämlich noch Leopold Putzer kommen, der berühmte Schriftsteller aus New York, zusammen mit seinem Sohn Daniel. Matthew werde in ihrer Abwesenheit alles vorbereiten.

Das Boot ist größer, als Misslinger es von oben geschätzt hatte, sicher zehn, zwölf Meter lang. Ein schlanker Rumpf im Stil der dreißiger Jahre, aber sehr modern, dunkelblau, zurückhaltend, elegant. Absolut seetüchtig, das erkennt Misslinger gleich, mit einem hohen Bug, um die Wellen des Atlantiks zu teilen. Das Cockpit ist nach hinten offen und ein schmaler Niedergang neben dem Steuerrad führt zu einer kleinen Kajüte. Als Misslinger näher kommt, denkt er, es ist viel teurer als sein Boot zu Hause. Jedes Detail ist von kostbarer Genauigkeit: Dauben, Rungen, Klampen, alles ist fein und wertvoll, bis zum letzten Persenningknopf.

»Es ist nicht sehr groß«, sagt Halder prompt, als sie am Ende des Stegs angekommen sind, »aber für unsere Zwecke hier genügt es, sehr seefest und zuverlässig. Eine Werft drüben in Maine baut diese Schiffe, ein alter Familienbetrieb. Früher haben sie da Hummerfänger gebaut, jetzt Picnic-Boats, warum nicht?«

»Es ist fantastisch«, sagt Misslinger, »wie schnell?«

»35 Knoten, bei ruhiger See 38«, antwortet Halder, der es offenbar gewohnt ist, diese Frage zu beantworten.

»Wie viel ist das?«, fragt Luise.

»70 Sachen«, sagt Misslinger rasch und fügt noch hinzu: »Das ist auf dem Wasser wirklich schnell.«

Sie legen ab und Halder manövriert das schlanke Schiff, das, so erklärt er, nicht mit einer Schraube angetrieben wird, sondern mit einem Jet, also einem Wasserstrahl, weil das über dem manchmal flachen, felsigen Untergrund, der hier oft zu finden ist, von Vorteil sei, sicher vom Steg weg durch die enge Bucht in östliche Richtung. Sie kommen gut aus dem Sag Harbor Cove hinaus, auf Steuerbord liegt die Stadt, die der Bucht den Namen gibt. Viel ist hier nicht zu sehen.

Misslinger lehnt sich zurück. Er hat die Sonne im Gesicht, aber seine linke Wange ist kalt. Er fröstelt ein wenig. Halder, der vielleicht seine Gedanken erraten hat, wirft ihm ein Tuch zu, das neben der Steuerkonsole liegt, einen hellblauen Seidenschal mit lauter Ankern, den sich Misslinger dankbar um den Hals legt. Er schließt die Augen und vertraut sich den sanften Vibrationen der zwei kräftigen Motoren an, die das blaue Schiff bewegen. Das sind sicher achthundert PS, denkt er, vielleicht tausend. Er wünscht sich, dass Halder Gas geben solle, oder nein, er selbst will das Steuer übernehmen, den eleganten, aus Chrom und Holz gefertigten Regler nach vorne schieben, diesen Motoren befehlen, sie schneller nach vorne zu treiben, viel schneller, tief durchs Meer zu schneiden, eine Spur aus weißer Gischt zu hinterlassen wie ein Flugzeug am Himmel, und wenn man sich umdreht, kann man sehen, wie sich die Furche, die er gezogen hat, wieder schließt, wie die Wunde, die er dem Wasser zugefügt hat, heilt, und es bleibt nichts zurück.

Er spürt, wie Halder die Geschwindigkeit drosselt und öffnet die Augen. Rechts voraus nähern sie sich einer schweren Betonbrücke, die sie unterqueren müssen, um in die dahinter liegende Sag Harbor Bay einzulaufen. Die Möwen, die Misslinger so hasst, fliegen tief neben ihnen, und Luise, die sich auf den weißen, in der Sonne leuchtenden Polstern sehr gut macht, wie Misslinger findet, äußert Besorgnis wegen der eng stehenden Pfeiler. Halder sagt in die neuerliche Stille: »Das ist die Lance Corporal C. Haerter Veterans Memorial Bridge, ja ganz genau, Lance Corporal Haerter kam aus Sag Harbor und ist in Afghanistan gefallen, oder im Irak, ich weiß es nicht, aber die Leute hier nehmen ihre Toten sehr ernst, ich glaube, das liegt daran, dass ihnen die Lebenden so gleichgültig sind. Es war jedenfalls eine tolle Einweihung vor ein paar Jahren, mit Hubschrauber und Parade und allem, was so dazugehört. Der Junge war 19 Jahre alt, Marineinfanterist.

»Ich war auch bei der Armee«, sagt Misslinger, »Luftwaffe.«

»Ja, Luftwaffe, ich erinnere mich«, sagt Halder ohne große Begeisterung.

Sie tauchen in den dunklen, feuchten Schatten der Brücke. Beinahe lautlos gleitet das Boot über das plötzlich bewegungslose Wasser. Als gäbe es keinen Wind und kein Wetter, nur kühle Stille, eine Tiefgarage, denkt Misslinger, die den Namen eines toten Soldaten trägt.

Aber plötzlich sind sie in der windigen Sag Harbor Bay, und Luise fragt: »Was ist das da links?«

»Backbord«, sagt Misslinger, »in Fahrtrichtung links ist immer Backbord.«

»Backbord dann – aber was ist es?«, fragt Luise noch einmal und zeigt geduldig auf eine schmale Landzunge.

»Das Mashomack Preserve«, ruft Halder, »Naturschutzgebiet, schön, aber langweilig«, und er guckt wieder nach vorne, wo der Peconic River ins Meer mäandert: »Da hinten ist Gardiners Bay, aber da fahren wir mit dem Boot heute nicht hin, zu viele Wellen, zu hoher Seegang.«

Misslinger sitzt in den halbrunden Polstern und beobachtet Halder. Von hinten, denkt er, kann man nie sehen, wie dick ein Mann ist, bei Frauen schon, die sind im Ganzen breit, Männer nicht, sie können von hinten ganz normal aussehen und von der Seite sieht man, sie sind dick, denkt Misslinger. Die Waden, die Beine, die Hüften, die Schultern, die Arme – Halder sieht von hinten ganz normal aus, ein kleiner, schmaler Mann ohne besondere Auffälligkeit. Aber sobald er sich ein bisschen dreht, weil er Luise etwas zeigt, weil er das Ruder etwas stärker einschlägt, erscheint sein Bauch wie der zunehmende Mond, und wenn Halder sich im Profil zeigt, führt er diesen kugelrund großen Bauch vor sich her, als habe man ihn ihm umgehängt. Keine Kältetechnik der Welt, denkt Misslinger, könnte diesem Bauch noch beikommen.

Unterhalb einer monatelangen Diät, verbunden mit intensiven und regelmäßigen Übungen, geht da gar nichts. Misslinger schaudert. Er fragt sich, was da nur geschehen sein könnte. Er hat sich aufgegeben, denkt Misslinger, es ist das Alter. Das Alter macht manche Menschen schwach und weich. Weiches Fleisch. Misslinger schüttelt sich. »Ist dir kalt?«, fragt Luise. »Ein bisschen«, antwortet ihr Vater.

Er bedauert im Stillen, dass sie nicht auf den Atlantik hinausfahren, den großen Ozean, er hätte gerne über das weite, offene Wasser geschaut, nach Osten, wo seine eigene Küste liegt. »Misslinger, kommen Sie«, sagt Halder plötzlich, »bevor Sie einschlafen, übernehmen Sie das Ruder!« Misslinger stellt sich hinter das Steuerrad, das rote Kirschbaumholz liegt fest und glatt in seiner Hand, kühn drückt er den Gashebel nach vorne, sofort reagieren die Motoren mit dumpfem Grollen, das schlanke Boot macht einen Satz nach vorne, und Halder verliert lachend das Gleichgewicht. Aber Misslinger macht gar kein schuldbewusstes Gesicht, sondern guckt einfach nach vorn und hält die Geschwindigkeit.

Halder stellt sich neben ihn: »Da drüben beginnt die Tidal Wetlands Area, wie sagt man auf Deutsch?«
»Ich weiß nicht, was meinen Sie?«
»Nasse Wiesen, wo man jagen kann, Vögel, Enten, so was.«
»Marschland? Sumpfland? Flutwiesen?«
»Ja, genau, Marschland. Ich selber bin kein Jäger, ich war mal Arzt, ich werde jetzt nicht mit dem Töten anfangen. Aber ich war oft dabei. Abgesehen vom Schießen war das sehr schön, man sitzt in flachen Kähnen auf Holzkisten, in denen Proviant und Munition gelagert wird, und stakt mit Stangen durch das seichte Wasser, kann man das sagen, staken?«
»Ich glaube schon«, sagt Misslinger und verlangsamt endlich die Fahrt.
»Und man hat Hunde dabei und hölzerne Lockenten. Man fährt noch vor dem Morgengrauen los, in die Dunkelheit hinein und wartet da draußen auf die Dämmerung, und wenn man aufsteht, muss man höllisch aufpassen, dass der Kahn nicht kentert. Es ist ein ziemlich tolles Erlebnis. Aber, wie gesagt, ich schieße nicht. Aber Rupert ist ein toller Apportierhund.«

»Und Matthew?«, ruft Luise plötzlich von hinten. Misslinger dreht sich entgeistert um. »Matthew apportiert leider gar nicht«, sagt Halder ungerührt. »Nein, nein«, verbessert sich Luise, »ich meine, geht er jagen?« »Nein. Matthew ist der sanfteste Mensch, der sich denken lässt«, sagt Halder, »er kann keiner Fliege etwas zuleide tun.«

Als sie nach etwas mehr als einer Stunde wieder an Halders Steg anlegen, kommt ihnen Matthew schon entgegen, um beim Festmachen des Bootes zu helfen. Misslinger sieht, wie der junge Mann seiner Tochter beim Aussteigen hilft, und überlegt kurz, ob auch er die ausgestreckte Hand ergreifen soll, oder ob ihn das alt und hilfsbedürftig erscheinen ließe. Er zögert einen Moment und blickt auf den kräftigen, sonnengebräunten Unterarm mit den hervortretenden Adern, auf die geöffnete Hand mit den schönen Schwielen und den nervigen Fingern. Misslinger hält inne. Matthew ruft ihm etwas Aufmunterndes zu, Misslinger hebt die Augen, und da trifft ihn unerwartet der freundliche, vielleicht ein bisschen spöttische Blick des Jüngeren, dann nimmt er die Hand, die warm und fest ist, und lässt sich wie in einem Schwung vom Boot an Land ziehen. Als sie zum Haus hinaufgehen, denkt Misslinger, dass er beinahe in Matthews Armen gelandet wäre.

Auf der Wiese begegnet ihnen ein Mann in Misslingers Alter. Er ist etwas größer, sehr schlank, er trägt auffallend weite Hosen und eine streng geschnittene Jacke aus einfachem Stoff, alles in Dunkelblau, die Haare fallen ihm altmodisch geschnitten in die Stirn, und als er näher kommt, bemerkt Misslinger große, tief in ihren Höhlen liegende Augen unter langen, melancholischen Wimpern.

Halder begrüßt den Mann herzlich, der einen kleinen, rothaarigen Jungen von vielleicht fünf Jahren an der Hand hat, und übernimmt die gegenseitige Vorstellung: »Das ist Leopold Putzer, mein Freund aus New York, von dem Sie natürlich gehört haben, und das ist sein Sohn Daniel – und das sind Franz Misslinger und seine Tochter Luise.« Alle geben sich die Hand, und Misslinger ist sehr freundlich und zuvorkommend. Er freut sich, Putzer kennenzulernen, dessen Name ihm tatsächlich ein Begriff ist, obwohl er noch nie ein Buch von ihm gelesen hat. Misslinger liest ja nur wenig. Aber dass Putzer der Meister des Magischen Neorealismus ist, ist allgemein bekannt. Den internationalen Durchbruch erfuhr er mit seinem *Mömpelgard*-Epos, einem historischen Roman, der in drei Teilen das Schicksal einer württembergischen Kaufmannstochter erzählt, die in den Wirren der Französischen Revolution gezwungen wird, sich als junge Gräfin auszugeben und in Begleitung eines sprechenden Esels in einer verlassenen Burg auf einem Rheinfelsen lebt, bis sie sich in einen Offizier der Revolutionstruppen verliebt und mit ihm nach Paris zieht.

Als sie auf die Terrasse kommen, die inzwischen im lichten Schatten eines der hohen Wacholderbäume liegt, wartet Matthew schon mit dem Essen auf sie. »Als Vorspeise haben wir einen kleinen Crème fraîche Salmon Salad auf Vollkorn-Rosinen Cracker«, sagt er und macht dabei ein zufriedenes Gesicht, »dann Tenderloin Beef mit einer Lauchkruste, dazu Pommes Anna aus Yukon-Gold-Kartoffeln und zum Abschluss eine Chocolate Caramel Pecan Tarte, die Robert und ich heute morgen gebacken haben.« Halder strahlt und flüstert dem jungen Mann etwas ins Ohr, das ihn noch zufriedener aussehen lässt, Putzer setzt sich gleich hin und platziert seinen Sohn neben sich, Luise lacht, und die ganze Gastfreundschaft beginnt Misslinger beinahe zu erdrücken. Zu trinken gibt es einen Chardonnay aus dem Nappa Valley und Wasser mit viel Eis.

Über dem Tisch kreisen Möwen. Ihr Geschrei stört Misslinger. Tote Seelen müssen so klingen, denkt er. Eine große weiße Möwe setzt sich ans untere, leere Ende des Tisches, und wirft bei dem Versuch, ein Stück Brot zu schnappen, das Glas Weißwein um, das Misslinger seiner Tochter hingestellt hatte, obwohl sie es gar nicht wollte. Sie schreit laut auf und will entsetzt das große Tier vertreiben. Aber die Möwe hat schon ihre Beute im gelben Schnabel, wendet den Kopf mit den kalten Augen ab, breitet ihre großen, scharfen Schwingen aus und fliegt davon.

Das Glas ist in Scherben gegangen, der Wein verschüttet. Während Matthew ins Haus geht, um Eimer und Lappen zu holen, wendet sich das Gespräch zwischen Halder und Putzer gleich der Politik zu. Misslinger kann den Blick nicht von den Scherben wenden.

»Ich habe in Venedig einmal gesehen, wie eine Möwe eine Taube gegessen hat«, sagt er plötzlich: »Auf dem Markusplatz. Sie hat sie in der Luft geschlagen, aber nicht wie ein Falke, der mit den Krallen jagt, sondern mit dem Schnabel, sie hat sie am Hals gepackt und auf eine der Sandsteinemporen über den Arkaden gedrückt und dort getötet.«

Das Gespräch ist erstorben, und alle sehen ihn erschrocken an. Aber er fährt fort, ohne darauf zu achten: »Dann hat die Möwe die Taube gegessen, richtig ausgeweidet, und als nichts mehr von der Taube übrig war außer dem Skelett ... an dem hingen noch die Flügel ... hat sie den Kadaver einfach fallen gelassen, weggeworfen, und er ist mit einem großen Knall unten auf dem Platz gelandet, direkt neben einer Japanerin, die im Café Florian saß ... die Frau hat kein Wort gesagt.« Da lacht Putzer laut auf und verschluckt sich ein bisschen an seinem Weißwein. »Entschuldigen Sie«, sagt er in die peinliche Stille des Tisches, »ich habe mir nur die Japanerin vorgestellt. Aber das ist ja eine grauenhafte Geschichte, die Sie da erzählen.«

»Finden Sie?«, sagt Misslinger, nimmt beiläufig eine der Scherben und steckt sie in die Tasche.

Putzer sieht ihn neugierig an und greift dann den Faden wieder auf: »Wenn man früher in Amerika aus dem Flugzeug stieg«, sagt er und wendet sich wieder Halder zu, »dann hatte man das Gefühl, im Land der Freiheit zu sein. Jetzt ist es umgekehrt.« Misslinger macht ein erstauntes Gesicht. »Ja, wirklich, mir kommt es plötzlich so vor, als sei Europa die Heimat des Liberalismus und der Hort der Vernunft. Ich habe immer an eine gewisse Grundvernunft unserer Regierung geglaubt, aber jetzt stolpert Amerika in ein politisches Tschernobyl. Glauben Sie mir, es liegt bereits ein Schatten auf allem.«

Misslinger ist ein bisschen enttäuscht, dass Putzer so sehr dem Klischee des engagierten Schriftstellers entspricht. Er fühlt sich zum Widerspruch herausgefordert. Also steuert er ein paar Sätze über die Überlegenheit der amerikanischen Kultur bei, über ihre ungebrochene, weltweite Attraktivität. Er fragt, ob ein großer amerikanischer Streamingdienst nicht eine Serie aus Putzers *Mömpelgard*-Trilogie gemacht habe, dass darum der Schriftsteller von allen Leuten vielleicht am wenigsten Grund zur Klage habe, und er preist die Idee von der »Manifest Destiny«, aus der Amerika immer noch seine unerschöpfliche Kraft beziehe.

Aber da unterbricht Halder plötzlich seinen Freund aus Deutschland und sagt: »Manifest Destiny? Die Bestimmung und all das, das ist vorbei, verstehen Sie? Unsere Vorsehung ist Vergangenheit. Wir leben im Zeitalter der Clowns. Das dunkle Amerika ist das wahre Amerika. Verstehen Sie? Das amerikanische Imperium ist am Ende. Das Zeitalter des Westens ist am Ende. Es gibt viele Gründe, das nicht wahrhaben zu wollen: eigenes Interesse oder stoische Vernunft. Meistens sind es aber nur Angst und Bequemlichkeit.« Halder stellt sein Glas ab und lehnt sich zurück. Seine Heftigkeit hat ihn offenbar selber überrascht.

Misslinger schweigt und denkt über die Verachtung nach, die er in Halders Stimme gehört hat. Kein Wunder, denkt er, wer sich selbst aufgibt, hat auch für alles andere nur noch Verachtung übrig. Er beobachtet ihn ruhig und fragt: »Was wollen Sie mir sagen? Was machen wir dann hier? Die Barbaren stehen vor den Toren Roms und wir machen Bootsausflüge?«

»Lieber Freund, die Barbaren sind wir«, sagt Halder.

»Ich sehe Ihnen an, dass Sie uns nicht glauben«, sagt Putzer und richtet sich dabei in seinem teakhölzernen Lehnstuhl auf. Misslinger fallen die feinen Hände des Mannes auf, mit denen er seinen Worten Nachdruck verleihen will: »Die Lüge gewinnt. Der Triumph der Lüge. Missverstehen Sie mich nicht. In der Politik wird immer gelogen. Das muss ich Ihnen ja nicht sagen, Sie sind Politiker, ich weiß natürlich, wer Sie sind. Aber es hat sich etwas geändert: früher wurde gelogen, um eine Wahrheit vor der Öffentlichkeit zu verschleiern. Argumente, Beweise, Reputation – das spielte alles eine Rolle und ließ sich nicht so ohne Weiteres unter den Teppich kehren. Heute zählt nicht, was wahr ist, sondern was wahr sein sollte oder was sich gut anhört. Es geht gar nicht darum, die Wirklichkeit zu verschleiern – es geht darum, neue Wirklichkeiten einfach zu erfinden.«

»Ja, das Zeitalter der Lüge«, sagt Halder, »als Arzt kann ich Ihnen sagen: Das ist ein Problem. Denn unser Gehirn glaubt Aussagen umso eher, je häufiger es damit in Berührung kommt. Wiederholung macht wahr. Wussten Sie, dass Leute Nachrichten in dem Maße wiederholen, in dem sie sie selbst gehört haben?«

»Vertraue nur noch Deinem Vorurteil«, ruft Luise dazwischen, und Halder nickt zustimmend: »Sehen Sie, Ihre Tochter weiß, worum es geht, sie ist ein Kind des digitalen Zeitalters, sie wächst mit den sozialen Medien auf, sie ist kein Digital Immigrant, so wie wir ...«

Die hat gerade noch gefehlt, denkt Misslinger. Er hat das Gefühl, Luise sei ihm in den Rücken gefallen. Also setzt er zu einer großen Ansprache an. Und diesmal lässt er sich nicht unterbrechen. Er habe, sagt er, gerade im Radio gehört, dass die Chancen der demokratischen Kandidatin bei achtzig oder neunzig Prozent lägen, er sei sich gar nicht so sicher, ob das wirklich zu begrüßen sei, denn es seien immerhin Politiker wie diese Kandidatin gewesen, die das Land in eine solche angespannte Lage gebracht hätten, aber da er davon ausgehe, dass die hier Anwesenden allesamt Gegner des republikanischen Herausforderers seien, könnten sie doch angesichts solcher Umfragen beruhigt sein, er jedenfalls könne die Panik, die hier an diesem Tisch verbreitet werde, nicht verstehen, und finde es ehrlich gesagt einigermaßen frivol, an einem so schönen Ort, mit Blick auf die Küste von North Haven – Misslinger zeigt in die Richtung, um deutlich zu machen, dass er weiß, wovon er redet – den großen Atlantik im Rücken – auch in die Richtung wirft er eine Hand – also im Angesicht dieser ganzen Schönheit ganz beiläufig den Niedergang des westlichen Abendlandes zu beklagen. Vielleicht, sagt er, habe der hier spürbare Pessimismus damit zu tun, dass die Anwesenden den Kontakt zur normalen Bevölkerung lange verloren haben und darum gar nicht wüssten, wie die Menschen in Wahrheit tickten, ja, sagt Misslinger, es sei ein bekanntes Elitenphänomen, den sogenannten einfachen Mann auf der Straße konsequent zu ignorieren und zu unterschätzen, der viel vernünftiger sei, als man sich das in den Elfenbeintürmen der Eliten so vorstellen könne. Er meine die sogenannten intellektuellen Eliten, die Mainstream-Medien, die im Zuge einer freiwilligen Gleichschaltung die Interessen der normalen Bürger viel zu oft aus den Augen verlören und sich dafür ausgiebig um die sehr speziellen Belange einer kleinen, städtischen Oberschicht kümmern. Er wolle, das fügt er noch hinzu, keinesfalls an der Urteilskraft der Anwesenden zweifeln, allerhöchstens auf den doch sehr eingeschränkten Wirklichkeitsausschnitt aufmerksam machen, der ihrem Urteil zugrunde liegt. Für sich selber hingegen wolle er betonen, dass er als Politiker gleichsam berufsmäßig das Ohr am Puls der Zeit habe und er habe genug Kontakt mit realen Menschen, um hier zu versichern: Die Leute interessierten sich mehr für die Migrationskrise als für die gleichgeschlechtliche Ehe.

»Mein lieber Misslinger«, sagt Halder dann, »ich bin überrascht. Sie reden ein bisschen wie unser republikanischer Kandidat, das ist Ihnen schon klar, oder?« Und dabei lacht er sogar. Aber plötzlich denkt Misslinger, lass ihn gewinnen, damit die Dinge sich klären, und sei es in einem Sturm des Chaos! »Sie reden von Mainstream-Medien«, sagt Halder, »aber die Medien, jedenfalls einige unter ihnen, sind hier inzwischen die wahre Opposition. Das haben diese Leute auch erkannt. Und wie gehen sie damit um? Früher gab es die Zensur. Aber die braucht man gar nicht mehr. Man muss die Öffentlichkeit nicht kontrollieren, es genügt, sie in Scheiße zu ertränken. Sie verzeihen den starken Ausdruck, ja? Das ist eine neue Form der Propaganda. Es geht nicht mehr darum, die Leute von irgendetwas zu überzeugen. Sondern sie so mit Dreck zuzumüllen, dass sie von gar nichts mehr überzeugt sind. Es ist der reine Nihilismus. Aber sehr wirkungsvoll.«

»Comet Ping Pong«, sagt Putzer. »Das sagt Ihnen nichts, oder? Das ist ganz neu. Geht gerade rum: Comet Ping Pong ist eine Pizzeria in Washington, die angeblich das Zentrum einer finsteren Verschwörung ist: Sex mit Kindern, Menschenhandel, satanische Rituale, was Sie wollen – und mittendrin: die Kandidatin der Demokraten und ihre Mitarbeiter.«

Misslinger schüttelt ungläubig den Kopf.

»Ja, irre, oder?«, sagt Halder, »aber da sind wir angekommen. Mit so etwas befassen wir uns hier. Warten Sie nur, bis Sie auch so weit sind.«

»Was ist nur in all diese Leute gefahren?«, fragt sich Misslinger, »woher diese Verzweiflung?« »Lieber Halder«, sagt er, »wenn ich Sie so höre, Sie haben einen weiten Weg zurückgelegt, seit wir uns das letzte Mal gesehen haben!« Misslinger ist schon bewusst, dass er damit sehr weit geht. Aber Halder fühlt sich gar nicht angegriffen. Im Gegenteil. »Nicht ich habe diesen weiten Weg zurückgelegt, mein Freund. Es sind die Umstände, die andere geworden sind. Es gibt hier bei uns inzwischen echte Hassprediger, Einpeitscher, begnadete Propagandisten, begnadet zum Bösen, die schreiben dem republikanischen Kandidaten allen erdenklichen Müll in seine Reden: Die Frau des Präsidenten ist ein Mann, die Kandidatin der Demokraten nimmt Drogen, und eine weltumspannende Macht habe die amerikanische Arbeiterklasse bestohlen – Sie ahnen, worauf das hinausläuft: Die Juden sind schuld.«

»Die Juden?«, fragt Misslinger. »Ja, nicht die Fahrradfahrer«, sagt Halder: »Ich sage es Ihnen doch, Misslinger, das Amerika, das Sie kennen, liegt im Sterben.«

Als sie im Auto sitzen und zu ihrem Hotel zurückfahren, fragt Luise: »Er war mal verheiratet?«

»Ja«, sagt Misslinger, »das ist er offenbar jetzt nicht mehr.«

Kapitel 16

Bevor sie sich von Halder verabschiedet haben, bevor sie sich für den Tag, den Ausflug, das Essen bedankt haben, bevor Misslinger das Gespräch auf andere Themen gebracht hat, »not to end the day on a sour note«, so hat er es eigens auf Englisch formuliert, hat Misslinger noch eine Tablette genommen. Er macht das nur selten, wenn er Wein trinkt. Zu den unweigerlichen Bewusstseinstrübungen kommen dann noch Gedächtnislücken hinzu, und das beunruhigt ihn.

Die Dose befand sich in seiner Jackentasche. Als sie das Boot bestiegen, hatte er die Hand in die Tasche gesteckt und nach ihr gefühlt. Da hatte er überhaupt nicht vor, eine Tablette zu nehmen. Während Halder von seinen Erlebnissen auf der Vogeljagd berichtete, hatte er die Dose in der Tasche fest mit den Fingern umschlossen. Das genügte ihm vollkommen. Als sie das Boot verließen, fühlte er kurz vor dem Aussteigen nach der Dose, um sicherzugehen, dass er sie nicht an Bord verloren hatte. Als sie Putzer und dessen Sohn begrüßten, hatte er die linke Hand lässig in der Hosentasche, in der sich inzwischen die Dose befand.

Während der Unterhaltung öffnete er die Dose, die er wieder in seine Jackentasche gesteckt hatte, geschickt mit einer Hand, nur um zu überprüfen, dass das möglich war, nicht um eine Tablette zu nehmen, und schloss sie gleich wieder.

Als auf dem Tisch noch die Vollkorn-Rosinen-Cracker fehlten, bot er sich an, sie aus der Küche zu holen, ignorierte Matthews Protest und erhob sich. Als er im Haus war, kehrte er der Terrasse den Rücken zu, holte die Dose aus der Tasche, nicht um eine Tablette zu nehmen, nur um einen Blick hineinzuwerfen, wie viele noch darin waren. Nach zwei Gläsern von dem Weißwein aus dem Nappa Valley fragte er, wo er sich die Hände waschen könne. Er verschloss die Tür, nahm die Glasscherbe aus seiner Tasche und drückte sie mit der rechten Hand so fest in seinen linken Unterarm, dass ein kleiner Blutstropfen an ihrer Spitze hervortrat. Er wickelte die Glasscherbe sorgfältig in Toilettenpapier und warf sie in den Papierkorb. Im Spiegel sah er sein noch vom Bootswind zerzaustes Haar, er trug den hellblauen Schal um den Hals. Dann holte er die Pillendose aus der anderen Tasche, nahm eine Tablette und kehrte zurück zu seinem Platz.

Er verlässt Bay Point mit Putzers Adresse und Telefonnummer in seinem Notizbuch und dem womöglich ernst gemeinten Angebot des Schriftstellers, ihn bei jedem nächsten Aufenthalt in New York unbedingt zu besuchen, worüber er sich jetzt sehr freut, einmal weil er das Gespräch mit Intellektuellen, wenn es sich ihm bietet, immer bereichernd findet und außerdem, weil Putzer berühmt ist. Misslinger beschließt, dessen düstere Ansichten über Amerika schnell zu vergessen und sich auch nicht mit der sonderbaren Wandlung, die Halder durchgemacht hat, näher zu befassen. Also fängt er, während er den großen Wagen beinahe ein bisschen zu schnell über die waldigen Straßen lenkt, leise an, vor sich hinzusummen:

Oh, oh, ooh, oh
Oh, oh, ooh, oh
I can't remember to forget you
Oh, oh, ooh, oh
Oh, oh, ooh, oh
I keep forgetting I should let you go
But when you look at me
The only memory is us kissing in the moonlight
Oh, oh, ooh, oh
Oh, oh, ooh, oh
I can't remember to forget you

Dazu schlägt er den Takt mit den Händen auf das Lenkrad und bemerkt gar nicht, wie Luise ihn beobachtet: erst erstaunt, dann belustigt, schließlich peinlich berührt und am Ende nur noch besorgt, denn der Weg vom Harbor Drive zur South Ferry dauert etwas mehr als zehn Minuten, und das ist für die Strophe, die Misslinger stetig wiederholt und an deren Ursprung er sich nicht erinnern kann, sehr viel.

Als sie Shelter Island erreicht haben und wieder über den Damm, der von der Flut beinahe überspült ist, zu ihrer Halbinsel fahren, bricht gerade die Dämmerung über sie herein. Misslinger muss höllisch aufpassen, nicht von der Straße abzukommen, aber er kann die Lichter des Hotels als Orientierung nutzen, die sie auf der Anhöhe von Weitem sehen können, es sind die einzigen auf der Halbinsel. Der Wagen fährt durch die vom Wind bewegten Pfützen und Lachen auf dem zerfurchten Asphalt. Sie sehen Max den Hausmeister in der Tür stehen, der ihnen zuwinkt, er hat ihnen ein kleines Abendessen vorbereitet und erkundigt sich freundlich danach, wie ihr Tag verlaufen sei. Er verhält sich so vertraut, als kennte man sich schon seit vielen Jahren. Misslinger, der es gewohnt ist, mit fremden Menschen so zu reden, als seien sie seine Freunde, stört das nicht.

»Es war ein warmer Tag«, sagt Misslinger, »vor allem für die Jahreszeit.« Luise, die sich in letzter Zeit viele Gedanken über die Klimakatastrophe gemacht hat, sagt: »Kein Wunder. Im ersten Halbjahr 2016 war jeder Monat der wärmste seit Beginn der Aufzeichnungen.« Misslinger will eigentlich nur über den schönen Tag sprechen und hat gar kein Interesse an einer Klimadebatte, dennoch ruft er zu Max hinüber: »Der Damm war beinahe überspült. Ist das immer so bei Flut oder steigt das Wasser?« Max, der gerade Gläser in die schöne Jugendstilvitrine an der Stirnseite des Speisesaals räumt, antwortet: »Ja, das Wasser steigt und es wird wärmer. Neulich hatten wir den ganzen Strand voller toter Muscheln. Das ist schade, oder? Aber soll ich Ihnen was sagen: mir ist es egal.« »Egal?«, ruft Luise, »aber es kann einem doch nicht egal sein, wenn die ganze Welt buchstäblich untergeht, oder?« Max wirft dem Mädchen einen spöttischen Blick zu, der Misslinger unangenehm ist, und sagt: »Bist Du sicher, dass Dich die Erhaltung des Menschengeschlechts noch interessiert, wenn Du und alle Deine Bekannten nicht mehr sind?«

Misslinger will das Thema wechseln.
»Sie haben nicht viele Gäste zurzeit, oder?«
»Nur Sie.«
»Aber wir reisen übermorgen ab, und dann?«
»Dann wird dieses Hotel geschlossen«, sagt Max.
»Und Sie?«
»Ich bleibe hier, wie jedes Jahr, wie immer.«
»Und was machen Sie dann?«

»Ich stelle mir selbst Fragen und schreibe sie auf.«

»Und? Geben Sie sich auch Antworten?«

»Manchmal Ja. Manchmal Nein.«

»Sind Sie dann einsam?«, mischt sich Luise jetzt ein und stellt diese Frage mit der Leichtigkeit des jungen Menschen.

»Einsam? Nein. Hier gibt es immer Überraschungen.«

»Das wundert mich aber. So sieht es gar nicht aus«, antwortet sie freundlich.

»Doch, doch, glaub mir. Wenn ich einen Tag draußen unterwegs bin, vorne am Kap, unten am Strand, hinten im Wald, und dann wieder nach Hause komme, dann überrascht mich alles, was an seinem gewohnten Ort steht.«

Ein alter Mann, denkt Misslinger, ein bisschen verschroben ... Und als habe er Misslingers Gedanken lesen können, sagt Max lachend: »Wer alt wird, ist selber schuld, nicht wahr, mein Lieber?«, und schlägt Misslinger mit mehr Kraft auf die Schulter, als dieser erwartet hat. Misslinger blickt sich hilfesuchend nach Luise um. Sie zuckt nur mit den Schultern, beugt sich vor und flüstert ihm ins Ohr: »Papa, es ist schön hier, aber ich will nach Hause.«

Misslinger begleitet seine Tochter nach oben. Er nimmt Luise in den Arm und hält sie für einen Moment länger fest als sonst, der Druck ihrer Arme lässt aber gleich nach, und sie wartet darauf, dass ihr Vater sie gehen lässt. Misslinger ist enttäuscht. Er hätte gerne noch mit seiner Tochter geredet. Übermorgen fahren sie zurück. Er hat begriffen, dass es keinen Sinn hat, seiner Tochter Fragen zu stellen. Was Luise ihm sagen will, muss sie ihm freiwillig sagen. Wenn sie nichts sagt, denkt Misslinger, hat sie ihm vielleicht einfach nichts zu sagen. Frauen sind ihm ein Rätsel, und jetzt ist seine Tochter auch eine.

Bevor er nach unten geht, liest er die Nachricht, die Selma vorhin geschickt hat:

»Luise erzählt mir, dass ihr morgen nach Montauk fahren wollt. Du schreibst ja nicht. Ich habe auf der Karte nachgesehen. Montauk Point heißt der Leuchtturm. Hier ist ein Gedicht für Dich. Vielleicht erinnerst Du Dich?

Ich stehe wie auf eines mächtigen Adlers Schnabel,
Ostwärts die See einatmend, schauend (nichts als Himmel und See),
Die hüpfenden Wellen, Schaum, die Schiffe in der Ferne,
Landsüchtige Unrast schneegekräuselter Kronen,
Die ewiglich die Küsten sucht.«

Misslinger erinnert sich nicht daran, das schon einmal gehört zu haben.

Auf der Veranda wartet Max, so als sei es ganz selbstverständlich, dass Misslinger sich jetzt zu ihm setzt. Er hat eine Flasche Wein vor sich stehen mit nur einem Glas, das er Misslinger anbietet. Misslinger setzt sich neben Max auf die Bank, nimmt das Glas und sagt: »Sie trinken nichts?« Max schweigt. Sie sitzen nebeneinander auf der hölzernen Bank, vor ihnen steht ein schmaler Tisch, dahinter sieht Misslinger das weiß lackierte Geländer, durch das sich ein paar Blätter und Blüten der Bauernrosen schieben, von denen das Hotel umgeben ist, und noch weiter das Meer, das in der Dämmerung beinahe ganz versunken ist und sich hin und wieder durch ein sanftes Murmeln in Erinnerung ruft. »Wie ist es denn da, wo Sie herkommen?«, fragt Max plötzlich.

»Oh, es ist wie hier, nur der Herbst ist nicht so – bunt«, sagt Misslinger, und er sagt tatsächlich »colored« dafür, weil ihm kein anderes Wort einfällt. Max lacht. Misslinger will sich entschuldigen, aber Max berührt ihn leicht am Arm und macht mit der anderen Hand eine wegwerfende Bewegung. »Wir haben das Meer auf beiden Seiten, ein kleines ruhiges Meer auf der einen und ein wildes auf der anderen Seite«, sagt Misslinger nach einer kurzen Pause, »da ist alles so wie hier: die perlmuttgraue See, die weißen Möwen, der gelbe Strand, die violetten Wolken, es sind die Farben, das Licht, wie hier. Ich komme sozusagen auch von der Küste, wissen Sie, nicht direkt, aber beinahe. Für mich fühlt sich das hier wie zu Hause an.«

»Oh«, sagt Max: »Sie irren. Das Meer ist nicht perlmuttgrau, die Möwen sind nicht weiß, der Sand ist weder gelb noch grau, nicht einmal das Gras ist grün oder gelb, die Wolken sind nicht violett. Alles, was die Leute sagen, ist falsch.«

Da lacht Misslinger und sagt: »Na ja, ich finde der Sand ist ziemlich gelb und die Möwen ganz schön weiß, oder?« Der alte Mann kneift die Augen zusammen. »Gerede! Floskeln! Sie sollten lernen, genauer hinzusehen.«

Misslinger schweigt. Er nimmt wieder das Weinglas und brütet eine Weile vor sich hin. Dann sagt er: »Aber bei uns ist alles aus Sand, verstehen Sie? Man gräbt und stößt auf Sand. Man schiebt einen Stein beiseite, und da ist der Sand. Ein Baum stürzt um, und die Wurzeln stecken im Sand. Hier ist es anders, hier liegt unter dem Gras der nackte Stein.«

»Oh ja«, sagt Max, »das haben Sie richtig beobachtet. Das Land ist älter als wir alle. Man könnte uns von diesen Felsen abwischen wie Dreck, und wir würden keine Spuren hinterlassen.«

Misslinger leert sein Glas und schweigt wieder. Es ist beinahe ganz still. Hin und wieder lacht eine Möwe höhnisch, wenn sie das Hausdach unter sich liegen sieht. Die Nacht ist nun ganz hereingebrochen. Aber es ist immer noch warm. Die Männer sitzen nebeneinander und gucken in die Dunkelheit, durch die in regelmäßigen Abständen von links und rechts die schwachen Lichtkegel zweier entfernter Leuchttürme brechen, die sich langsam nähern, einmal kurz aufleuchten und dann wieder verschwinden. Misslinger guckt nach Norden und fixiert die Stelle in der Dunkelheit, an der gleich das Licht auftauchen muss, mit den Augen. Dann dreht er den Kopf nach Süden und macht es noch einmal genauso. Als ihm schwindelig wird, legt er den Kopf in den Nacken.

»Womit verdienen Sie Ihr Geld?«, fragt Max. Vor dieser Frage hat Misslinger immer ein bisschen Angst. »Ich bin Politiker«, sagt er und wartet wie üblich darauf, was jetzt geschieht. »Das habe ich mir gedacht«, sagt Max mit einem leisen Lächeln. »Ah, ja?«, fragt Misslinger neugierig. »Sicher«, sagt Max, »sind Sie ein guter Politiker?« Diese Frage kennt Misslinger noch nicht. Er überlegt ernsthaft und sagt dann: »Ich glaube an das, was ich tue.«

»Und woran glauben Sie?« fragt Max.

»An die Freiheit. Darum liebe ich Amerika. Weil es das Land der Freiheit ist.«

»Ah, so einer sind Sie«, sagt Max und wiegt den Kopf hin und her. »Ja, so einer«, sagt Misslinger beinahe trotzig, »ich glaube, dass jeder einzelne Mensch der Welt etwas zu geben hat. Und dass das Wertvollste unsere Träume sind. Und dass man frei sein muss, um träumen zu können.« »Sie sind ein Romantiker«, sagt Max: »Im besten Fall, mein Freund, haben Sie die Freiheit, der zu werden, der Sie sind. Das wäre schon viel. Die meisten Leute schaffen nicht einmal das. Aber alles, was darüber hinausgeht, nein, tut mir leid, Illusion. Nach allem, was Sie erlebt haben, müssten Sie das doch wissen.«

Woher weiß der alte Wirrkopf, was ich erlebt habe, denkt Misslinger und schüttelt schweigend den Kopf. »Niemand sagt mir, was ich tun soll! Das nenne ich Freiheit!«, ruft er dann, und Max antwortet freundlich: »Niemand außer Ihnen selbst, oder? Ach was«, lacht Max, »als wir jung waren, haben wir gesungen: Freiheit bedeutet einfach, dass man nichts mehr zu verlieren hat. Mit der Freiheit ist es wie mit dem Hirsch, den nicht Sie überfahren haben, sondern ich: Er läuft über die Straße, und peng ist es vorbei mit ihm, und vielleicht, nur ganz vielleicht, erholt er sich und kommt wieder auf die Beine.«

Misslinger schaudert. »Der Hirsch war ziemlich tot, oder? Es sollte mich wundern, wenn der wieder auf die Beine kommt.«

Max macht ein verächtliches Geräusch. »Sie gehören natürlich zu den Menschen, die kein Verhältnis zur Zeit haben, weil sie kein Verhältnis zum Tod haben. Sie addieren einfach die Momente.«

»Oh, Sie meinen den Kreislauf des Lebens?«, sagt Misslinger freundlich.

»Ja, für Sie ist das nur ein Song aus einem Musical, das ist mir klar. Wir sind alle Augenmenschen, wir sehen Dinge, die in der Ferne liegen. Wir machen Pläne. Früher haben die Menschen die Dinge durch Berührung wahrgenommen, nur das Naheliegende zählte.«

»Sie meinen die Indianer?«

»Nein, die Native Americans stehen dazwischen. Das macht sie uns überlegen. Das macht sie vor allem Ihnen überlegen. Sie wissen es. Geben Sie zu, Sie wären gern einer von ihnen geworden, nicht wahr?«

Endlich lacht Misslinger laut auf. Dieser Hausmeister Max ist so wunderlich, denkt er, aber die Frage berührt ihn doch: »Nein«, antwortet er, »ich wollte nie Indianer werden. Sie haben verloren.« »Verloren?«, fragt Max.

»Na ja, sie sind ziemlich verschwunden, die Indianer, oder? Ich meine, sie hatten dem Weißen Mann nicht genug entgegenzusetzen. Keine Waffen, keine Technologie, keinen Staat – sie konnten sich nicht wehren und sind untergegangen. Das ist die Realität.« »Untergegangen?«, ruft Max. »Das haben Sie vorhin schon gesagt, Sie irren sich! Jeder Fels hier erinnert sich an sie! Jeder Baum singt von ihnen! Und am Strand hinterlässt jede Welle ihre Spuren! Sie können das nur nicht wahrnehmen. Aber ich kann meine Familie zurückverfolgen bis zu Jaquero, Hannah und Hope, den ersten schwarzen Sklaven, die nach Shelter Island kamen. Und natürlich fließt auch indianisches Blut in meinen Adern. Ja, Sir, so wahr ich hier stehe, Sklaven und Indianer, das waren meine Vorfahren. Und sie liegen alle drüben auf der Insel, auf dem Totenfeld im Wald, da gibt es natürlich keinen Grabstein, das ist klar, nein Sir, keinen Grabstein für die *negroes,* und für die *natives* auch nicht, und auch kein Kreuz. Aber wenn wir tot sind, sind unsere Knochen genauso weiß wie eure. Das ist eigentlich eine Schande. Wenn wir tot sind, werden wir zu Weißen. Ich muss sagen, das missfällt mir. Warum werdet ihr nicht so schwarz wie wir? Aber das werdet ihr ja. Am Ende sind wir alle so schwarz wie die Erde.«

»Bis Du wieder zu Erde wirst, davon Du genommen bist. Denn Staub bist Du und zum Staub kehrst Du zurück,« sagt Misslinger langsam: »Jedenfalls sind die Indianer tot und ihre Götter auch. Ich glaube, alle Götter sind tot. Ja, genau, alle Götter sind tot – und wir haben sie umgebracht. Aber wir sind dadurch nicht selbst zu Göttern geworden. Sondern wir fallen, und fallen und fallen immer tiefer.«

»Sind Sie deshalb hierhergekommen«, fragt Max, »zu den Inseln des Meeres?«

Misslinger steht auf und tritt an den Rand der Veranda. Er blickt hinunter in die Nacht. Vom Meer her braust der Wind auf, und salzige Böen schlagen gegen das Haus. Der Duft der Rosen liegt in der warmen Luft, seine Hände umschließen fest das hölzerne Geländer. »Wenn ich hier stehe, denke ich, vielleicht ist die Natur selbst, also die Gesamtheit aller Dinge, der einzige und höchste Gott.«

Hinter ihm lacht Max laut auf: »Haha, wenn Gott alles ist, ist er nichts, oder?«

Misslinger schüttelt den Kopf und setzt sich wieder hin.

»Ich finde immer noch, sie haben verloren.«

»Fangen sie schon wieder damit an?«

»Nein, im Ernst. Die Indianer haben verloren. Ich aber wollte immer gewinnen.«

»Und? Haben Sie gewonnen?«, fragt Max.

»Was für eine Frage«, sagt Misslinger.

»Ja, was für eine Frage. Haben Sie gewonnen? Würden Sie etwas anders machen, wenn Sie noch einmal die Chance hätten? Das sollte sich jeder von uns fragen, finden Sie nicht?«

»Nur ein Idiot würde einen Fehler wiederholen, wenn er es anders machen könnte.«

»Und Sie sind kein Idiot.«

»Vielleicht bin ich einer, vielleicht bin ich keiner. Wer weiß. Es gibt keinen Weg, das herauszufinden. Wenn es parallele Universen gibt, können wir jedenfalls nicht zwischen ihnen hin und her wechseln, oder?«

»Es ist zumindest nicht so einfach«, sagt Max.

In diesem Moment hört Misslinger im Unterholz vor ihnen eine raschelnde Bewegung. Er sieht eine Schlange, die langsam aus dem Laub kriecht, dann noch eine und noch eine. Er will aufspringen, aber Max drückt ihn zurück auf die Bank und macht ein Zeichen zu schweigen. »Garter Snakes«, flüstert Max leise und setzt sich ganz andächtig, »sehen Sie nur, wie schön sie sind.« Misslinger schaudert, aber Max hat recht, die Schönheit der Tiere nimmt ihn gefangen: Sie sind bunt gemustert, jede sieht anders aus, sie schillern in den Farben der Erde, in den Farben der herbstlichen Blätter, in den Farben des glänzenden Fels, sie sind das Land selbst, das flüssig geworden ist, das sich in Bewegung gesetzt hat, näher kommt, und wenige Schritte vor den Stufen der Veranda halten sie inne, verharren, schauen regungslos und beginnen dann sanft im Mondlicht die Köpfe hin und her zu wiegen wie in einem Tanz.

»Die Schlangen bringen das Gewitter«, sagt Max, »vielleicht wird es eine stürmische Nacht, vielleicht heute, vielleicht morgen.« Die Spannung in Misslingers Körper lässt nach. Er beugt sich vor, stützt die Arme auf die Knie und den Kopf in die Hände und beobachtet die drei wunderbaren Tiere. »Sind sie giftig?«, fragt er. »Giftig?«, sagt Max, »das kommt darauf an, oder? Was tut die Schlange? Tötet sie? Oder heilt sie? Sie verschwindet in der Erde, wo die Toten liegen, und kommt wieder daraus hervor. Sie häutet sich, lässt sich selbst zurück und dauert doch fort. Wissen Sie nicht, dass die Seelen der Verstorbenen in der Gestalt der Schlange zurückkehren? Unsterblichkeit und Wiedergeburt aus Krankheit und Tod, das ist die Bedeutung der Schlange.« Max schweigt. Und dann sagt er freundlich: »Diese hier übrigens tun weder das eine noch das andere. Es gibt auf Long Island keine gefährlichen Schlangen mehr.«

Misslinger steht auf, er will jetzt schlafen gehen, aber Max hält ihn am Ärmel fest. »Ich habe ein anderes Zimmer für Sie, genau das richtige«, sagt er und zieht seine erstaunlich mädchenhaften Augenbrauen in die Höhe. Misslinger protestiert leise, er hat ja schon ein Zimmer. Aber Max bleibt dabei: »Nein, nein. Es muss sein. Ich gebe dieses Zimmer nicht jedem Gast, wissen Sie. Es ist nicht für jeden Gast das richtige. Aber für Sie schon. Ihnen schenke ich es gerne.«

»Schenken?« Misslinger versteht nicht, was er damit anfangen soll. »Ja, ich mache Ihnen ein Geschenk damit. Aber natürlich müssen Sie dafür bezahlen«, sagt Max und lacht, dann erhebt er sich, und als sie im Haus sind, verschließt er sorgfältig hinter ihnen die Eingangstür, einen Riegel unten, einen oben.

Im ersten Stock holt Misslinger schnell seine Sachen aus seinem alten Zimmer. Dann läuft er hinter Max her, der schon hinter einer Ecke verschwindet, die Misslinger bisher gar nicht bemerkt hatte. Der Gang, der sich hier öffnet, ist länger, als Misslinger es für möglich hält. Er stellt sich das Hotel von außen vor, malt sich dazu einen Grundriss im Kopf und fragt sich, wo um alles in der Welt da dieser lange Gang noch Platz haben kann. An den Wänden hängen Bilder in schlichten Holzrahmen, sieben auf jeder Seite des Ganges, es sind vergilbte schwarz-weiße Stiche, die das Meer zeigen, eine Hafenszene, ein Schiff, das in See sticht, dann Männer in kleinen Booten und schließlich der große Wal, den sie jagen, ein Bild zeigt, wie er zwei der kleinen Boote zertrümmert und die Besatzung in die Tiefe reißt, aber dann durchbohren die übrigen Walfänger ihn mit ihren Harpunen, und ganz am Ende sieht man den Kadaver des großen Tieres, vertäut neben dem Schiff, und die Männer machen sich mit ihren Messern darüber her und das ganze Meer ist voller Blut. Misslinger bleibt stehen und guckt genau hin, weil jemand in diesem Bild die Farbe von Hand nachgetragen hat.

Max öffnet eine Tür, durch einen schmalen Flur gelangt man in das Schlafzimmer, das an der nordöstlichen Ecke des Hauses liegt. An der Stirnseite des kleinen Raumes hängt ein runder, leicht gewölbter Spiegel, in dem Misslinger sich selbst näher kommen sieht.

Max schiebt das Fenster auf der rechten Seite hoch, lehnt sich ein bisschen hinaus und ruft zu Misslinger:

»Von hier aus können Sie Camp Hero sehen.«

»Camp Hero?«

»Ja, Montauk Station, Camp Hero, die Radaranlage, ich habe Ihnen doch schon davon erzählt, oder?«

»Nein, nicht wirklich. Was gibt es da zu erzählen?«

»Der alte Stützpunkt der Armee. Und vielleicht mehr als das.«

»Mehr?«

»Man redet von Experimenten, verstehen Sie? Unterirdische Laboratorien, alles sehr geheim.«

»Oh.«

»Ja. Allerdings. Tolle Geschichten werden da erzählt: Von Psychowaffen, mit denen man seine Feinde auf große Entfernungen in den Wahnsinn treiben kann, von Zeitreisen und Löchern im Raum-Zeit-Kontinuum, Kontakt zu außerirdischen Wesen, solche Dinge.«

»Mein Vater hätte seine Freude hier.«

»Ihr Vater?«

»Sagen wir, er ist sehr gläubig ... Er glaubt viel. In alle Richtungen.«

Max verabschiedet sich. Misslinger legt sich ins Bett. Als

er, von schweren Träumen geplagt, erwacht, tritt er ans Fenster und blickt in die Mondnacht hinaus. Draußen rauscht der Wind durch die Wälder, und die Böen fahren durch die Gipfel der Bäume. Es ist beinahe Vollmond. Der Blick geht weit über das Meer. Im Süden liegt das Marschland von Cedar Point, im Norden Orient Beach. Misslinger blickt direkt in das Gewitter hinein, das über der offenen Gardiners Bay tobt. Ein Unwetter liegt über der Bucht. Von rechts und von links durchschneiden die Lichtkegel der Leuchttürme von Orient Point und Montauk Point die blauschwarze Dunkelheit. Weiter unten leuchtet die Radaranlage von Camp Hero auf. Mit der rechten Hand stützt sich Misslinger am Fensterrahmen ab und fasst sich mit der linken ans Herz. Er ist seltsam berührt.

Kapitel 17

»Lieber Walter, meine Damen und Herren, ich bin Franz Xaver Misslinger und ich sage immer, bei mir hört das Scheitern mit dem Namen auf. Aber Sie kennen mich. Wir haben viel hinter uns gebracht, um heute hier zu stehen. Sie erinnern sich? Ich erinnere mich! Wer hätte gedacht, dass wir es so weit bringen? Ich sage es Ihnen: Ich habe es gedacht. Ich habe an Sie geglaubt. An uns alle. An mich. Vor allem habe ich an mich geglaubt. Ich wusste, dass wir es schaffen. Dass ich es schaffe. Weil ich wusste: Auf euch kann ich mich verlassen. Und woher habe ich diese Sicherheit? Hier sitzt der Mann, der die Antwort kennt. Der die Antwort ist: Walter! Ich verdanke Dir mehr, als ich sagen kann. Aber dieses will ich sagen: Dir verdanke ich diese Sicherheit. Walter, ich verbeuge mich vor Dir. Stellt euch das vor: Was einer kann! Liebe Freunde, was einer erreichen kann!

Warum sind wir hier? Um ein neues Lied zu hören, ein besseres Lied!

Es klingt wie Flöten und Geigen!
Das Miserere ist vorbei,
Die Sterbeglocken schweigen.

Das ist aus Heinrich Heines *Deutschland. Ein Wintermärchen.* Also, machen Sie es sich bequem – ich erzähle Ihnen auch ein Märchen von Deutschland, aber eines, das wir gemeinsam wahr werden lassen!«

Bruno Bolognese:
»Sind Sie da?«

Arta Demirovic:
»Natürlich. Ich habe auf Sie gewartet.«

Bruno Bolognese:
»Die ganze Nacht?«

Arta Demirovic:
»Ich freue mich, dass Sie sich melden.«

»Es gibt noch ein anderes Lied, das heißt: *Die Gedanken sind frei*. Lassen Sie Ihre Gedanken frei. Versuchen Sie mit mir gemeinsam ein positives Experiment: eine Freiheitsmeditation.

Wir wollen heute zusammen einen alten Begriff dekantieren. Wir füllen ihn in ein anderes Gefäß, wir versorgen ihn mit Sauerstoff. Den Begriff der Freiheit. Sie wissen ja: Je größer die Herausforderung, umso athletischer muss gesprungen werden.«

Bruno Bolognese:
»Ich gehe heute an den Strand, zum Schwimmen.«

Arta Demirovic:
»Schön.«

Bruno Bolognese:
»Ja.«

Arta Demirovic:
»Geht es Ihnen gut? Sie klingen – traurig.«

Bruno Bolognese:
»Ich werde mich wie neu geboren fühlen. Ich gehe ins Wasser, ich komme aus dem Wasser. Was sein wird, war schon. Was will man mehr?«

»Sie kennen das Wort von den ›kleinen Leuten‹? Es gehört ja zum Vokabular der politischen Linken. Die Linken sagen, man müsse mehr für die ›kleinen Leute‹ tun. Aber wer sind denn diese ›kleinen Leute‹? Sind die klein? Oder werden sie klein gemacht? Klein gehalten? Ich erzähle Ihnen mal eine Geschichte von John F. Kennedy: Kennedy besuchte den Weltraumhafen Cape Canaveral. Er kam mit einer großen Delegation von Astronauten, hohen Beamten, Wissenschaftlern und Politikern und ging durch die Anlagen.

Irgendwann stand diese Delegation in einem riesigen Hangar, das war eine ungeheure Halle. (Er macht sich eine Notiz, dass er an dieser Stelle innehalten und sich umblicken muss, damit das Publikum versteht, wie groß diese Halle war.) Der Hangar war ganz leer, mit einem spiegelglatten Boden. Und in der Mitte des Hangars war ein einzelner Mann damit beschäftigt, den Boden zu bohnern. Der Präsident löst sich von seiner Delegation, geht zu diesem Mann und fragt: ›Was tun Sie hier?‹

Der Mann sieht den Präsidenten an, er legt schweigend seinen Schrubber auf den Boden und antwortet dann: ›Mister President, einen Mann auf den Mond bringen.‹ Der amerikanische Präsident salutierte vor ihm. Ihm wäre nicht eingefallen, diesen Menschen als einen ›kleinen Mann‹ zu bezeichnen. Ich sage Ihnen: Wer Menschen in ein gesichtsloses Kollektiv einordnet, wer sie pauschal zu Verlierern macht, der macht sie erst zu ›kleinen Leuten‹.«

Arta Demirovic:
»Wollen Sie heute lieber nicht schreiben?«

Bruno Bolognese:
»Schreiben? Ich will Sie ficken. Schicken Sie mir Bilder!«

Arta Demirovic:
»Ah, ja? Endlich. Warten Sie.«

Sie schickt ihm die Bilder. Von allen Seiten zeigt sie sich ihm, von vorne, von hinten, von unten, er fragt sich, wie sie diese Bilder gemacht hat. In ihrer weißen Wäsche steht sie vor dem Spiegel, dreht sich, bückt sich, setzt sich hin und spreizt die Beine, mit halb geöffnetem Mund.

Bruno Bolognese:
»Oh Gott.«

»Ihr wisst alle, wie ich für uns gekämpft habe. Ihr erinnert euch an die Zeit, als niemand etwas von uns wissen wollte. Damals bin ich sehr weit gegangen, liebe Freunde. Für euch, für uns. Ich weiß auch noch, wie ich in Bayreuth auf die Sternsinger gewartet habe. Oh ja. Aber die Heiligen Drei Könige kommen nicht. Kein Caspar, kein Melchior, kein Balthasar. Und ich? Was habe ich getan? Ich habe versucht, die Zeit zu strecken. Mit den Journalisten geredet, gescherzt.

Aber die Heiligen Drei Könige kommen immer noch nicht. Kommen am Ende gar nicht. Und warum? Weil der Pfarrer sie nicht losgeschickt hatte. Er hatte gedacht, unser Dreikönigstreffen falle aus. Das war nicht einfach, liebe Freunde. Aber wir haben es durchgehalten. Und heute kommen die Drei Könige wieder! Heute würden auch sechs Könige kommen! Oder neun! Oder zwölf!

Meine Freunde, wir stehen alle auf den Schultern anderer. Da mache ich für mich keine Ausnahme. Meine Risikobereitschaft war immer gestützt durch die Solidarität meiner Familie. Auf meine ungewöhnlichen Projekte und Spleens haben meine Freunde mit Toleranz geantwortet, und der wirtschaftliche Erfolg war nur in einer Ordnung denkbar, in der auch der Außenseiter und Newcomer eine Chance erhält.«

Arta Demirovic:
»Stellen Sie sich vor, ich wäre bei Ihnen.«

Bruno Bolognese:
»Ich würde Sie gerne küssen. Die Lust erneuert sich immer wieder. Und der Schmerz auch. Ich glaube, das ist in Wahrheit der Kreislauf des Lebens. Meinen Sie nicht auch?«

Arta Demirovic:
»Ich will in Ihren Armen liegen und Sie streicheln. Dann vergessen Sie das alles.«

»Die Freiheit als Lebensgefühl, von der ich spreche, das ist nicht das Lebensmodell eines Robinson Crusoe, sondern die Freiheit, von der ich spreche, hat in einer modernen Gesellschaft Voraussetzungen kultureller und gesellschaftlicher Art, die über den einzelnen Menschen hinausgehen.

Ich spüre eine bequeme Form der Selbstentmündigung, wenn Menschen heute nach Gesetzen, nach Verboten, gar nach Lenkung regelrecht verlangen.

Wir müssen endlich lernen, positiv zu denken. Wir müssen zu den Quellen unseres Glaubens zurückfinden. Ich war an den Quellen, liebe Freunde. Ich komme gerade aus den Vereinigten Staaten zurück. Ronald Reagan hat gesagt – ja, Ronald Reagan, ich traue mich, diesen Präsidenten zu zitieren, dessen Name unseren politischen Gegnern die Zornesröte ins Gesicht treibt, sollen sie zornig sein, Reagan war ein großer Mann, an den ich mich gerne erinnere – Ronald Reagan hat gesagt, dass ein göttlicher Plan dieses großartige Land zwischen die beiden Ozeane gesetzt hat, den Pazifik im Westen und den Atlantik im Osten, damit die Menschen aus allen Teilen der Welt es finden können auf ihrer Suche nach Freiheit.«

Bruno Bolognese:
»Ich würde Sie gerne ausziehen.«

Arta Demirovic:
»Ja. Ganz langsam.«

Bruno Bolognese:
»Mit meinen Lippen Ihren Hals abwärts gehen.«

»Lasst uns aus Deutschland ein neues Amerika machen. Ein Land der unbegrenzten Möglichkeiten.

Ja, dafür müssen wir uns von lieben Gewohnheiten verabschieden – darunter der Sozialstaat, wie wir ihn kennen.

Aber dieser Sozialstaat ist wie ein Fäustling. Er wärmt die

Hand, aber er schränkt eben die Freiheit ein, vier Finger und der Daumen bleiben frei. Und das Paradigma, das wir uns suchen wollen, das ist eher der Fingerhandschuh – der wärmt zwar, aber er lässt die ganze Hand beweglich.

Manchmal engt dieser Sozialstaat, auf den wir so stolz sind, nicht nur ein. Manchmal tötet er.«

Bruno Bolognese:
»Ich will Ihre Schultern küssen.«

Arta Demirovic:
»Oh Gott. Jetzt ist mir wirklich heiß.«

Bruno Bolognese:
»Mit meiner Zunge unter Ihre Arme gehen. Ganz langsam Ihren BH beiseiteschieben und Ihre Brust mit meiner Zunge leicht benetzen.«

Arta Demirovic:
»Sie machen mich verrückt...«

»Ich musste neulich an Alan Kurdi denken. Erinnern Sie sich noch an ihn? Das war der kleine Junge, der im vergangenen Jahr auf der Flucht aus Syrien im Mittelmeer ertrunken ist und an die türkische Küste gespült wurde. Sie alle kennen das schreckliche Bild. An ihn musste ich also neulich denken, und dann fiel es mir wie Schuppen von den Augen: Es war eigentlich unser Sozialstaat, der ihn getötet hat. Weil wir die Grenzen in Wahrheit ja nur aus dem einen Grund vor ihm verschlossen haben, um den Sozialstaat vor ihm zu schützen. Damit nicht er und andere wie er zu uns kommen, um in den Genuss der Gaben dieses Sozialstaats zu gelangen. Der Sozialstaat macht also nicht nur uns unfrei, sondern die anderen auch. Er kann sogar töten.

Also sage ich: Nieder mit dem Sozialstaat alter Prägung. Und es lebe der neue deutsche Traum.«

Arta Demirovic:
»Oh Gott, warum sind Sie so weit weg!«

Bruno Bolognese:
»Ja, das ist traurig. Wenn Sie hier wären, könnten Sie sehen was ich mache.«

Selma:
»Wo bist Du?«

Franz Xaver Misslinger:
»In meinem Hotelzimmer. Ich habe jetzt ein eigenes, weil ich zu laut geschnarcht habe.«

Selma:
»Hast Du wieder Tabletten genommen?«

Franz Xaver Misslinger:
»Nein. Warum sollte ich?«

Arta Demirovic:
»Erzählen Sie es mir?«

Bruno Bolognese:
»Ich habe meine Hose geöffnet.«

Selma:
»Bist Du weitergekommen?«

Franz Xaver Misslinger:
»Gerade jetzt dabei. Es wird groß. Ganz groß.«

»*The Melting Pot* hieß ein Theaterstück, das im Jahr 1909 in den USA uraufgeführt wurde. Es erzählt die Geschichte eines russischen Juden, der nach Amerika auswandern will, nachdem seine Familie bei einem Pogrom ermordet wurde. In Amerika kann man hinter sich lassen, wer man war und woher man kommt. In Amerika werden alle zu Amerikanern: »Deutsche, Franzosen, Iren, Engländer, Juden und Russen – hinein in den großen Tiegel mit euch! Gott schafft den Amerikaner.«

Den Nachkommen der ersten Siedler waren die Iren zu katholisch, die Deutschen zu deutsch und die Italiener zu minderwertig – und heute sind den Nachkommen all dieser Einwanderer die Mexikaner zu lateinamerikanisch. Es ist ein Gesetz der Einwanderung, dass die, die schon da sind, die, die noch kommen, für schwerer integrierbar halten, als sie selber es waren.«

Selma:
»Misslinger, ich meinte nicht nur Deine Rede.«

Arta Demirovic:
»Ich wünschte, ich könnte in Ihren Armen liegen. Und dann unter der Decke verschwinden.«

Bruno Bolognese:
»Mit Ihrem Kopf – und Mund?«

Arta Demirovic:
»Genau.«

Franz Xaver Misslinger:
»Was meinst Du denn?«

Arta Demirovic:
»Vielleicht machen wir das gleichzeitig.
Ich verwöhne Sie und Sie mich.«

»Heute meinen in Deutschland viele Menschen, dass unsere Immigranten nicht zu integrieren seien. Das ist falsch. Es fehlt nur die Idee, um die Temperatur zu erzeugen, die nötig ist, das Fremde zum Eigenen zu machen: die Idee des deutschen Traums. Deutschland ist für diese Rolle prädestiniert. Wir haben uns im neunzehnten Jahrhundert neu erfunden. Wir können uns im einundzwanzigsten Jahrhundert neu erfinden. Lasst uns die Arme öffnen für Menschen, die ein besseres Leben suchen. Lasst uns ein Leuchtturm der Freiheit sein. Ein helles Licht in der Dunkelheit. Und darauf einen neuen Stolz gründen.

Ja, liebe Freunde. Wir gründen eine andere Idee von Deutschland: wir schaffen einen neuen Schmelztiegel und errichten eine neue Nation.«

Misslinger liest das alles noch einmal. Durch das geöffnete Fenster trägt der Wind der Dämmerung den Geruch der See in sein Zimmer. Er kann sich vorstellen, dass der Geruch des Wassers ihn nie mehr verlassen wird. Er legt den Kopf in die Hände und schließt die Augen. Es ist noch so früh.

Franz Xaver Misslinger:
»Lieber Walter, anbei meine Freiheits-Rede für den kommenden Parteitag. Sie sind der Erste, der sie lesen darf. Ich übertreibe nicht, wenn ich sage, dass mir der Text sehr gut

gelungen ist. Ich verdanke Ihnen viel. Ich rechne auf Ihre Unterstützung, so wie auch Sie auf meine Unterstützung rechnen können. Immer Ihr FXM«

Selma:
»Ich meine uns, Misslinger. Viele Paare trennen sich, wenn die Kinder aus dem Haus gehen. Und Luise wird nächstes Jahr 18.«

Arta Demirovic:
»Nehmen Sie mich.«

Bruno Bolognese:
»Ja. Ich schlafe so lange mit Ihnen, wie Sie es möchten. Sie sagen mir, was ich tun soll.«

Arta Demirovic:
»Oh ja. Bekommen Sie das hin, mich so zu nehmen, dass es hart ist, aber nicht wehtut?«

Bruno Bolognese:
»Sie bestellen. Ich liefere.«
»Man muss doch was tun gegen die Servicewüste Deutschland!«

Arta Demirovic:
»Wirklich? Sie dürfen mir auch auf den Hintern hauen.«

Franz Xaver Misslinger:
»Ihr Hintern ist toll. Ich sehe ihn mir gerade an. Ihre Bilder sind himmlisch. Ich stelle mir vor, wie Sie vor mir knien und ich sage Ihnen, was Sie tun sollen.«

Arta Demirovic:
»Mögen Sie meinen Hintern?«

Bruno Bolognese:
»Ich sage ja: Ich liebe ihn.«

Arta Demirovic:
»Das haben Sie noch nicht gesagt, das hätte ich nicht vergessen. Ich glaube, wir hätten eine unvergessliche Nacht.«

Bruno Bolognese:
»Ja!«

Arta Demirovic:
»Es ist alles so prickelnd mit Ihnen.
Herr Misslinger, ich hatte gerade einen kleinen Orgasmus.«

Bruno Bolognese:
»Einen kleinen?«

Arta Demirovic:
»Einen großen ...«

Bruno Bolognese:
»Dann ist es gut.«

Selma:
»Die Nachricht war wohl nicht für mich, Misslinger.«

Franz Xaver Misslinger:
»Wie meinst Du?«

Selma:
»Du widerst mich an.«

Walter Schergen:
»Lieber Freund, habe soeben Ihre Rede zu Ende gelesen. Dass Sie großes rhetorisches Geschick mit einem exzellenten Stil verbinden, muss ich Ihnen nicht sagen. Manchmal meine ich, mich selbst zu hören, wenn ich Ihnen zuhöre. Aber was Sie da vorschlagen! Sie haben mich überrascht. Denken Sie noch einmal darüber nach. Ich will es auch tun. In Treue, Ihr WS«

Kapitel 18

Freed from desire, mind and senses purified
Freed from desire, mind and senses purified
Freed from desire, mind and senses purified
Freed from desire

Die Nacht war unruhig. Morgens hat er lange vor dem Spiegel gestanden und sich betrachtet. Er hat festgestellt, dass die Haut unter seinem rechten Auge ein bisschen hängt. Er hat das Gezeitenheft, das immer noch auf dem Schreibtisch am Fenster lag, genommen und damit seine rechte Gesichtshälfte verdeckt. Dann die linke. Dann wieder die rechte. Das ist seine ältere Hälfte. Wenn er sein Gesicht symmetrisch spiegeln könnte, die linke Hälfte über die rechte legen, dann sähe er fünf Jahre jünger aus, hat er gedacht.

Want more and more
People just want more and more
Freedom and love, what he's looking for
Want more and more
People just want more and more
Freedom and love, what he's looking for

Er hat sich dann mit seinen Tabletten beschäftigt, die Dose in die Hand genommen und wieder eingesteckt, sie wieder hervorgeholt und sie wieder eingesteckt, und dann, nachdem er an Luises Zimmertür geklopft hat und mit ihr die Treppe hinabgestiegen ist, um auf der Terrasse noch einmal das Frühstück einzunehmen, noch im Hinsetzen geschickt die Dose in seiner Tasche geöffnet, und zwei Pillen in seine Handfläche gleiten lassen, vielleicht drei oder sogar vier, er hat die Dose nicht einmal mehr geschlossen und stattdessen die Hand, in der sich die Tabletten befanden, beiläufig zum Mund geführt, die Tabletten geschluckt, zwei, drei, zu viele, und ist sich dann durch die Haare gefahren, eine Geste, die Luise nicht aufgefallen ist.

Freed from desire, mind and senses purified
Freed from desire, mind and senses purified
Freed from desire, mind and senses purified
Freed from desire

Jetzt sitzen sie im Auto und Misslinger singt wieder und Luise leidet mit der nachgiebigen Verständnislosigkeit, die junge Leute manchmal für ältere empfinden.

Über ihnen folgt ein großer Vogel seinem eigenen Weg, Misslinger ist schneller, aber er versucht, das schöne Tier so lange im Rückspiegel zu beobachten, wie es geht. Im Inneren der Insel sieht er die Bäume in ihrer ganzen Herbstbuntheit leuchten, während näher an der Küste der Wind schon große Löcher in ihre rostrote Rüstung geschlagen hat.

»Es wäre schön, wenn Du und Mama zusammenbleiben könntet«, sagt Luise plötzlich. Im dichten Unterholz rechts der Straße sieht Misslinger eine hohe Gestalt, einen Hirsch, der ihm aufmerksam mit seinen großen dunklen Augen folgt, und als das schlanke Tier seinen Kopf wendet, sieht Misslinger, dass ihm auf einer Seite ein großes Stück des Geweihs fehlt. »Wie kommst Du denn darauf?«, fragt er. »Ist das nicht der Grund, warum Du mit mir wegfahren wolltest?«, antwortet seine Tochter. »Nein, so ist es nicht«, sagt Misslinger. »Vieles ist nicht so, wie Du sagst und umgekehrt«, antwortet seine Tochter. Misslinger schweigt.

Deine Augen spielen Dir einen Streich, denkt er und versucht, das dunkle Durcheinander der Sträucher und Bäume zu durchdringen, aber es verändert sich zu schnell und verwirrt ihn. Beinahe hätte er den leichten Truck übersehen, der gegenüber einer verwaisten Schulbushaltestelle damit beschäftigt ist, einen Anhänger mit einem eleganten Holzboot rückwärts in eine links gelegene Einfahrt zu manövrieren.

Gerade tritt eine Gruppe Gottesdienstbesucher aus dem Schatten der alten Episkopalkirche mit ihren hohen, neogotischen Fenstern und den wettergrauen Holzschindeln.

»Hat es Dich gestört, dass ich so oft mit Dir in die Kirche gegangen bin?«, fragt Misslinger.

»Gestört?«, sagt Luise, »gar nicht. Ich habe mich nur irgendwann gewundert, dass Mama nie mitgekommen ist.« Misslinger überlegt, ob seine Tochter den Eindruck hatte, dass er nur deshalb mit ihr in die Kirche gegangen ist, weil er wusste, dass Selma dafür nicht zu haben war. Er überlegt, ob seine Tochter sich allein mit ihm nicht wohlgefühlt hat. Ob sie ihm vorwirft, nicht genug für den Zusammenhalt der Familie getan zu haben. Sogar den Kirchgang könnte er als Instrument seiner Selbstsucht genutzt haben.

Als sie beim Supermarkt angekommen sind, stellt er den Wagen direkt vor dem niedrigen, lang gestreckten Gebäude mit seiner lagerhallenhaften Wellblechfassade ab. Luise lacht ein bisschen, als er mit der mächtigen Stoßstange die zweistöckige Stellage touchiert, auf der lange Reihen von orange leuchtenden Kürbissen auf das bevorstehende Halloweenfest warten. Der Stoß ist so stark, dass sich tatsächlich ein paar der Kürbisse in Bewegung setzen und über Veranda und Parkplatz rollen.

Luise springt aus dem Wagen und hilft ihrem Vater, die hier- und dorthin rollenden Köpfe wieder einzufangen. »Schade, dass Sie zu Halloween nicht mehr hier sind«, hatte Max gesagt, als er ihnen vorhin das Frühstück brachte, »das ist eine magische Jahreszeit, wissen Sie. Da wird hier wirklich gezaubert«, und dazu hatte er ganz fröhlich gelacht. »Aber Sie haben doch dann geschlossen«, hatte Luise gesagt, und Max hatte in vollem Ernst geantwortet: »Für Sie würde ich das Hotel offen halten.« Sie hatten Max morgens getroffen, als sie zum Frühstücken in den aufgeräumten Speisesaal gekommen waren. Misslinger hatte gesehen, wie Max auf der dem Meer zugewandten Terrasse mit einem großen Besen die Spuren des Sturms zusammenkehrte. Max war zunächst sehr schweigsam, hatte seine Gäste nur kurz begrüßt und ohne besonderes Interesse danach gefragt, wie man geschlafen habe, dann aber während des Frühstücks seine Sprache wiedergefunden und sie mit Hinweisen für den Tag versorgt.

Im Supermarkt kaufen sie sich ein bisschen Proviant für den Tag, eine Melone, Brot, Schinken, was man am Strand essen kann, wenn man im Sand sitzt. Luise will ihren Freundinnen noch besondere amerikanische Süßigkeiten mitbringen, kann sich aber zwischen Flake und Decker und StarBar und Cherry Ripe nicht entscheiden. »Nimm alle«, sagt Misslinger abgelenkt, weil er gerade eine Verkäuferin entdeckt hat, die ihr Lächeln und ihre Sommersprossen für den Verkauf eines offenbar aus der Gegend stammenden Bio-Honigs einsetzt, roh, nicht erhitzt. Es sind vor allem die Sommersprossen, die

Misslinger faszinieren. Er lässt sich kleine Brotstückchen reichen, die von den feinen Händen der Verkäuferin sorgfältig mit Honig bestrichen wurden.

Der Honig tropft ihm von den Fingern, aber er verzichtet darauf, sie vor der jungen Verkäuferin in den Mund zu stecken. Sie lächelt ihn freundlich an und reicht ihm eine Serviette. Er versucht, sich die Finger abzuwischen, aber die Serviette klebt an seinen Händen. Während er seine Finger vom Honig befreit, trifft ihn von hinten ein Schlag in die Fersen. Ein kleines Kind ist überraschend auf einem Dreirad um die Ecke eines der hohen Regale gebogen, konnte nicht mehr ausweichen und ist direkt mit Misslinger kollidiert.

Er stößt einen kleinen Schrei hervor, lässt ein Honigbrot fallen und fasst mit der klebrigen Hand nach seiner schmerzenden Ferse, so dass nun auch seine helle Hose und die beigefarbenen Socken, die er zu seinen Loafers trägt, voller Honig sind. Die Verkäuferin versorgt ihn mit Servietten, und während er noch versucht, sich von der ganzen Klebrigkeit zu befreien, hört er hinter dem Regal einen lauten Ausruf der Verzweiflung. Misslinger hinkt um die Ecke, da steht eine ältere Frau mit verzweifeltem Gesichtsausdruck, und neben sich auf dem Boden liegt ein großer Haufen von Haferflocken und eine aufgesprungene Packung.

Luise springt herbei und hilft, sie bückt sich und kehrt mit ihren Händen die Haferflocken zusammen. »Ist das Ihre Tochter?«, wendet sich die Frau an Misslinger. »Ja, warum?« »Sie haben sie gut erzogen.«

Sie verlassen den Supermarkt und fahren die Hauptstraße entlang zum Anleger der South Ferry. Die Fähre legt ab, Misslinger spürt, wie Wind und Strömung an dem schweren Stahlrumpf ziehen, und vertraut sich den tiefen Vibrationen der Maschinen an. Das Boot nimmt den direkten Weg zur südlich gelegenen anderen Seite. Als sie angekommen sind, fährt er mit viel Schwung an großen Baumaschinen vorbei, die bei der Anlegestelle auf ihren Einsatz warten, aufs südliche Festland.

Rechts und links liegt ein schöner Sandstrand, und alte Stege führen in das stille Wasser des Sunds, vor ihnen geht die Straße vorüber an Feldern und Wiesen, die von den Bewohnern der eleganten Häuser mit einiger Mühe erhalten werden, als wollten sie eine agrarische Vergangenheit im Gedächtnis behalten, von der nur noch die Idylle übrig geblieben ist, während die Mühen in Vergessenheit geraten sind.

Sie stellen das Auto auf einen Parkplatz und laufen auf einem ausgetretenen Pfad hinunter zum Strand. Misslinger lässt sich vom Wind führen. Die Böen gleiten durch das Dünengras wie seine Finger durch Selmas nasses Haar, und der Wind hüllt ihn in einen feuchten salzigen Mantel. Misslinger blickt nach rechts, wo hinter dem Dunst aus Himmel, Sand und gelbem Leuchten die große Stadt liegen muss. Er stellt sich vor, da drüben die Wolkenkratzer von Manhattan zu erkennen. »Da ist New York«, ruft er Luise zu, die schon damit begonnen hat, Muscheln in eine helle Stofftasche zu sammeln, die sie sich im Village gekauft hat, große, weiße Muscheln, die in den Sand gesät liegen, als hätte jemand sie vom Himmel fallen lassen. »Und was ist in der anderen Richtung?«, fragt sie. Misslinger dreht sich ostwärts, die See einatmend, schauend, da ist der endlose Strand und sonst nichts als Himmel und See, hüpfende Wellen, der Schaum und die Schiffe in der Ferne: »Da hinter der Biegung liegt Montauk Point«, antwortet er, »bis dahin kann man gehen, dann geht es nicht weiter, dann kommt nur noch der Ozean.« »Das ist doch gut«, ruft Luise gegen den Wind, »dann muss man umdrehen – oder schwimmen.« Misslinger zieht Schuhe und Strümpfe aus und ruft: »Komm Luise, komm, mein Lieschen, wir laufen noch einmal so lange, bis es nicht mehr weitergeht«, und dann beginnt er zu rennen. Luise läuft eine Weile hinter ihrem Vater her, dann verlangsamt sie ihre im Sand versinkenden Schritte und lässt sich am Saum des Dünengrases nieder. Er kehrt um und setzt sich neben sie. Luise macht mit ihrem Telefon Bilder der Muscheln, die sie gesammelt hat. Dann hält sie inne, blickt aufs Wasser hinaus und sagt: »Ist es nicht irre, dass Wale an den Strand kommen, um zu sterben?«

»Ich glaube, die Wale verirren sich und sterben dann«, sagt Misslinger.

»Ist es nicht so wie mit Elefanten?«

»Elefanten? Keine Ahnung. Wale verlieren die Orientierung und werden angespült und liegen dann in der Brandung und ersticken.«

»Wie kann ein Tier die Orientierung verlieren und dann sterben? Das ist doch Natur. Das muss doch funktionieren ...«, sagt Luise.

»Ich weiß nicht«, sagt Misslinger, »wenn sie die Richtung verlieren und es nicht einmal merken und immer weiter in die falsche Richtung schwimmen, und irgendwann ist es zu spät.«

Sie sitzen noch eine Weile schweigend da, Luise guckt sich Bilder auf ihrem Telefon an, Misslinger blickt aufs Meer, dann steht er auf und sagt: »Ich gehe jetzt ins Wasser.«

»Du bist aber kein Wal.« Luise hebt dabei gar nicht den Kopf. »Nein, ich bin kein Wal«, sagt Misslinger, »ich bin Franz Xaver Misslinger und bei mir hört das Scheitern mit dem Namen auf.«

Er zieht sich um, sucht sich eine Stelle mit niedriger Brandung und wirft sich ohne zu zögern ins Meer. Die Kälte des Wassers betäubt ihn beinahe. Früher war er ein guter Schwimmer. Mit den langen Bewegungen seiner Arme teilt er die Wellen. Er dreht sich um und sieht seine Tochter, die ihm winkt.

Der Ozean öffnet sich, und schnell wird das Wasser tief. Misslinger schwimmt schneller. Mit seinen kräftigen Beinen stößt er sich vorwärts. Er legt den Kopf zur Seite, das Wasser strömt kalt an seiner linken Wange vorüber und läuft ihm salzig in den Mundwinkel. Überall ist jetzt das still rauschende Wasser, er ist umhüllt von Wasser. Er denkt an Arta Demirovic, ihre nasse Zunge, ihren feuchten Schoß, in dem er sich bergen will. Er versucht zu verstehen, warum er Selma betrügt. Es ist nicht wegen der Lust. Er kann in sich kein Gefühl der Lust finden. Aber den Verrat spürt er.

Immer schneller entfernt sich der Strand. So schnell schwimmt er. Durch den ganzen Ozean könnte er jetzt schwimmen. Was wird aus uns, fragt sich Misslinger, während der Rippstrom ihn aufs Meer zieht. Selma weiß alles über ihn. Und Walter auch. Er gibt sich dem Wasser hin, das jetzt die reine Notwendigkeit ist. Plötzlich versteht er, dass der Betrug ein unmöglicher Tausch ist. Die Lust ist fad. Aber die Schuld schmeckt süß. Da hört er auf zu schwimmen. Die kühle Strömung nimmt ihn mit sich. Wie ein Stück Treibholz. Immer weiter hinaus in die gestaltlose Weite der See. Das Meer war zuerst da, denkt er. Und es wird uns alle überdauern. Und ganz am Ende, als der Strand nur noch ein schmaler Streifen ist, spuckt der Strom ihn schließlich aus und das Meer nimmt ihn in die Arme und trägt ihn sanft zurück zum Ufer.

In der Dünung bleibt er liegen. »Du und Dein Selbstmitleid!«, würde Selma jetzt sagen. Und er würde ihr antworten: »Ich liege am Boden, und ich habe kein Mitleid mit Leuten, die am Boden liegen.«

Luise sitzt dort hinten am Saum der Gräser, die Hände hat sie hinter sich gestützt, sie lehnt sich zurück und hält den Kopf in die warme Nachmittagssonne.

Er liegt im Sand und blickt in die blaue Leere über sich. In seinem Kopf rauschen der Wind und das Meer.

Sein Telefon klingelt. Er hört tatsächlich sein Telefon klingeln. Weil es seine Gewohnheit ist, greift er hinter sich und nimmt das Gespräch entgegen. Walter ruft ihn an. Das trifft sich gut, denkt Misslinger. Walter zögert keinen Augenblick. »Du hast eine Menge vor, nicht wahr, Franz?« Walters Stimme kommt von weit her: »Es kann dir alles nicht schnell genug gehen? Oder? Ich gebe dir jetzt einen guten Rat, Franz, komm nicht wieder. Oder komm meinetwegen wieder, aber erwarte nichts mehr von mir.«

»Warum tust Du das?«, ruft Misslinger.

»Warum ich das tue? Franz! Mein lieber Franz! Die Frage zeigt doch schon, dass ich mich in Dir getäuscht habe. Kann das denn wirklich sein? Ich habe mich getäuscht? Ja, tatsächlich. Franz, das nehme ich Dir wirklich übel, dass ich mich in Dir getäuscht habe und darum nun dieses Versagen zu meinen Akten nehmen muss: Ich habe mich geirrt. Ja. Ich gestehe es. Du bist nicht der, für den ich Dich gehalten habe. Sonst könntest Du unmöglich diese Frage stellen: Warum ich das tue? Ich tue es, weil ich es kann.«

»Du wolltest sein wie ich.« Das Geräusch der Wellen wird lauter. Der Wind hebt sich. Um ihn herum ist ein Brausen, durch das er Walter am anderen Ende der Leitung nicht mehr gut versteht. »Aber Du bist nicht, der ich sein werde.« Hat Walter das wirklich gesagt? Misslinger lässt sein Telefon einfach fallen, egal wohin.

Misslinger hebt den Kopf. Er sieht, wie die Wellen nach einem seiner Schuhe greifen. Sie spielen eine Weile damit, lassen ihn hin und her rollen, vergraben ihn ein bisschen im Sand, werfen ihn sich gegenseitig zu und ziehen ihn schließlich ins Meer. Es ist spät geworden. Hinter ihm steht die Sonne schon so tief, dass die Schatten der sandigen Klippen ihn bald erreichen werden. Die Flut ist gestiegen.

Luise lässt ein paar glatte Kieselsteine durch ihre Finger gleiten, wirft kurz einen Blick hinüber auf den im Sand liegenden Körper ihres Vaters und wendet sich dann wieder ihrem Telefon zu.

Misslinger lässt den Kopf sinken. Sie ist doch wie ich, denkt er, schließt die Augen, und was er jetzt noch hört, klingt wie das Geräusch der Straße.

Kapitel 19

Look my eyes are just holograms
Look your love has drawn red from my hands
From my hands you know you'll never be
More than twist in my sobriety
More than twist in my sobriety
More than twist in my sobriety

Die Nacht war unruhig. Aber als Misslinger am Morgen aufwacht, ist er heiterer Stimmung. Er setzt sich ans offene Fenster und schreibt den Text seiner Rede nieder, den er fertig im Kopf hat. Er verfasst eine Nachricht an Walter und schickt ihm die Rede. Seine Hände machen das alles wie von selbst, während er auf den Tag blickt, der hell und friedlich vor ihm liegt und der ihm so vertraut ist wie daheim der Weg vom Haus hinunter zu den Weißdornhecken am Teich.

Er steht dann lange vor dem Spiegel und betrachtet sich. Er nimmt die Dose mit den Tabletten aus der Tasche und denkt an die Fähre, die sie heute nehmen werden, an die Fahrt nach Montauk, an den Strand und ans Meer. Er steckt die Dose wieder ein, holt sie wieder hervor und steckt sie wieder ein. Dann legt er sie auf seinen Nachttisch und verlässt das Zimmer.

Jetzt sitzt Misslinger neben seiner Tochter im Auto, er singt und stellt fest, dass über Nacht das Wasser gestiegen ist und heute alle Dämme überflutet sind. Der Unterschied zwischen Land und Wasser ist wie aufgehoben. Das Land löst sich im Wasser auf und hinten am Horizont löst sich das Wasser im Himmel auf, alles löst sich auf, und er fährt mit hoher Geschwindigkeit durch das flache Wasser, das auf der Straße steht, so dass es von Weitem so aussehen muss, denkt er, als würden sie über das Wasser fahren. »Jesus würde Ford fahren«, dazu ein Film, wie sie hier über die Wasseroberfläche gleiten. Die Idee gefällt ihm so gut, dass er sie laut ausspricht: »Jesus würde Ford fahren«, sagt er zu Luise. Aber seine Tochter antwortet: »Jesus würde gar nicht Auto fahren, sondern entweder den Esel nehmen oder schön weiter zu Fuß gehen.« »Kann der Esel auch über Wasser laufen?« »Das muss er gar nicht, er läuft über Palmenblätter.« »Ach mein Lieschen«, sagt Misslinger, »sei doch nicht immer so vernünftig.«

Neben ihnen ragt ein hoher Pfahl aus der glatten Wasseroberfläche, auf dem ganz oben ein leeres Storchennest sitzt. Sie sind schon daran vorbeigefahren, Misslinger versucht, das sonderbare Bild so lange es geht im Rückspiegel zu beobachten.

Er steuert den großen Ford in das waldige Innere von Shelter Island, dort trifft er auf die Spuren des Sturms. Über Nacht ist alles hier gealtert, denkt er, als er die Bäume sieht, die gestern noch in eine rostrote Rüstung gehüllt waren, als wollten sie damit dem Winter trotzen, und nun halb nackt und frierend dastehen.

Das Telefon meldet sich, zwei Nachrichten warten auf ihn. Eine von Selma, eine von Walter. Misslinger legt das Telefon weg, er hat die Nachrichten nur kurz überflogen und muss lachen. »Wenn ihr euch trennen wollt, Mama und Du, dann ist das in Ordnung für mich«, sagt Luise plötzlich. »Ich bin froh, dass ihr damit so lange gewartet habt.« »Ja, mein Lieschen«, sagt er. »Manchmal denke ich, dass sich meine Eltern auch hätten trennen sollen. Es wäre für beide besser gewesen. Meine Mutter hatte immer Angst und mein Vater hat das nicht verstanden.«

Er verlangsamt die Fahrt und blickt suchend nach rechts, ins dichte Unterholz neben der Straße. Erst sind da nur Äste und Sträucher – aber dann erkennt er die hohe Gestalt eines Hirschs, der ihm aufmerksam mit seinen großen dunklen Augen folgt. Misslinger ist nicht erstaunt, als er sieht, dass ihm auf einer Seite ein großes Stück des Geweihs fehlt.

Ein paar Hundert Meter weiter versorgt ein Mann sein auf dem Anhänger liegendes Boot. Misslinger freut sich für den Mann und über die dunkelblaue Plane, die im Morgenlicht leuchtet, straff gespannt und makellos. Sie fahren an einem Minigolfplatz vorbei und sehen weiter vorn ein paar Kinder, die auf den Schulbus warten. »Hat es Dich gestört, dass ich so oft mit Dir in die Kirche gegangen bin?«, fragt Misslinger. »Nein«, sagt Luise, »im Gegenteil. Ich fand das immer schön. Wenn ich Kinder habe, mache ich das auch mit ihnen.« Misslinger nimmt ihre Hand.

Sie wollen sich ein paar Vorräte für den Tag kaufen und Luise möchte ihren Freundinnen im Internat irgendwelche besonderen amerikanischen Süßigkeiten mitbringen. Dann werden sie mit der Fähre übersetzen und zum Strand fahren, es ist ungewöhnlich warm, sie wollen spazieren gehen, vielleicht kann man sogar schwimmen, Misslinger ist ausgerüstet.

Als sie den Supermarkt erreichen, stellt Misslinger den Wagen weit vor dem niedrigen, lang gestreckten Gebäude mit seiner lagerhallenartigen Wellblechfassade ab, so dass die mächtige Stoßstange nicht mal in die Nähe der zweistöckigen Stellage voller großer, leuchtend orangefarbener Kürbisse gerät, die auf das bevorstehende Halloweenfest warten. Aber in dem Moment, da Misslinger den Wagen stoppt, setzen sich ein paar von ihnen in Bewegung und rollen über Veranda und Parkplatz.

Misslinger schüttelt den Kopf und muss wieder lachen. Er steigt langsam aus und beginnt die rollenden Kürbisköpfe einzusammeln. Wie er es erwartet hatte, hat Selma ihm geschrieben, dass sie sich von nun an als von ihm getrennt betrachtet. Und Walter, dass er nicht zurückkommen solle.

Sobald sie im Supermarkt sind, rufen die prachtvoll gefüllten Regale in ihrer schier unübersichtlichen Endlosigkeit bei ihm gleich ein tiefes Gefühl der Befriedigung hervor, während Luise der Schreck in die Glieder fährt. Er steht dem Konsum ja ganz und gar zustimmend gegenüber. Anders als Luise, die zwar die Süßigkeiten haben will, dabei aber ein schlechtes Gewissen hat. Jedenfalls ist das Misslingers Eindruck, als er seine Tochter beobachtet, die hilflos und überwältigt vor einer Wand aus Zerealien steht: »Wer braucht das alles?«, fragt sie einigermaßen entgeistert. Und Misslinger antwortet: »Jetzt spiel nicht die Zonen-Gabi. Es geht nicht um brauchen, es geht um wollen.« Und dann guckt er sich mit wachsender Begeisterung das bunte Kaleidoskop aus Schachteln und Verpackungen an:

Crunchy Honey Oats, Froot Loops, Honey Cheerios, Nilla Banana Pudding, Honey Maid S'mores.

Als er bei Nutter Butter, Dippin' Dots und Fruity Pebbles angekommen ist, erreicht seine Begeisterung den Grad der Erregung, und er muss an Arta Demirovic denken und an die

Bilder, die sie ihm heute Abend schicken wird. Er kann sie vor sich sehen, von allen Seiten zeigt sie sich ihm, von vorne, von hinten, von unten, er fragt sich, wie sie diese Bilder gemacht hat, er stellt sich vor, wie sie in ihrer weißen Wäsche vor einem Spiegel steht, sich dreht, sich bückt, sich hinsetzt und die Beine spreizt und Bilder auf Bilder macht und sich dabei in Gedanken selber erregt.

Luise hat inzwischen die Regalreihen mit den Süßwaren entdeckt. Sie ruft nach ihrem Vater, er versucht, über die Regale hinweg oder durch sie hindurch den Standort seiner Tochter zu orten, er hört sie zwar, kann sie aber nicht gleich hinter einer ziemlich dicken Frau ausmachen, die mit einiger Anstrengung einen übervollen Einkaufswagen und ein kleines Kind auf einem Dreirad durch den Supermarkt manövriert.

Zwischen Kisses, Hershey's und Raisinets gerät Luise ganz durcheinander. Misslinger stellt sich neben sie und studiert aufmerksam die langen Reihen der Candybars, deren Namen er im Stillen vor sich hin flüstert: Flake, Decker, StarBar, Dairy Milk, Twix, Big Race, Twirl, Turkish, Cherry Ripe, Time Out. Er überlegt, ob seine Kindheit anders verlaufen wäre, wenn er nicht nur die Wahl zwischen Raider, Mars und Nuts gehabt hätte. Sein Lateinlehrer war noch im Krieg gewesen. »Kauf sie alle!«, sagt er zu Luise.

Sie suchen sich Brot, Schinken, Melone, Servietten und Plastikbesteck zusammen, jedes einzelne Stück ist so großartig verpackt, als wollte es sie auf einer langen Reise begleiten.

Eine junge Verkäuferin verschenkt kleine Stückchen Brot mit Honig, der aus der Gegend kommt: roher, nicht erhitzter, ungefilterter Honig. Misslinger freut sich über die Honigverkäuferin, ihre feine Nase mit den kleinen Sommersprossen.

»Wollen Sie die Arbeit unserer Mädchen kosten, Sir?«, fragt sie. Misslinger weiß schon, dass damit die Bienen gemeint sind.

Hinter ihm hört er eine alte Frau schimpfen: »Ich komme seit zwanzig Jahren hierher. Und alle paar Wochen wird alles umgestellt. Die Regale, die Ordnung, nichts bleibt, wie es war. Ich glaube, die machen das mit Absicht. Die wollen es mir schwer machen, meine Sachen zu finden. Und warum? Damit ich mehr Zeit in diesem Geschäft verbringe! Natürlich. Ich soll hier durch die Gänge irren, auf der Suche nach meinen Haferflocken, und dann laufe ich an den Backwaren vorbei – warum nicht mal wieder backen? Oder ich laufe an den Marmeladen vorbei – wann hatten wir eigentlich das letzte Mal Orangenmarmelade … Und am Ende kaufe ich mehr, als ich mir vorgenommen hatte. Man will nicht, dass ich zufrieden bin, man will mir nur das Geld aus der Tasche ziehen.«

Während er zuhört und sich Honigbrote in den Mund stopft, lächelt er die junge Frau die ganze Zeit über an, seine Finger sind voller Honig und sein Kinn auch, die Frau lacht und Misslinger lacht auch. Er hält sich dabei die Hand vor den Mund, aber natürlich hat er das mit Absicht gemacht, weil der Honig ihn an Dörte erinnert, und er stellt sich vor, wie er den Honig von den sommersprossenbedeckten Wangen der Verkäuferin leckt und ihn auf ihre Brüste tropfen lässt.

Noch lachend bewegt er sich zwei Schritte nach hinten, um ohne hinzusehen dem Kind auf dem Dreirad auszuweichen, das um die Ecke gebogen kommt und nun anstatt mit Misslinger mit der alten Frau kollidiert, die schon auf den Zehenspitzen steht und sich nach Kräften streckt, um an eine Packung Haferflocken heranzureichen. Die Frau strauchelt, die Haferflocken entgleiten ihrem Griff und fallen, die Packung springt auf und der Inhalt ergießt sich über den Boden. Luise springt herbei, hilft der aus dem Gleichgewicht geratenen Frau, geht in die Knie und kehrt mit ihren Händen die Haferflocken zusammen. »Ist das Ihre Tochter?«, wendet sich die Frau an Misslinger. »Ja, warum?« »Sie haben sie gut erzogen.«

Das ist, in aller Kürze, eine Art Orden, den sie hier an Vater und Tochter verleiht, dann geht sie.

Mit dem Gefühl, gewonnen zu haben, verlassen sie den Supermarkt und fahren die Hauptstraße entlang zum Anleger der South Ferry. Vor ihnen warten keine anderen Wagen, Misslinger fährt den großen Ford mit solcher Selbstverständlichkeit auf die Fähre, als sei er schon ein alter Islander. Die Fähre legt ab, Misslinger spürt, wie Wind und Strömung an dem schweren Stahlrumpf ziehen, und vertraut sich den tiefen Vibrationen der Maschinen an, die er durch die dicke Lederpolsterung des Wagens hindurch spürt.

Plötzlich verlangsamt das Boot seine Fahrt, und anstatt den direkten Weg zur südlich gelegenen anderen Seite zu nehmen, dreht es nach Osten und bleibt mit laufenden Maschinen im freien Wasser stehen. Misslinger blickt aus dem Fenster und stellt fest, dass das Land jetzt in alle Richtungen gleich weit entfernt ist. Eigentlich müsste er sich jetzt fürchten. Aber er spürt gar keine Angst. Er lehnt sich weit zurück und schließt die Augen. Von den Maschinen ist nur noch ein leises Surren wie von Generatoren zu spüren. Hin und wieder weckt der Kapitän seine Diesel zum Leben, um die Position in Wind und Strömung zu halten. Ihrem Ziel nähern sie sich nicht mehr.

»Willst Du mal nachsehen, was los ist?«, fragt Luise, die bis eben in ihr Telefon versunken war. »Warum, was soll los sein?«, fragt Misslinger. Um ihr einen Gefallen zu tun, öffnet er dann doch die Tür, ganz vorsichtig, damit er nicht gegen die Bordwand stößt, und sucht mit den Augen einen der jungen Fährhelfer. Der steht aber schon hinter ihm und sagt: »Sir, bitte bleiben Sie in Ihrem Wagen. Wir werden die Fahrt gleich fortsetzen.« Misslinger erkundigt sich nach dem Problem. Der junge Mann antwortet aber nur: »Sir, ich muss Sie wirklich bitten, wieder in Ihren Wagen einzusteigen. Es besteht kein Grund, sich Sorgen zu machen.« Misslinger entgegnet: »Guter Mann, seien Sie versichert: Ich mache mir überhaupt keine Sorgen. Über nichts mehr.« Da zuckt der junge Mann mit den Schultern: »Auf der südlichen Seite gibt es im Moment nur einen Anleger«, sagt er und zeigt mit der Hand hinter sich, »bei dem anderen wird ab heute die Rampe erneuert, das Wasser steigt, also werden die Rampen erneuert, verstehen Sie? Höher gemacht. Es kann nur eine Fähre anlegen, und offenbar haben die Kollegen Probleme beim Verladen, es wird nicht ewig dauern, wir warten hier so lange.« »Ja, natürlich«, sagt Misslinger, »wir haben Zeit.«

»Es ist alles in Ordnung«, sagt Misslinger zu Luise, als er wieder im Auto sitzt. »Gleich geht es weiter.«

Nachdem sie angelegt haben, fahren sie durch Wolken auffliegender Blätter an feinsäuberlich gepflegten Feldern und Wiesen vorüber. Amagansett liegt hinter ihnen, dann Beach Hampton, Misslinger sieht zu, wie sich Ahorn und Eichen der gepflegten Gärten zurückziehen und Platz machen für die sandigen, der See zuneigenden Nadelhölzer, wie sich der Himmel öffnet und das Land weitet. Die Straße führt immer weiter geradeaus, immer weiter nach Osten, bis irgendwann nur noch rotes Heidekraut und niedrige Wacholderbüsche den Weg säumen und die nackten Stämme und Äste windgebeugter Robinien. Misslinger nähert sich seinem Ziel. Es ist nicht mehr weit bis nach Montauk.

Am Ende der Straße taucht der alte Leuchtturm vor ihnen auf. Er ist weiß-braun-weiß gestreift und von achteckigem Grundriss und ragt am äußersten Punkt der Landzunge über das Meer. »Wie heißt das hier?«

»Montauk Point«, sagt Misslinger.

»Lustiger Name«, sagt Luise.

»Ja, hier geht es nicht mehr weiter. Hier muss man umkehren – oder schwimmen.«

Sie lassen den Wagen auf dem Parkplatz stehen, überqueren die Straße und gehen einen sandigen Weg hinab zum Wasser. Misslinger lässt Luise vorgehen. Er sieht seine Tochter von hinten, sein Blick folgt ihren Bewegungen und ihrer Gestalt. Manchmal hängt ein Zweig über den Pfad, so dass man sich ducken muss, ab und zu liegt auch ein dürrer Ast auf dem Boden, dann hüpft Luise darüber. Als sie am Ufer ankommen, an der äußersten Spitze, dort, wo es nicht mehr weitergeht, stellt sich Misslinger auf die Zehenspitzen und hält Ausschau.

»Was siehst Du?«, ruft Luise in den Wind.

»Nichts«, sagt Misslinger, »hüpfende Wellen, Schaum, die Schiffe in der Ferne, landsüchtige Unrast schneegekräuselter Kronen, die ewiglich die Küsten sucht. Nichts.«

Sie wenden sich nach rechts und klettern über steinerne Uferbefestigungen und salzige Felsen, die in der Sonne glänzen, bis sie an einen steinigen Strand gelangen, der am Fuß einer sandigen Steilküste liegt. Nach Westen kann man nur

Sand sehen, ein endloses helles Band, das sich bis zum Horizont erstreckt. Hinter ihnen ragt der Leuchtturm in den blauen Herbsthimmel mit seinen niedrigen Nebengebäuden, die sich dicht an den mächtigen Rumpf schmiegen.

Es ist Ebbe, der Strand ist noch breiter als sonst. Misslinger zieht die Schuhe aus und läuft durch den noch nass glänzenden Sand. Er sucht nach Spuren, die das abgelaufene Wasser zurückgelassen hat, Zeichen von Leben, das unter dem Meer verborgen war. Er fragt seine Tochter, ob sie schwimmen gehen will, aber Luise lehnt entsetzt ab. Sie habe keinen Badeanzug dabei, und selbst wenn es anders wäre, würde es zehn Pferden nicht gelingen, sie in dieses graue, aufgewühlte Wasser zu bewegen. Misslinger muss lachen, weil es so dramatisch klingt: »Papa, es würde zehn Pferden nicht gelingen, mich in dieses Wasser zu bewegen!«

Misslinger steigt in seine Badehose. Er stellt sich gerade in den Wind und breitet die Arme aus, als warte er darauf, dass die nächste Böe ihn in die Luft trage. Er stolziert durch den weichen Sand, in dem seine Füße bis zu den Knöcheln versinken, er überquert die ganze Breite des Strandes und nähert sich der Wasserlinie, im Rücken fühlt er die Blicke seiner Tochter. Kurz bevor er das Wasser erreicht, dreht er sich noch einmal um. Luise winkt und ruft ihm etwas zu, aber er kann sie nicht verstehen. Hat sie »Was machst Du? Bleib hier!« gerufen?

Er sucht sich eine Stelle mit niedriger Brandung und lässt sich ohne zu zögern ins Meer fallen. Mit den langen Bewegungen seiner Arme teilt er die Wellen. Er dreht sich um und sieht seine Tochter, die ihm winkt. Über ihm zieht ein Flugzeug seine Bahn und hinterlässt einen weißen Streifen aufgewühlter Luft, wie ein Boot eine Spur von Gischt hinter sich herzieht.

Der Ozean öffnet sich und das Wasser wird schnell tief. Misslinger schwimmt schneller. Mit seinen kräftigen Beinen stößt er sich vorwärts. Er legt den Kopf zur Seite, das Wasser strömt kalt an seiner linken Wange vorüber und läuft ihm salzig in den Mundwinkel. Überall ist jetzt das still rauschende Wasser, er ist umhüllt von Wasser.

Der Strand entfernt sich, so schnell schwimmt er. Durch den ganzen Ozean könnte er jetzt schwimmen. Er dreht sich um und sieht seinen Vater, der mit langen Beinen durch den Ostseesand stapft und von den Schrecken des Atomkriegs erzählt. Mit den langen Armen und den feinen Händen, in denen er sonst seine zahnärztlichen Instrumente balanciert, zeichnet er ballistische Linien in den leuchtenden Sommerhimmel, weitausholende, lange für die Interkontinentalraketen und kurze, krumme für die Mittelstreckenwaffen, der Vater nimmt den Unterschied sehr genau, und jetzt, im Atlantik, muss Misslinger lächeln. Aber damals hat er nicht gelächelt. Ob er denn glaube, dass die Amis Chicago für West-Berlin opfern würden, fragt der Vater ihn, »glaubst Du das?« Von Chicago weiß das Kind gar nichts und von West-Berlin beinahe nichts, aber die Idee, dass man eine Sache für eine andere opfern musste, die leuchtet ihm ein, denn das Lamm Gottes, das die Sünden der Welt hinwegtrug, wurde ja auch geopfert. Der Vater sagt: »Den Amis ist es gleich, was aus uns wird.«

Er erinnert sich an die hellen Sommernächte, in denen er wach im Halbdunkel seines Zimmers lag, an dessen Decke die Vorhänge ein Muster warfen, das an ein Drachenboot erinnerte, und überlegte, wohin man fliehen könnte, wenn die Herren der Raketen – die er sich als Priester vorstellte, in ihrem vollen Ornat, mit Weihrauch und Messdienern, im Zeichen des Kreuzes, unter den gütigen Augen der lieben Mutter Maria, *Dei mater alma, atque semper virgo, felix caeli porta*, beschlössen, ihr Opfer einzufordern. Oder ob er zur Flucht gar kein Recht habe, weil Jesus auch nicht geflohen sei und weil man ihm im Kommunionsunterricht vom Brandopfer erzählt hat, aus dem Alten Testament, das als Rauch emporsteigt, um den Herren gnädig zu stimmen. Sie selber wären dann das Brandopfer, verschlungen vom atomaren Feuer, von dem der Vater ihm am Strand erzählt hatte, »so dass von Dir nur der Schatten bleibt auf einer Mauer, auf der Straße, Franz, nur der Schatten, nicht mehr, nicht mal die Asche, Franz, verstehst Du!«

»Was wird denn aus uns«, fragt sich Misslinger, während der Rippstrom ihn aufs Meer zieht. »Luft wird zu Wolken, Wasser wird zu Gischt. Und wir werden zu Asche.« Und dann nicht mal mehr das. Selma weiß schon alles über ihn. Und Walter ist auch im Bilde. An ein Umkehren ist jetzt nicht mehr zu denken. Er schwimmt bis zum Ende. Und dann kann er nicht mehr schwimmen, weil da kein Wasser mehr ist. Er verschwindet wie ein Tropfen im Ozean. Er hat sie wieder gefunden. Die Ewigkeit. Sie ist das Meer, das mit der Sonne kreist.